CASEI COM UM HOMEM-LAGARTO

Agência Prime

REGINE ABEL

CONTENTS

CASEI COM UM HOMEM-LAGARTO

Escamoso, mal-humorado, mas tão fofo...

Como terceira filha na colônia agrícola de Meterion, as perspectivas futuras de Susan não são muito promissoras. Um rosto bonito, grandes habilidades e trabalho duro não significam nada se o seu dote não incluir terras férteis. Com a aproximação de seu vigésimo quinto aniversário e nenhum pretendente sequer farejando em sua direção, Susan será forçada a deixar as terras da família para trabalhar como empregada na capital. Sua única saída é se contentar com um casamento arranjado por meio da AP – a Agência Prime. Ela nunca esperava ser pareada com um homem-lagarto enorme e mal-humorado e, acima de tudo, não gostar tanto de suas escamas e modos peculiares.

Com tudo o que estava acontecendo, a última coisa que Olix precisava era de uma companheira, especialmente uma molenga, sem escamas, forasteira com maneiras estranhas e uma obsessão pela agricultura. Ele é um Caçador, não um escavador de terra. A Vidente deve ter se enganado quando ela insistiu que, pelo bem do povo, ele aceitasse uma companheira das estrelas. Como uma coisa tão pequena poderia ser a salvação deles? E, no entanto, a suavidade de sua Susan é perturbadoramente viciante, enquanto esconde uma resiliência surpreendente.

Com suas terras ancestrais em jogo e o futuro dos clãs ameaçado, essa pequena mulher poderia mudar seu destino?

DEDICATÓRIA

A todos aqueles que ousam arriscar e aspiram por um futuro melhor. Para aqueles que abordam situações desafiadoras com a mente aberta. Para quem entende que as relações dependem da comunicação, da capacidade de ouvir, da força para fazer concessões e da vontade de tentar ver as coisas do ponto de vista do outro.

Quaisquer que sejam nossas diferenças físicas, a única barreira verdadeira que pode separar duas pessoas é a parede que erguemos em nossas mentes.

CAPÍTULO 1
SUSAN

Eu entrei com medo no escritório temporário de Kayog Voln na Feira da Colheita. A maioria dos outros financiadores estava se entregando às várias guloseimas oferecidas nas muitas barracas ou curtindo o entretenimento dos shows ao vivo e artistas de rua. Eu estava tentando garantir minha passagem para fora da colônia humana de Meterion. Como eu nunca havia deixado meu mundo natal, ou mesmo viajado para outras cidades, isso me assustava de várias maneiras.

No entanto, com meu aniversário de 25 anos se aproximando perigosamente, eu não podia mais adiar a tomada de uma decisão. Nós vivíamos em uma colônia matriarcal onde a primeira filha herdava as terras de sua mãe, e a segunda filha servia como apoio e Superintendente para a mais velha. Isso fazia sentido, porque a segunda filha tinha todo o interesse em garantir a boa administração da terra que poderia ficar para ela caso algo acontecesse com sua irmã mais velha. Mas uma terceira filha era apenas uma boca extra para alimentar e um risco muito grande de ter mais descendentes competindo pela preciosa terra.

Era ainda mais chato que, de todas as minhas irmãs, eu era a única realmente apaixonada pela agricultura. Elas apenas tiveram sorte na loteria da corrida de sêmen e agora estavam aproveitando uma carona para uma vida de conforto e segurança. Eu não odiava minhas irmãs, mas era como se eu fosse uma estranha para elas. Aos olhos delas, eu era apenas uma funcionária com prazo de validade. E esse prazo estava terminando rápido e com força.

Eu olhei ao redor do pequeno quiosque da agência de acasalamento. Ela parecia simples com suas paredes brancas, vazias, exceto por uma tela gigante e uma pequena escrivaninha com duas cadeiras para convidados. Ela havia sido visivelmente colocada lá rapidamente e seria retirada com a mesma rapidez. Ela não tentava vender fantasias ou ilusões. Era apenas uma verificação da realidade em uma caixa.

Várias agências sempre compareceram à feira. As outras eram mais sofisticadas, coloridas, com retratos de tirar o fôlego de potenciais parceiros de todas as espécies. Nos últimos quatro anos, todos os seus representantes ficaram extremamente familiarizados com o meu rosto. Todos, exceto este, basicamente me disseram que eu tinha mais chances de acordar um dia com um par de chifres dourados e uma cauda bifurcada do que encontrar um par. Uma camponesa comum de beleza mediana, sem riqueza, educação mínima e não particularmente refinada ou mundana não figurava exatamente no topo da lista de seus homens em busca de uma parceira.

Mas essa agência administrada pelos Temern – uma espécie bípede semelhante a um pássaro com habilidades empáticas – não apenas servia a qualquer um, como também sempre acabava fazendo uma pareamento, até mesmo nos casos mais improváveis. Então, novamente, eu não estava em condições de escolher. A maioria das pessoas se refere à AP — a Agência Prime — como a parada final dos desesperados e indesejáveis. Desesperada certamente combinava com a minha situação. Indesejáveis eram a definição dos candidatos disponíveis. Eu fiquei envergonhada por concordar com essa definição. Eu nunca me considerei um elitista, mas é verdade que as espécies representadas pela AP não tinham gente brigando para formar um par com elas.

Com um nome como Agência Prime, você poderia imaginar que está obtendo a melhor das melhores. Mas, neste caso, Prime se referia à Primeira Diretriz. A agência representava planetas ainda considerados primitivos, mas cuja população havia sido exposta a outras culturas alienígenas quando a Primeira Diretriz foi violada sob qualquer circunstância. Essas espécies não apenas ocupavam um lugar baixo na escala tecnológica da galáxia, como a maioria delas também não se enquadrava na categoria incrivelmente atraente.

Eu mal podia esperar para ver com qual espécie primitiva, se é que havia alguma, eu havia sido pareada.

Kayog gesticulou para que eu me sentasse, a rigidez de sua boca em forma de bico tornando seu sorriso bastante discreto. Ele parecia uma ave do paraíso com suas penas douradas, asas marrons e uma longa cauda branca e fofa que me lembrava um vestido de noiva. Seus olhos prateados me observavam com bondade e sabedoria que mostravam sua venerável idade, apesar de sua aparência jovem.

Eu me acomodei na frente dele e juntei as mãos no colo, me sentindo nervosa e empolgada com a notícia que ele tinha para mim. Quando eu recebi seu comunicado pedindo para que eu viesse aqui, eu sabia que ele tinha algo a propor. No meu atual estado de desespero, minha resposta já estava predeterminada. O candidato teria que ser muito mais do que apenas esquisito para eu dizer não. Certamente ajudava que, como criaturas empáticas, os agentes Temern encontrassem pessoalmente cada um dos candidatos para avaliar sua compatibilidade com os parceiros em potencial. Eu não sabia muito bem como o poder psíquico deles funcionava, só sabia que sempre que eles diziam que alguém era uma combinação perfeita, você podia ter certeza de que o relacionamento daria certo.

— Saudações, Susan — Kayog disse com sua voz melódica — É bom vê-la tão bem e com tão boas notícias.

— *Boas* notícias? — eu perguntei com muita ansiedade.

Ele me deu aquele sorriso rígido novamente que, desta vez, tinha um tom de simpatia.

— Boas mesmo — ele respondeu com uma lasca de presunção — Eu procurei por muito tempo e fiz muito esforço para encontrar uma combinação adequada para você. Fico feliz em informá-la que minha procura foi bem-sucedida. Ele é seu parceiro perfeito, embora você possa não ver isso a princípio.

Eu me mexi na cadeira, sentindo que não ficaria muito impressionada com o que viria a seguir.

— O candidato está localizado em Xecania — continuou Kayog — Ele é um Caçador Andturiano, líder de seu clã e dono das terras mais férteis de todo o sistema solar.

Meus olhos se arregalaram ao ouvir essas palavras, e eu me animei, meu interesse de repente disparando.

— Um Andturiano? — eu perguntei.

Kayog sorriu novamente, inclinando a cabeça para o lado de uma forma que lembrava o modo como os pássaros costumavam fazer quando observavam algo que não entendiam muito bem.

— Ele é o que vocês descreveriam como um homem-lagarto — disse o agente Temern, passando a mão sobre a pequena tela holográfica em sua mesa.

Ela imediatamente projetou uma imagem 3D do homem-lagarto referido. O rótulo havia sido preciso. Alto, magro, mas musculoso, o Caçador estava coberto de escamas verdes e pretas. Embora reptiliano, seu rosto não tinha o focinho comprido que eu esperava, ele parecia bastante plano, quase como o de um humano, mas sem o nariz pontudo. Duas fendas serviam como narinas. Eu não conseguia descrever os apêndices pendurados em sua cabeça, quase como dreadlocks escamosos em vez de cabelo. Bem no meio, uma membrana pregueada começava na parte de trás de sua cabeça, passava pela sua nuca e para baixo entre as omoplatas. Uma grossa e longa cauda de lagarto se projetava atrás dele. Garras impressionantes pontilhavam os cinco dedos de suas mãos, assim como os dedos de seus pés com membranas.

Ele estava nu, exceto por alguns adornos tribais, um arreio de couro no peito, um cinto de armas e um par de pulseiras. Nada nele demonstrava riqueza ou tecnologia avançada.

Esta é a AP por um motivo.

Eu engoli em seco enquanto observava a aparência do ser que provavelmente chamaria de marido em um futuro não muito distante. De repente, toda a minha empolgação em descobrir um mundo estrangeiro e novos começos cheios de esperança e possibilidades começou a desaparecer. Eu conseguiria realmente passar por isso? Eu nunca me considerei uma mulher superficial, mas eu poderia realmente acasalar com um ser como ele?

— Posso ver que não era isso que você imaginava — disse Kayog com uma voz gentil.

Meu rosto esquentou de vergonha. Eu não queria parecer ingrata ou elitista.

— Não se desculpe — ele disse quando abri minha boca para fazer exatamente isso — Ele não corresponde à estética humana usual de beleza. Dentro de seu povo, ele é considerado um espécime de primeira. Biologicamente, ambas as espécies são totalmente compatíveis. No entanto, seus genes são dominantes, o que significa que qualquer descendente que você tiver terá uma aparência 100% Andturiana. Embora ele seja um Caçador, os Andturianos são um povo pacífico. Ele pode não ser um par chique, mas é o seu par perfeito.

— O que o faz ter tanta certeza? — eu perguntei, incapaz de esconder meu tom duvidoso.

— Você não só é a mulher ideal para ele em termos de personalidade, como também seu histórico e experiência fazem de você a melhor esperança de sobrevivência de seu povo — disse

Kayog, seus olhos prateados de repente assumindo uma intensidade maior.

Meu queixo caiu ao ouvir esse comentário inesperado. Isso também despertou ainda mais minha curiosidade. Encontrar um companheiro era minha única passagem para fora daqui. Mas encontrar um companheiro para quem eu seria valiosa poderia ser a receita para uma união feliz. Ser necessária em vez de um fardo seria uma mudança maravilhosa.

— Que tipo de desafios eles estão enfrentando? — eu perguntei.

— Financeiramente, os Andturianos são pessoas pobres — explicou Kayog — O principal motivo para isso é que eles não buscam realmente a riqueza. Nas últimas décadas, um número crescente de estrangeiros se estabeleceu em Xecania. Seu clima incrível, a beleza de sua paisagem quase intocada e as praias de tirar o fôlego o tornaram um destino muito atraente para resorts de férias sofisticados, incorporações imobiliárias e capitalistas de risco.

— E a população local está sendo extinta? — embora eu tenha declarado isso como uma pergunta, na verdade foi uma declaração amarga.

O Temern assentiu lentamente — Os Andturianos estão enfrentando uma fome iminente. Nos últimos dois anos, eles têm tido cada vez mais dificuldade em encontrar presas para caçar, sendo que suas florestas fervilhavam de vida. E a crise está crescendo exponencialmente.

— Mas eu pensei que você tinha dito que eles tinham grandes fazendas? — eu argumentei.

— Eles têm — disse Kayog, com os olhos brilhando em aprovação por eu estar prestando atenção — Um dos maiores atrativos de Xecania são suas terras. Atualmente, nenhuma das fazendas está sendo utilizada. E algumas grandes corporações estão ansiosas para explorar essa riqueza inexplorada. Todos os relatórios afirmam que, se adequadamente desenvolvida, a produção de comida de Xecania excederia em muito a de seu próprio planeta natal, Meterion. Estamos falando de bilhões de créditos por ano. E tudo vai ser desperdiçado porque os Andturianos que possuem essas terras não estão interessados em vender."

— Você quer que eu os convença a vender suas terras? — eu perguntei, um pouco confusa e um pouco indignada.

Kayog riu e balançou a cabeça. — Não, Susan. Eu quero que você os convença a começar a cultivar suas terras e criar esta indústria em seu mundo natal. Eu quero que você torne Olix e seu povo mais ricos, bem alimentados e imunes às táticas de intimidação dos investidores e corretores de imóveis em Xecania. Você pode virar o jogo.

Eu olhei para ele por um momento, sem palavras com este pedido enorme. Eu era agricultora, e não militante de justiça social. Quem era eu para tentar frustrar os planos e esquemas das megaorganizações? Ao mesmo tempo, nós havíamos vivido situações semelhantes em Meterion, com grandes corporações tentando adquirir nossas terras. Elas teriam automatizado as fazendas com métodos pouco éticos para aumentar a produtividade, mas de uma forma que não só danificaria a terra com o tempo, como também cultivaria produtos de qualidade questionável. Ser capaz de ajudar a virar o jogo seria uma grande conquista e algo para se orgulhar.

— Por que eles não trabalham em suas terras? — eu perguntei, confusa — Parece algo óbvio para mim.

— Eles são Caçadores, não fazendeiros — Kayog disse com uma voz estranha — Por alguma razão inexplicável, os rebanhos estão desaparecendo. Mas os Andturianos continuam tentando rastreá-los. Às vezes, as pessoas se perdem e precisam de um pouco de ajuda para se encontrar novamente. Você pode ser essa luz guia. Não se esqueça que, como companheira de Olix Nillis, você possuiria uma parcela de terra ainda maior do que qualquer uma das herdeiras aqui em Meterion, e de uma qualidade muito maior.

Esse foi um golpe baixo, porém eficaz. Toda a minha vida eu sonhei em ter terras. Isso era um sonho sendo realizado. Mas a que custo?

— E se eu falhar? — eu perguntei — E se eles quiserem continuar caçando e eu acabar morrendo de fome ao lado deles?

— Como acontece com todas as uniões organizadas por nossa agência, você deve se comprometer a seis meses tentando fazer funcionar — explicou o agente — Se a união falhar e você decidir se divorciar dele, nós encontraremos outro companheiro para você. No entanto, esteja avisada de que você terá ainda menos opções do que na primeira vez. Assim como nesta união, nós arcaremos com todos os custos de realocação.

Me sentindo um pouco sobrecarregada, corri meus dedos pelo meu cabelo e engoli em seco. Isso não era o que eu esperava, embora eu nunca tivesse uma ideia clara do que esperava. De qualquer forma, eu aceitaria. Com sorte, essa decisão não voltaria para me atormentar.

— O que você ganha com isso? — eu perguntei, olhando-o com desconfiança.

O Temern sorriu — Nossa agência trabalha exclusivamente em nome da Organização dos Planetas Unidos. Eles pagam nossas taxas para ajudar a cultivar planetas primitivos e garantir que os habitantes locais tenham a chance de manter o controle de sua própria riqueza — disse Kayog — Mandar observadores e assessores por alguns meses aqui e ali geralmente não é muito útil. Trazer conhecimento e experiência por meio de alguém que se tornará parte integrante de sua cultura traz mais frutos a longo prazo. Suas habilidades podem incentivá-los a ampliar seus horizontes.

Eu balancei a cabeça lentamente, entendendo a sabedoria de sua lógica — Então, o que acontece se eu concordar?

— Nesse caso eu vou pedir que você se prepare para partir dentro de 24 horas — brincou Kayog.

Eu fiquei boquiaberta para ele, de repente me sentindo tonta. Isso estava indo rápido demais — Mas... mas e ele? Ele não tem nada a dizer sobre o assunto?

O Temern acenou com a mão desdenhosamente — Olix concordou em levar quem o quisesse. Apenas o seu consentimento é necessário para esta união.

Isso doeu. Meu entusiasmo já baixo despencou ainda mais.

— Nossa, é tão ruim assim? Eu não estou me sentindo particularmente desejada lá se meu futuro marido nem se importa com quem ele vai se comprometer.

Kayog sorriu com simpatia em resposta à minha expressão abatida — Uma Vidente disse a ele para se casar com uma forasteira, e que sua companheira das estrelas mudaria o destino de seu povo. Ele obedeceu.

— Se isso era para me tranquilizar, não funcionou — eu resmunguei.

O agente começou a rir. — Você conhece nossas taxas de sucesso, Susan. Eu tenho muito orgulho do meu trabalho e da felicidade dos meus clientes. Isso pode parecer desagradável para você, e agora você pode estar se sentindo um pouco desanimada, mas não fique assim. Olix é o seu marido perfeito. Confie em mim, quando o período de teste terminar, você vai me agradecer por pareá-la com sua alma gêmea.

Apesar de suas inegáveis taxas de sucesso estelares, eu tinha dificuldade em acreditar que meu romance de conto de fadas seria com um homem-lagarto.

No entanto, eu concordei.

CAPÍTULO 2
OLIX

Eu olhei para Molzeg com uma expressão descontente enquanto me preparava para ir para o porto espacial. A Vidente me colocou neste caminho louco para me relacionar com uma companheira estrangeira. Para começar, eu nem queria uma cônjuge, não com as incontáveis dores de cabeça com as quais meu povo estava lidando. Mas uma estrangeira?

Ela parecia tão estranha nas imagens que o agente me enviou. Eu já tinha visto humanos antes, mas nunca prestei muita atenção neles. Agora, eu me acasalaria com uma fêmea sem escamas, com uma pele da cor do mel e a pelagem da cabeça da cor das folhas de outono. Como eu poderia ficar animado com isso? Kayog havia dito que ela era uma mulher doce e delicada, mas me alertou para não ser enganado por sua aparência fraca – ela supostamente possuía uma grande força interior. O tempo diria em breve.

A Vidente sustentou meu olhar, um sorriso zombeteiro esticando seus lábios escamosos. Segundo ela, se eu apoiasse minha companheira humana, ela afastaria as dificuldades que ameaçavam destruir nosso futuro. A previsão de Molzeg sempre foi precisa. Apesar das dúvidas torcendo minhas entranhas, uma parte de mim se alegrou com esse vislumbre de esperança. E, no entanto, como uma humana molenga poderia realizar tal façanha? Ela possuía algum tipo de magia ritualística para convocar os rebanhos desbastados?

Essas perguntas sem fim me atormentaram durante a longa viagem até o porto espacial na parte de trás do meu mraka. Este lugar nunca deixava de sobrecarregar meus sentidos. Embora usássemos tecnologia em nossa aldeia, a quantidade exibida aqui parecia excessiva. Minha cabeça girava com todas as telas gigantes com imagens chamativas, várias luzes, cada uma competindo pela atenção dos clientes para atraí-los para certa loja ou serviço, sem mencionar todas as vozes e músicas sobrepostas. Por que os forasteiros desfrutavam de tal sobrecarga sensorial não fazia sentido para mim.

No entanto, meu povo estava sendo deixado para trás. Nós precisávamos recuperar o atraso, pelo menos até certo ponto. Mas não podíamos pagar por isso.

Não, a menos que vendêssemos parte de nossas terras.

Eu cerrei os dentes e silenciei o rosnado que queria sair da minha garganta. As táticas do Conglomerado haviam se tornado cada vez mais agressivas ultimamente. O Conselho dos Nativos se reuniu várias vezes nas últimas semanas para responder aos crescentes pedidos de novos desenvolvimentos em nosso mundo natal. Embora rejeitássemos pessoalmente todos eles, nós não poderíamos negar às outras espécies nativas que compartilham este planeta conosco o direito de explorar novas oportunidades. Uma parte de mim desejava que todos aqueles forasteiros tivessem continuado voando para longe do nosso planeta. Em vez de lutar para manter nosso modo de vida, estaríamos desfrutando da paz que nossos ancestrais lutaram tanto para reivindicar.

Como sempre, o porto espacial zumbia com atividade, vários comerciantes e turistas passando por mim correndo enquanto se dirigiam para qualquer negócio que os chamasse. A tela do visor indicava que o voo de Meterion havia pousado há mais de meia hora.

Eu xinguei por dentro.

Ele chegou cedo. Eu não queria que minha futura companheira ficasse ali parada, sentindo-se abandonada. Quando me aproximei da área de espera perto do desembarque, meu olhar se concentrou no Agente Temern Kayog e na pequena mulher ao lado dele.

Eu engoli a onda de decepção que tomou conta de mim enquanto aproveitava a oportunidade dela ainda não ter me notado para estudar sua aparência. Ela era ainda menor e parecia mais frágil do que eu esperava. Um galho provavelmente seria mais resistente do que esta mulher.

Suas feições não fizeram nada por mim. Ela tinha pequenos olhos castanhos emoldurando um nariz estreito que parecia que alguém o havia beliscado e depois tentado arrancá-lo de seu rosto antes de desistir. Seus lábios tinham um formato interessante e pareciam macios e suaves. Suas orelhas se destacavam em cada lado de seu rosto, sua forma redonda dando-lhes uma aparência estranha enquanto joias pendiam dos lóbulos das orelhas. A pelagem de sua cabeça brilhava sob as luzes fortes da área de espera e caía suavemente em cascata sobre seus ombros estreitos.

Embora seus traços parecessem estranhos para mim, eles eram simétricos o suficiente para que ela provavelmente se qualificasse como atraente para seu povo. No entanto, sua aparência externa lisa me lembrava a pele de um pássaro depenado. Como eu poderia me deitar com esta mulher estava além de mim.

Mas, mesmo enquanto esses pensamentos pouco caridosos passavam pela minha cabeça, eu percebi que ela provavelmente ficaria desanimada com a minha própria aparência. Se a reação dela fosse parecida com a minha, apesar de já ter visto minha imagem antes, eu temia que a realidade a atingisse com força.

Ainda assim, ela parecia recatada e equilibrada em sua roupa bege composta por uma calça e uma camisa de mangas compridas. O tamanho dos sapatos de couro que cobriam seus pés apenas enfatizava o quão pequenos eles eram. Engolindo um suspiro, fiz meu caminho em direção a eles.

Kayog foi o primeiro a notar minha presença. Vendo o sorriso esticando seu bico, a fêmea lançou um olhar meio assustado, meio em pânico em minha direção. Seus olhos se arregalaram e ela colocou nervosamente mechas de seu cabelo atrás da orelha. Assim como eu tinha feito com ela, minha futura companheira me observou da cabeça aos pés, fazendo um trabalho honroso ao esconder suas emoções. No entanto, a maneira como ela engoliu em seco me levou a acreditar que ela se sentia intimidada por mim.

— Aí está você! — Kayog exclamou em saudação.

— Me desculpem — eu disse em um tom rosnado, conectando olhares com ele por um segundo antes de voltar para a fêmea — Seu voo não estava programado para chegar por mais 30 minutos. Eu pretendia já estar aqui para recebê-los na aterrissagem.

— Não há necessidade de se desculpar — ela disse com uma voz surpreendentemente agradável — Nós estamos adiantados. Mas eu tive boa companhia — ela acrescentou, lançando um sorriso tímido para o Temern.

Kayog sorriu para a fêmea antes de proceder às apresentações — Susan, este é seu companheiro, Olix Nillis, Líder do Clã da tribo Andturiana do Vale Monkoo. Olix, esta é sua companheira Susan Jennings, terceira filha da Casa Jennings dos Campos do Sul de Meterion.

— É uma honra conhecê-la, Susan Jennings — eu disse, pressionando a palma da mão direita no peito e inclinando levemente a cabeça em saudação.

— A honra é toda minha, Olix Nillis — ela respondeu com

um leve aceno de cabeça também, com as mãos cruzadas diante dela.

— Bem, agora que vocês foram apresentados, devemos seguir para a capela para a cerimônia — disse Kayog com um entusiasmo que só ele parecia sentir — Essa chegada antecipada na verdade nos fez um favor, pois podemos concluir todos os procedimentos e arquivar seu contrato com o Registrador antes que fique muito ocupado por aqui.

Sentindo-me desajeitado, eu peguei a pequena bolsa de mão aos pés de Susan e segui o Temern. Susan me deu um sorriso agradecido e foi atrás, andando à minha direita. Eu nunca me senti tão completamente desconfortável com alguém, muito menos com uma mulher.

Foi uma curta caminhada até o Cartório. Como um número crescente de pessoas visitava nosso planeta ultimamente, a alfândega e a segurança aumentaram para controlar todas as idas e vindas. Como minha futura companheira, a verificação de antecedentes de Susan já havia sido realizada pela agência que também cuidaria de toda a papelada. Para que ela pudesse se mover livremente em Xecania, ela precisava se tornar uma residente legal. Como minha esposa, ela receberia automaticamente a cidadania permanente.

Então, novamente, permanente era relativo, na medida em que, se ela ou eu decidíssemos pôr fim a essa união dentro do período experimental de seis meses, sua cidadania seria revogada dentro de uma semana depois.

Nós entramos na grande sala com vários balcões onde os recém-chegados tinham que se registrar e declarar seus negócios. No entanto, esses candidatos ainda estavam no lado seguro do porto espacial, com paredes de vidro reforçado dividindo as duas seções. Graças à presença de Kayog, Susan já tinha permissão para passar por aquela seção, mas não podia sair do porto espacial propriamente dito sem preencher sua certidão de casamento.

Nós fomos para uma das três pequenas salas nos fundos. Uma magistrada humana nos cumprimentou, parada atrás do que parecia um altar. Uma dúzia de cadeiras espalhadas por duas fileiras de seis, divididas ao meio para dar lugar a uma passagem, eram as únicas outras peças de mobília na sala. Aparentemente, ela poderia ser adornada com base nas especificações dos casais, caso eles assim o solicitassem. De acordo com Kayog, Susan estava satisfeita com o cenário básico. Eu não sabia o que havia motivado tal escolha. Uma parte de mim se perguntava se era para minimizar despesas – o que me envergonhava – enquanto outra temia que isso expressasse sua indiferença em relação ao processo – o que me preocupava.

— Susan, Olix, esta é a Magistrada Elena Mongeau — disse Kayog, apontando para a mulher atrás do altar — Ela oficializará seu casamento e eu testemunharei. Elena, esta é Susan Jennings e Olix Nillis, os noivos.

Nós assentimos em saudação, e a Magistrada sorriu de volta. Embora ela mantivesse uma expressão profissional no rosto, não deixei de notar o jeito sutil como ela me olhava. A curiosidade sobre os pensamentos que passavam por sua mente me prendeu. Ela estava se perguntando por que sua colega humana havia me escolhido?

— Como Olix já nos informou que um casamento formal Andturiano acontecerá em sua aldeia assim que chegarem a Monkoo, Susan renunciou a um casamento humano formal — explicou Kayog — Nós vamos, portanto, simplesmente fazer os procedimentos básicos para registrar uma união juridicamente vinculativa de acordo com a Lei Galáctica.

Essa revelação me pegou de surpresa e me surpreendeu agradavelmente. Dois procedimentos formais de casamento teriam sido muito em um único dia, mas eu não teria negado a ela a realização de seus rituais culturais. Saber que Susan abriu mão do dela em favor do meu me comoveu. Talvez houvesse esperança para esse casal, afinal.

— Muito bem — respondeu a Magistrada, enquanto pegava um cartão holográfico de Kayog.

Ela o inseriu na abertura do altar à sua frente e folheou rapidamente seu conteúdo. Visivelmente satisfeita com nossas respectivas identificações e contrato de casamento, ela balançou a cabeça e sorriu para nós.

— Por favor, fiquem de frente um para o outro na frente do altar — disse a Magistrada.

Susan e eu obedecemos. Minha noiva engoliu em seco novamente e levantou a cabeça para olhar para mim. Ficar cara a cara apenas destacou o quão pequena e frágil ela parecia comparada a mim. Embora ela não estivesse tremendo, o nervosismo de Susan – ou seria medo? – era claro.

— Estamos reunidos aqui para unir este homem e mulher no vínculo legal do casamento — disse a Magistrada com voz solene — Esta união só é válida se livremente celebrada por ambos os parceiros, não por compensação financeira, não por coação e não para fins enganosos. Susan Jennings, você está aqui por livre e espontânea vontade?

— Sim, estou — respondeu Susan.

— Você voluntariamente aceita Olix Nillis como seu marido legalmente casado, para o bem ou para o mal, na riqueza e na pobreza, na saúde e na doença, para amar e cuidar deste dia em diante até que a morte os separe?

— Eu aceito — disse Susan em uma voz surpreendentemente firme.

— Olix Nillis, você está aqui por vontade própria?

— Sim, estou — eu respondi, meu pulso acelerando de repente.

Eu nunca tinha ouvido os votos de casamento humano antes, mas gostei da amplitude de compromisso que eles implicavam. De muitas maneiras, eles imitavam os nossos, embora não os explicássemos com tantas palavras.

— Você voluntariamente aceita Susan Jennings como sua

legítima esposa, para o bem ou para o mal, na riqueza e na pobreza, na saúde e na doença, para amar e cuidar deste dia em diante até que a morte os separe?

— Sim — eu respondi.

— Kayog Voln, agente sênior dos Temern, você confirma ter testemunhado esta mulher, Susan Jennings, e este homem, Olix Nillis, trocando livremente seus votos matrimoniais? — perguntou a Magistrada.

— Sim — respondeu Kayog.

— Então, pelos poderes que me foram conferidos pela Lei Galáctica e pela Organização dos Planetas Unidos, declaro vocês, Olix Nillis e Susan Jennings, marido e mulher. Você pode beijar a noiva.

Meu cérebro congelou quando Susan de repente pareceu envergonhada enquanto olhava para mim com expectativa. A mesma expressão podia ser vista na Magistrada e no Temern. Beijo? Eu não estava familiarizado com o termo, mas aparentemente era algo que eu precisava fazer para concluir este processo.

— Hmmm... O que é beijo? — eu perguntei, envergonhado pela minha ignorância.

Eu quase recuei de preocupação quando a pele da minha nova companheira ficou com um tom brilhante de vermelho enquanto ela olhava para mim incrédula. Por que minha ignorância a enfureceu tanto? Essa era uma parte sagrada do ritual humano que eu havia perdido de alguma forma nas instruções que Kayog havia enviado?

— Me desculpe, Susan. Eu-

— Está tudo bem — ela disse, me interrompendo, e então deu de ombros enquanto desviava os olhos — Não é importante.

Eu olhei para ela, sentindo-me completamente perdido. A profundidade do tom vermelho de sua pele indicava raiva em meu povo, mas sua voz e linguagem corporal apenas expressavam constrangimento. Pior ainda, eu não conseguia decidir se ela estava sendo sincera ao dizer que não era importante. Confuso, eu olhei para Kayog.

— O beijo é um costume humano para expressar afeto, entre outras coisas — explicou o agente — Existem muitas maneiras de beijar, dependendo se o alvo é uma companheira, um parente ou um amigo. Nesse caso, é tradição que os parceiros humanos selem sua união pressionando os lábios um no outro por alguns segundos. Você só beija uma companheira na boca.

Meus olhos se arregalaram em choque, para não dizer horror.

— Por que eles fariam isso? — eu deixei escapar, imediatamente me arrependendo da minha falta de noção quando a vermelhidão do rosto de Susan subiu mais um pouco — Me desculpe. Receio não saber muito sobre os costumes humanos. Prometo fazer melhor.

— Como eu disse, está tudo bem. Não se preocupe com isso — disse Susan, com a voz um pouco mais cortante dessa vez.

— Eu não queria irritá-la — eu disse, me sentindo horrível.

— A pele humana fica vermelha por vários motivos — explicou Kayog em um tom um tanto divertido — Na maioria das vezes, é para expressar constrangimento ou timidez. Chama-se ruborizar.

— Oh! — eu disse, me sentindo ainda mais estúpido pela minha ignorância — Nossas escamas escurecem quando ficamos envergonhados — eu disse, antes de bufar enquanto olhava para mim mesmo — Como vocês podem ver acontecendo agora.

Susan lançou um olhar tímido em minha direção, e um pouco de sua vergonha pareceu desaparecer quando ela percebeu minhas escamas escurecidas. A lasca de um sorriso esticou em seus lábios.

— Eu farei melhor para aprender sobre seus costumes. Mas por enquanto, se você permitir, honrarei sua tradição e beijarei a noiva — acrescentei.

Eu não estava muito tentado por essa perspectiva. Por que pressionar sua boca na de outra pessoa? Ainda assim, eu tinha acabado de me comprometer a ser um bom marido para essa mulher pelo resto de nossas vidas. Mostrar algum respeito por seus costumes era o mínimo que eu podia fazer, por mais desagradável que fosse.

Agora, mais do que nunca, eu estava arrependido por não ter lido sobre os humanos. Mas todo esse processo aconteceu rápido demais. Apenas dois dias atrás, Kayog havia me informado sobre uma mulher ter me escolhido, e agora ela já estava aqui. Isso só me deu tempo para preparar a casa para a chegada dela, assim como apressar os planos do casamento.

Susan hesitou. Me incomodava não conseguir entender se era porque ela não queria que eu me sentisse obrigado ou porque também não estava muito interessada em me beijar. Eu odiava me sentir tão sem noção.

— Tudo bem — ela disse, a vermelhidão voltando ao redor do pescoço.

Ela ergueu o rosto em direção ao meu. Me preparando, inclinei-me para pressionar meus lábios contra os dela. Seu nariz pontudo, estranhamente flexível em vez de duro e inflexível como a ponta de um dedo, como eu esperava, cutucou o meu. Foi uma sensação estranha, mas a suavidade de seus lábios contra os meus escamosos realmente prendeu toda a minha atenção. Foi uma sensação incomum, mas bastante agradável. Eu ergui a cabeça, assustado quando a Magistrada e o Temern começaram a bater palmas. Susan sorriu timidamente para cada um deles, mas minha mente ainda estava presa no fato de que eu queria beijá-la novamente para avaliar melhor aquela experiência.

Mas esse pensamento errante foi interrompido quando a Magistrada nos pediu para assinar o contrato de casamento pressionando nossos polegares na caixa de assinatura na interface do altar. Ela e Kayog também assinaram como testemunha e oficiante.

— Parabéns, Susan e Olix. Desejo a vocês uma vida longa e feliz juntos — disse a Magistrada.

Nós dois agradecemos enquanto ela pegava o cartão do altar, que ela então entregou a Kayog. Com um aceno final de mão, ela saiu da sala.

— Vou arquivar isso com o Escrivão — disse Kayog — Eu estarei de volta logo.

Nós assentimos e o observamos ir embora. Um silêncio constrangedor se estabeleceu entre Susan e eu. Eu lancei um olhar de lado para ela apenas para encontrá-la me olhando. Eu limpei a garganta, pensando em como meu clã não ficaria impressionado ao ver seu líder tão intimidado por apenas conversar com a pequena mulher com quem eu acabei de me casar.

— Espero que você tenha feito uma viagem agradável até aqui — eu disse, falhando em pensar em um tópico mais interessante.

— Foi muito legal — disse Susan, parecendo quase aliviada por eu ter falado alguma coisa — A Agência planejou tudo perfeitamente. As acomodações eram adoráveis, assim como a equipe a bordo da nave.

— Fico feliz em ouvir isso — eu disse com um sorriso — Você também chegou em um lindo dia em Xecania. Será perfeito para a cerimônia em Monkoo.

— Mal posso esperar para ver sua aldeia e conhecer seu povo — ela disse com uma risada nervosa — Vi alguns vídeos durante a viagem. Seu planeta é lindo.

— É o seu planeta e seu povo agora também — eu corrigi gentilmente.

— Certo — ela disse, seu rosto esquentando um pouco mais.

Foi um fenômeno fascinante. E agora, não podia deixar de me perguntar para que outras cores os humanos mudavam com base em suas emoções.

Eu fiz um gesto com o queixo para a bolsa dela, que havia

colocado no chão antes do casamento — Isso é tudo o que você trouxe?

Susan balançou a cabeça — Não, eu tenho muito mais coisas — ela respondeu com uma expressão tímida que me fez pensar o quanto "muito mais coisas" significava — Kayog disse que um ônibus vai levá-las à aldeia de 24 a 48 horas. Esta bolsa contém apenas o essencial até então.

— Ótimo. Viajar mais leve nos permitirá voltar a Monkoo mais rápido — eu disse, aliviado.

Ela recuou levemente em surpresa — Oh? Não vamos viajar em um ônibus?

Eu balancei minha cabeça, me forçando a não mostrar desdém. Com certeza, os ônibus eram mais rápidos, mais confortáveis para alguns – especialmente os mais velhos – e permitiam carregar muito mais de uma vez, mas este não era o transporte de Caçadores, muito menos de Andturianos.

— Iremos montar no meu mraka de volta para casa — eu disse com orgulho.

— É mesmo? — Kayog disse, um olhar levemente preocupado em seu rosto enquanto voltava para nós.

— Sim, ele está esperando por nós lá fora — eu disse, perturbado pela expressão preocupada do Temern.

— Entendi — ele disse em um tom evasivo. Ele estendeu um cartão holográfico para cada um de nós — Aqui está uma cópia do seu registro de casamento e documentos de cidadania — ele acrescentou, olhando para a minha companheira — Parabéns aos dois. Espero que não nos encontremos novamente, pois isso significará uma união bem-sucedida entre vocês. Eu desejo o melhor a vocês.

— Obrigada por tudo, Kayog — disse Susan com uma expressão de gratidão.

— Realmente — eu respondi, acenando para o agente.

— Espere seus pertences em um ou dois dias, com um

presentinho de casamento da agência — acrescentou o Temern, com uma piscada para Susan.

— Tudo bem — ela respondeu, seu rosto suavizando de uma forma que eu achei intrigante.

O agente deu adeus, suas asas se movendo enquanto ele se afastava lentamente. Eu me virei para minha fêmea, que mais uma vez parecia incerta e um pouco intimidada. Eu entendia esses sentimentos. Deve ser assustador desenraizar-se e mudar-se para um planeta estrangeiro para viver entre pessoas estranhas de uma espécie completamente diferente.

— Venha, minha companheira. É hora de você descobrir seu novo lar — eu disse, pegando sua bolsa.

Ela me deu um sorriso trêmulo e me seguiu para fora.

CAPÍTULO 3
SUSAN

Enquanto eu seguia aquele homem enorme com quem acabei de me casar, continuei me lembrando de que os Temerns não cometiam erros com seus casamentos. Eu não era uma pessoa muito sociável, mas nunca me senti tão embaraçada perto de um estranho. Ele não sabia nada sobre humanos. Nada! Mais uma vez, me pareceu bastante imprudente da parte dele ter concordado em se casar com uma espécie que ele não conhecia. Sobre o que mais ele era tão frívolo? Além disso, ele também não parecia particularmente impressionado ou interessado em mim. Francamente, eu sentia o mesmo por ele.

Para ser justa, eu não podia reclamar de sua aparência. Certo, ele não se encaixava exatamente na minha definição padrão de beleza baseada na estética humana. No entanto, como um homem-lagarto, as feições de Olix eram harmoniosas. Eu sempre gostei de um homem alto, e meu marido me ultrapassava em uma cabeça e meia. Apesar de ser extremamente musculoso, ele não era volumoso com músculos excessivamente protuberantes como os fisiculturistas às vezes ficavam. Suas escamas verdes eram muito bonitas, algumas delas brilhando como esmeraldas sob o sol, enquanto as escamas negras brilhavam como a mais

23

fina obsidiana. Havia algo elegante e letal na maneira como ele andava, silencioso e fluido como um predador.

Durante meu voo para cá, eu li tudo o que pude sobre os Andturianos. Sua propensão a andar nus me incomodava muito. Pelo menos, suas caudas escondiam suas bundas e os machos tinham paus retráteis. Uma coisa boa também, considerando que a tanga decorativa que Olix estava usando não escondia muito. Caso contrário, a menor rajada de vento teria exposto a mercadoria. Um artigo sobre a anatomia dos Andturianos me permitiu ver que a maneira como as escamas caíam na frente da vagina de suas fêmeas também escondia a fenda. Não era por modéstia, e sim uma adaptação natural para evitar que coisas indesejadas entrassem.

Em contraste direto, a colônia agrícola em Meterion era bastante pudica. Embora ela tivesse perdido seu status de colônia religiosa ao longo dos séculos, alguns dos antigos costumes dos peregrinos haviam perdurado. Nós não expúnhamos nossos corpos nus a outras pessoas e não dormíamos por aí. Embora a pureza não fosse mais um requisito, tanto para homens quanto para mulheres, muitos de nós – incluindo eu mesma – esperavam se casar para se deitar com alguém. Em grande parte, devido à dificuldade de acesso a contraceptivos e à importância do direito de primogenitura quando se tratava de herança de terras. Engravidar uma primeira ou segunda filha era uma boa maneira de um homem elevar seu status e condições de vida.

E agora, minha primeira transa seria com um homem que nem sabia o que era um beijo. Fantástico...

Eu não era totalmente sem noção. Eu beijei um ou dois homens, dei algumas punhetas, mas nunca boquetes. Mas como seria minha noite de núpcias com Olix sendo que, segundo todos os relatos, sua espécie não fazia preliminares? Suas fêmeas se autolubrificam sob demanda, e os machos geralmente pegam suas fêmeas por trás. Eles vão direto ao assunto: bang bang, obrigado, senhora. Eu só esperava que tivéssemos algum tempo para discutir como e por que antes de fazer a ação.

Será que ele conseguirá ter uma ereção por mim, considerando o quão pouco impressionado ele estava com a minha aparência?

Ser mulher tinha suas vantagens. Enquanto eu rezava para que ele não me partisse ao meio, desde que fosse gentil, o fardo recaía sobre ele. Na pior das hipóteses, eu simplesmente deitaria de costas, fecharia os olhos e teria pensamentos felizes enquanto ele cumpria seu dever.

No entanto, todos esses pensamentos errantes pararam bruscamente quando, a apenas uma curta caminhada da entrada principal do porto espacial, eu avistei uma fera enorme, parecendo completamente deslocada em meio a uma série de naves pessoais. Ela parecia a prole de um javali misturado com um rinoceronte com esteroides. Ela tinha cara de rinoceronte com os dois chifres centrais, mas um focinho de javali com um par de presas extralongas e grossas emoldurando sua boca. À distância, sua pele parecia áspera como a de um rinoceronte, mas em uma inspeção mais próxima, ela revelou ter escamas grossas em vários tons de cinza claro a quase preto.

A aparência aterrorizante da criatura não me perturbou, mas a largura de suas costas quase me faria quebrar as pernas. E o cume pontiagudo de sua espinha, intercalado com pontas de osso – embora arredondadas – destruiria minha perseguida e minha bunda apenas ao me sentar nela enquanto estivesse parada. Eu nem queria imaginar o que isso faria com minha região inferior quando começasse a galopar.

Eu notei a expressão perturbada de Kayog quando Olix mencionou que iríamos cavalgando para sua aldeia em um mraka. Eu havia imaginado alguma nave maluca voando tão rápido que bateríamos em uma árvore ou algo assim. Mas isso?

O sorriso orgulhoso de Olix quando ele parou ao lado da criatura desapareceu no minuto em que ele olhou para mim. Eu não precisava de um espelho para saber a expressão horrorizada que meu rosto exibia claramente.

— Não tenha medo, Susan — disse Olix em uma voz gentil misturada com preocupação.

Em circunstâncias diferentes, eu estaria gostando de sua qualidade profunda e resmungona, com um tom levemente sibilante. Meu marido tinha um sotaque bastante sexy enquanto falava Universal.

— Apesar de sua aparência, Haju é uma criatura gentil com as pessoas — continuou Olix — Ele é uma montaria bem treinada e nos levará para casa com rapidez e segurança.

— Eu... eu não tenho medo da aparência dele — eu disse cuidadosamente — Mas não vejo uma sela nas costas dele.

Olix recuou e me lançou um olhar quase ofendido — Só as crianças usam selas e, mesmo assim, raramente. Você não confia em minha capacidade de permanecer firme em uma montaria?

— Oh, eu não duvido de *suas* habilidades — eu respondi rapidamente — Mas eu nunca conseguirei montar nessa criatura desse jeito. Ela é muito larga para mim, e sua espinha vai me destruir lá embaixo — eu acrescentei, meu rosto esquentando enquanto gesticulava a área geral da minha região inferior.

Os olhos de lagarto de Olix se arregalaram enquanto ele olhava para minha virilha com consternação.

— Por que isso a destruiria — ele perguntou, confuso — Nossas fêmeas montam neles o tempo todo sem nenhum problema. Eu também vou te abraçar.

— Assim como você, suas fêmeas têm escamas lá embaixo para protegê-las das bordas duras e da textura das escamas daquela criatura. Eu tenho a pele macia assim em todos os lugares — eu argumentei, beliscando a pele do meu antebraço para mostrar a ele — Quando ela começar a galopar, será como cortar a carne de uma presa com uma faca enferrujada, exceto que a carne será minhas partes íntimas. Isso vai me dividir ao meio e eu vou morrer com dores horríveis.

Perplexo, Olix olhou para mim, minha virilha e a parte de trás do mraka. Descrença, desapontamento, aborrecimento e uma forte dose de desânimo passaram rapidamente por suas feições reptilianas. Ele emitiu um som sibilante que me assustou pra caralho. Isso me lembrou o silvo de uma cobra misturado com algum tipo de som de resmungo e chocalho.

— Sinto muito — eu disse, me sentindo horrível enquanto o observava pensando em uma solução.

Ele não respondeu, mas o olhar que ele me deu doeu. E, no entanto, eu não poderia culpá-lo por isso. Eu também estava me perguntando o que diabos eu estava fazendo aqui. Claramente, eu não estava adaptada a este mundo. Talvez isso estivesse acontecendo por um bom motivo, enquanto ainda estávamos no porto espacial. Este casamento poderia ser anulado, e eu poderia voltar para casa. Eu ainda tinha alguns meses antes do meu vigésimo quinto aniversário.

— Espere aqui — disse Olix em um tom de resmungo — Eu vou encontrar algo para tornar a viagem segura para você.

Ele não esperou pela minha resposta. Virando-se, ele voltou para a entrada do porto espacial em um ritmo rápido, porém rígido. Eu pisquei para afastar o formigamento nos olhos. Nunca me senti tão inútil e inadequada como neste caso. Ao mesmo tempo, eu fiquei com raiva de Olix por não ter considerado nossas diferenças genéticas ao planejar me levar para casa. É claro, ele não teve muito tempo para estudar os humanos, considerando a rapidez com que tudo isso aconteceu. No entanto, ele não deveria ter se contentado com qualquer espécie que o aceitasse. Ele deveria ter examinado cada uma compatível e reduzido a escolha a uma que ele se sentisse confortável e entendesse.

E você não deveria tê-lo aceitado depois que Kayog a informou sobre isso.

Uma onda de angústia e tristeza tomou conta de mim. Eu me sentia cada vez mais sobrecarregada por toda essa confusão. Eu não esperava um conto de fadas, mas esperava um começo mais tranquilo do que este – uma química instantânea entre nós que teria validado a escolha empática do Temern de nos unir. Mas não houve nada disso. Para ele, eu era apenas uma grande decepção após a outra.

Olix nem chegou a entrar no porto espacial. Assim que ele estava chegando às portas, Kayog voltou para fora, carregando algo grande em seus braços. Os dois homens pararam e começaram a conversar. Kayog estendeu o pacote para Olix, que o pegou hesitante. A conversa entre eles pareceu se intensificar, chamando a atenção de alguns outros clientes que entravam e saíam do porto espacial. O Temern fez um gesto com a cabeça para que meu marido o seguisse enquanto eles davam alguns passos para o lado, longe de ouvidos indiscretos.

Minha garganta apertou. Dessa distância, eu não consegui ouvir nada do que eles disseram, mas pude ver uma expressão um tanto preocupada no rosto do agente. A julgar pela linguagem corporal deles, suspeitei que Olix estava tentando me jogar de volta para Kayog, que estava fazendo o possível para convencê-lo a fazer uma tentativa justa. Eu me senti humilhada e envergonhada. Claro, eu podia estar errada. Talvez o Temern estivesse apenas dando a ele alguns conselhos ou percepções de última hora sobre como lidar com uma companheira humana, mas o meu lado pessimista esperava o pior.

Estupidamente, o pensamento dele querendo se livrar de mim de repente me fez querer ficar e provar que ele estava errado, provar a ele que poderíamos fazer isso, e que eu poderia ser a melhor esposa que ele poderia ter desejado. Assim, acabei ignorando meus próprios pensamentos de que isso era um erro.

Eu não era uma desistente. Seu povo estava passando fome. Eu poderia mudar isso. Eu poderia ser valiosa para todos eles... se ao menos me dessem uma chance.

Depois de mais alguns minutos, Olix acenou com a cabeça para Kayog, e o agente pareceu relaxar, dando a meu marido um sorriso satisfeito. Olix se virou e começou a voltar para mim, carregando o pacote que Kayog lhe deu, enquanto este acenava para mim. Eu acenei de volta, com lágrimas de alívio pinicando meus olhos.

Quando Olix diminuiu a distância entre nós, eu reconheci o objeto em sua mão como uma espécie de sela enorme. Meu coração se aqueceu pelo Temern. Eu lancei um olhar para a entrada, mas o agente já havia saído. Claro, ele sabia que seria impossível eu montar na criatura e imediatamente foi buscar o que eu precisava. Ele não fazia mistério de que queria que essa união desse certo. Mas esse gesto foi além de seu dever. Eu esperava que deixá-lo orgulhoso no final.

— Kayog Voln sempre pensa em tudo — disse Olix em tom de resmungo, mostrando a sela em suas mãos — Isso deve mantê-la segura e tornar o passeio agradável para você.

— Perfeito, obrigada! — eu disse quando ele começou a prendê-la na criatura.

— Não me agradeça, minha companheira — disse Olix, suas escamas escurecendo de vergonha — Parece que eu continuo falhando com você. Eu sei que você está desapontada com o quão inadequado eu estou provando ser. Mas eu prometo fazer melhor.

Meu peito apertou ao ouvir a profundidade da vergonha em sua voz. Todo esse tempo que passei pensando que ele estava me julgando e me achando deficiente, ele estava se culpando, pensando que eu estava fazendo o mesmo com ele.

Eu instintivamente coloquei minha mão em seu braço, dando-lhe uma carícia suave e tranquilizadora.

— Você não é inadequado — eu disse gentilmente, mas com firmeza — E você não falhou comigo. Nós somos dois estranhos unidos pelo destino e que se comprometeram a ser o apoio um do outro e o parceiro mais leal, para o bem ou para o mal. Você tem muito a aprender sobre mim e os humanos em geral, assim como eu tenho muito a aprender sobre você e o povo Andturiano. Podemos fazer isso juntos. Contanto que nos comuniquemos e mantenhamos a mente aberta, não há nada que não possamos superar.

Sua expressão se suavizou e ele me encarou em silêncio, seus olhos dourados percorrendo meu rosto como se ele estivesse me vendo pela primeira vez. Depois de um tempo, um sorriso gentil esticou seus lábios escamosos.

— Obrigado por sua compreensão, Susan — Olix disse com aquele adorável sotaque dele — Vou me esforçar para deixá-la orgulhosa.

— Eu também — respondi com um sorriso.

Meu marido ajeitou rapidamente a sela nas costas da criatura. Ela era impressionante, com um cobertor grosso caindo para os lados para evitar que as escamas raspassem minhas pernas apesar das calças, e um banco ainda mais grosso e acolchoado que ficava em cima das costas da criatura. Isso me permitia sentar confortavelmente com as pernas dobradas para trás em cada lado da almofada ou penduradas. Assim que ele me acomodou, Olix prendeu minha bolsa em um tipo de alça na parte da frente da besta. Ele então se içou atrás de mim, diretamente para a parte não selada do mraka, e passou o braço em volta da minha cintura. Ele me puxou para trás na almofada até que minhas costas pressionassem contra seu peito musculoso.

O forte calor do seu corpo ao meu redor era surpreendentemente agradável. Por algum motivo, eu esperava que suas escamas irritassem e arranhassem minha pele, mas elas pareciam estranhamente flexíveis contra mim. Apesar da elevação fornecida pela sela, Olix ainda estava quase uma cabeça mais alto do que eu. Seu agradável aroma de terra e madeira excitou minhas narinas. Envolvida e protegida por seu corpo, relaxei contra ele.

— Isso é confortável para você? — ele perguntou, sua voz profunda me dando arrepios.

— Sim, isso é perfeito. Obrigada — eu respondi.

— Ótimo. Vou devagar no começo. Se você começar a sentir

dor ou desconforto a qualquer momento, por favor me avise imediatamente — ele disse.

— Tudo bem — respondi, me sentindo comovida por sua preocupação.

Começamos a cavalgar quase que em silêncio, o mraka gradualmente aumentando o ritmo. Em dez minutos, a besta galopava a uma velocidade vertiginosa. A princípio, meu estômago revirou um pouco e meus dentes batiam, mas acabei me adaptando ao movimento, fluindo com os movimentos da criatura, assim como os de Olix atrás de mim. Eu ainda ficarei dolorida como o inferno pela manhã, mas com o tempo, eu não duvidava nem por um minuto que me acostumaria a esse meio de transporte.

Embora Olix tenha apontado para alguns marcos ao longo do caminho, ele permaneceu em silêncio. Eu não me importei. Enquanto apreciava a vista deslumbrante da terra selvagem quase intocada, eu dei boas-vindas a esta oportunidade de reunir meus pensamentos e me preparar mentalmente para conhecer seu povo... meu novo povo.

Após uma hora de viagem, eu quase pedi uma pausa, pois estava começando a sentir cãibras, cansaço e sede. No entanto, como se tivesse adivinhado meu desconforto crescente, Olix anunciou que estávamos a menos de dez minutos. Eu decidi ficar quieta e aguentar mais um pouco.

Para minha alegria, a silhueta da aldeia finalmente apareceu no horizonte. Não tenho certeza do que esperava, mas não as elegantes estruturas de pedra, madeira e vidro que me receberam. Os castanhos escuros e os beges claros conferiam uma aura quente e pacífica. O traçado harmonioso da aldeia revelava um planejamento urbanístico bem pensado e um desenho engenhoso que conjuga os elementos modernos das construções com o ambiente natural.

As habitações de um andar cercavam uma grande praça de pedra no final da qual ficava um edifício enorme. Ele devia ser o salão de reuniões ou servir como algum tipo de ambiente oficial. Enquanto a maior parte da aldeia parecia estar coberta de terra compactada, alguns caminhos de paralelepípedos indicavam as principais "estradas", se esse termo pudesse ser aplicado. De relance, eu calculei que a aldeia continha algumas centenas de casas cercadas por vastas planícies de cada lado, uma floresta densa a curta distância e um rio largo ao fundo.

A ausência de fortificações ou muros defensivos ao redor da aldeia mostrava a natureza pacífica dos habitantes desta área e do planeta como um todo. Enquanto os Andturianos dependiam fortemente da caça e – em menor grau – da pesca, nenhum predador perigoso vagava por perto.

Mas conforme diminuímos a distância de minha nova casa, minhas entranhas se contorceram em um nó ao ver dezenas – senão centenas – de Andturianos de todas as idades reunidos na praça para testemunhar nossa chegada.

— Calma, Susan — Olix disse de repente perto do meu ouvido enquanto começava a diminuir a velocidade com que o mraka galopava — Este é seu novo povo agora. Ninguém irá machucá-la. Você está entre familiares e amigos. Eles estão ansiosos para conhecê-la.

Eu não sei dizer o que delatou meu nervosismo, ou se ele estava apenas antecipando quais emoções poderiam passar por mim neste momento, mas suas palavras ajudaram a aliviar parte do meu estresse. Eu provavelmente continuaria uma bagunça completa pelos próximos dias, mas todo apoio era bem-vindo.

— Espero que eles não fiquem muito desapontados — eu murmurei, imediatamente me arrependendo disso.

Mas sua resposta me surpreendeu.

— Não, minha Susan — Olix respondeu com uma voz estranhamente séria — Somos nós que esperamos que você não fique muito desapontada com sua nova casa e povo.

Pela primeira vez, eu me perguntei como eles poderiam estar

se sentindo ao pensar que eu os julgaria como eles estariam me julgando. Minha opinião realmente importava para eles?

Olix é o governante deles... ou melhor, o Líder do Clã.

Sim, eu podia ver como eles poderiam querer obter a aprovação da esposa de seu líder. Mas também me ocorreu que, como tal, eu cairia sob um escrutínio ainda maior. Quão humilhante seria para ele se seus 'súditos' achassem sua 'rainha' patética? Eu não queria envergonhá-lo ou prejudicar sua autoridade.

Esse pensamento deu ao meu estômago já embrulhado outra reviravolta desagradável.

Mas todos os meandros fugiram da minha mente quando nossa montaria parou sob os aplausos e saudações do clã. Eu não sabia para onde olhar com tantos rostos de lagartos ao meu redor. Para minha vergonha, se não fosse pelas diferentes cores e padrões em suas escamas, eu teria dificuldade para diferenciá-los. Todos eles pareciam iguais para mim, exceto pelas diferenças perceptíveis de tamanho e forma que separavam os dois gêneros. Embora meu cérebro reconhecesse a variedade em suas características que tornavam cada rosto único, levaria um tempo para processar essa sobrecarga de informações.

Olix habilmente pulou do mraka e então me levantou da sela como se eu não pesasse nada antes de me colocar de pé na frente dele.

— Susan, esta é a aldeia Monkoo, seu novo lar. E este é meu clã, sua nova família — ele disse, apontando para as pessoas e para a aldeia em geral com um aceno de mão — Povo de Monkoo, apresento a vocês minha companheira humana, Susan Jennings, dos Campos do Sul de Meterion.

Todos eles bateram com a cauda no chão duas vezes enquanto pressionavam a mão direita no peito em um gesto de boas-vindas. Sentindo-me super desajeitada, eu respondi com um sorriso rígido e um aceno de cabeça ainda mais rígido. Embora nenhum deles demonstrasse hostilidade, pela maneira como me avaliaram sutilmente, nenhum deles pareceu particularmente impressionado. Eu precisaria trabalhar para provar meu valor.

Duas fêmeas se aproximaram de nós, uma claramente mais velha, a julgar pela espessura de suas escamas, quase da mesma tonalidade que as de Olix, a cor mais escura dos fios estranhos que me faziam pensar em tranças em suas cabeças, e o número de contas e nós nas joias tribais que ela usava. A outra fêmea, visivelmente mais jovem, mas ainda adulta, tinha impressionantes escamas azuis que brilhavam como pedras preciosas sob o sol.

— Susan, esta é minha mãe Yamir e minha irmã mais nova Luped — disse Olix.

— Bem-vinda, filha — Yamir disse em uma voz surpreendentemente acolhedora.

— Bem-vinda, irmã — Luped respondeu com um entusiasmo que me fez instantaneamente gostar dela.

Eu murmurei de volta uma saudação. Eu não sabia o quão sincero era o acolhimento delas, ou como elas se sentiam sobre mim como esposa de Olix, mas essa saudação inicial me fez sentir muito melhor... menos sozinha entre estranhos.

CAPÍTULO 4
SUSAN

E u quase entrei em pânico quando as duas mulheres agarraram cada um dos meus braços e começaram a me atrair para longe.

— Temos que prepará-la para sua cerimônia de acasalamento — disse Yamir enquanto me puxava atrás dela.

Eu lancei um olhar preocupado por cima do ombro em direção a Olix, que sorriu encorajadoramente enquanto era arrastado por dois homens.

— Não se preocupe — Luped disse enquanto eu as seguia, tentando não surtar — Nós só vamos enfeitá-la com as cores tradicionais, depois vamos trazê-la de volta para o centro... hmmm ... praça, acho que vocês chamam. Lá, nossa vidente, Molzeg, abençoará sua união. E então, vamos festejar e dançar!

Eu sabia que uma segunda cerimônia de casamento me esperava na minha chegada, mas pensei que eles me concederiam uma hora ou mais para relaxar, esticar as pernas, beber água, desempacotar minhas coisas e me orientar. Eu nem tive a chance de pegar minha bolsa no mraka.

— Não quero ser grosseira — eu disse enquanto as duas mulheres me conduziam para dentro de uma bela casa bem ao lado da praça e que parecia um pouco mais imponente do que as outras — mas, posso perguntar por que a pressa? Eu acabei de chegar.

Felizmente, nenhuma das mulheres pareceu ofendida com minhas palavras, um ar de simpatia se estabelecendo em suas feições alienígenas.

— Sinto muito por você sentir que isso é apressado — disse Luped — Deve ser muita coisa para você. No entanto, muitos dos convidados vêm de clãs vizinhos. Eles fizeram uma longa jornada até aqui para prestar suas homenagens e honrar sua união. Eles devem retornar às suas respectivas aldeias após as comemorações. Como nós viajamos da maneira tradicional, seria mais desafiador para seus jovens viajarem após o anoitecer.

— Entendi — eu respondi, lisonjeada e apaziguada por sua resposta — Eu não imaginei que as aldeias vizinhas passariam por tantos problemas para o meu casamento.

— Claro que sim — disse Yamir com uma leve carranca — Você vai se casar com o grande caçador Olix Nillis, líder do clã Monkoo. Ele é a Lança dos clãs Andturianos de Xecania. Ele nos une a todos. Algo menos que isso seria uma ofensa para ele, mas especialmente para você.

Essas palavras pareciam um aviso, mas também como um grande fardo que de repente caiu sobre meus ombros. A maneira como ela olhou para mim enquanto falava claramente transmitia o fato de que agora eu tinha um dever que afetaria a posição de seu filho entre seu povo, tanto aqui em nossa aldeia quanto entre os outros clãs. Eu não pedi por isso.

— Eu fico honrada — eu respondi em voz baixa.

Essa resposta pareceu agradá-la. Sorrindo, ela me atraiu para mais perto da grande mesa que ocupava metade da vasta sala que parecia servir como sala de estar e jantar em plano aberto. Não havia cozinha em si, apenas o que poderia ser, na melhor das hipóteses, uma quitinete. Andturianos eram uma espécie focada na comunidade e não cozinhavam individualmente, e sim para o clã como um todo. Na parte de trás, uma série de portas levava ao que presumi serem quartos e depósitos.

Janelas enormes cobriam a maior parte das paredes da área principal. Enquanto elas nos davam uma visão clara do que estava acontecendo do lado de fora, elas não permitiam que as pessoas de fora da casa vissem o interior. E isso era uma coisa muito boa também, considerando que minha sogra imediatamente começou a tentar me livrar das minhas roupas.

Isso foi muito desconfortável, embora não inesperado. Como Kayog havia me avisado sobre meu casamento Andturiano, eu li sobre isso no meu caminho para cá. Como em tudo o mais, seu povo não usava roupas. Enquanto isso, Luped estava misturando uma espécie de tintas tribais que aplicariam em mim.

— Então... com relação ao traje de casamento — eu disse timidamente, enquanto permitia que Yamir me ajudasse a tirar minha camisa e calças — meu povo não se sente confortável com nudez completa como a de vocês.

Yamir enrijeceu e olhou para mim, minhas calças agarradas em sua mão. Eu lambi meus lábios nervosamente, lancei um olhar de lado para sua filha, que também estava olhando para mim, antes de prosseguir com meu pensamento.

— Não preciso dizer que, ao contrário dos Andturianos, os humanos não têm escamas —eu acrescentei com uma risada nervosa — Nossas roupas não apenas nos protegem do frio e de nos machucarmos com coisas com as quais podemos entrar em contato, mas também ajudam a preservar nossa modéstia.

— Modéstia? — Yamir perguntou, inclinando a cabeça para o lado.

— Nossa anatomia é diferente — eu disse, escolhendo minhas palavras com cuidado.

Eu não sabia o quanto elas sabiam sobre humanos. Eu sempre achei que era melhor usar um excesso de cautela, mas também não queria ofendê-las afirmando o óbvio ou insinuando que estava questionando sua inteligência.

— Vocês não têm seios proeminentes como as mulheres humanas — eu disse, apontando para meus seios bastante generosos — Embora nossa região inferior seja semelhante no geral — eu acrescentei acenando para minha virilha — a sua é naturalmente coberta e protegida por escamas. A minha está completamente exposta, assim como o meu traseiro.

Minhas bochechas estavam à beira de explodir em chamas de vergonha. Eu não podia acreditar que esta era a primeira conversa que eu estava tendo com minha sogra. Em que diabos eu tinha me metido? E, no entanto, eu me forcei a abrir caminho.

— Meu povo era originalmente uma colônia religiosa. Era considerado crime expor nossa nudez a qualquer homem que não fosse nosso marido ou profissional médico para fins de tratamento. Embora isso não seja mais um crime, ainda consideramos inadequado nos expormos em público, principalmente para pessoas de gênero diferente. Meu marido é o único homem que deveria me ver nua.

Para minha surpresa, as duas mulheres assumiram uma expressão cautelosa, Yamir em particular, dando alguns passos para trás como se estivesse ficando com medo de mim. Não era medo, mas preocupação com o que eu poderia fazer. Meu cérebro congelou por um segundo, e então me atingiu.

— Meu rosto está vermelho? — eu perguntei, tocando minhas bochechas, o calor confirmando que eu provavelmente estava vermelha como uma beterraba.

— Sim — Yamir respondeu cuidadosamente.

— Eu não estou furiosa — eu disse com uma risada nervosa — Olix pensou o mesmo antes. Os seres humanos assumem vários tons de rosa e vermelho, em torno de nossos rostos e pescoços, quando estamos muito tímidos ou envergonhados. Também podemos ficar vermelhos quando estamos com raiva, mas é muito óbvio que estamos furiosos. Geralmente nós gritamos e fazemos carrancas quando isso acontece.

Os ombros de Yamir e Luped relaxaram, uma expressão aliviada em seus rostos.

— Obrigada por esta explicação, tanto sobre a cultura de seu povo quanto sobre suas respostas anatômicas — disse a anciã — Estávamos ficando com medo de ter provocado sua ira de alguma forma. Quando as escamas de nosso povo ficam com esse tom de vermelho, geralmente ocorre uma batalha sangrenta. Eu odiaria ter que explicar ao meu filho por que estávamos nos enfrentando em um duelo com sua nova companheira.

Desta vez, eu não pude deixar de rir. Porém, isso não teria sido divertido para mim, pois as mulheres eram claramente muito fortes – quase no mesmo nível de seus machos de acordo com o que eu havia lido – e teriam feito picadinho de mim.

— Teria sido realmente muito estranho — eu concordei — No entanto, entendo que agora vocês são meu novo povo e eu quero pelo menos fazer um esforço, quando não puder aceitar totalmente alguns de seus modos. Eu não posso mostrar minhas partes íntimas em público, como as chamamos, mas posso usar algumas roupas íntimas que pelo menos darão a ilusão de que estou mostrando. Mas para isso eu precisaria da minha bolsa que ficou no mraka.

— Eu irei buscá-la — Luped ofereceu com um sorriso entusiasmado.

Sem esperar pela minha resposta, ela foi direto para a porta. Eu mal tive tempo de agradecê-la antes que a porta já estivesse se fechando atrás dela. Eu me virei para minha sogra para encontrá-la sorrindo estranhamente para mim.

— Eu não sabia o que pensar quando Molzeg insistiu que meu filho, nosso líder, deveria tomar uma forasteira como sua companheira — Yamir disse como se estivesse refletindo em voz alta — Eu temia que você pisasse em cada um de nossos modos e se acomodasse no seu, o que inevitavelmente prejudicaria a posição de meu filho, especialmente considerando esses tempos difíceis. Essa consideração que você demonstra para com a nossa cultura, embora permaneça fiel à sua, honra nossos dois povos e me dá esperança para o futuro. A companheira de um líder de clã naturalmente possui maiores responsabilidades. Como estrangeira, você passará por um escrutínio ainda maior. Contanto que você mantenha essa mente aberta e vontade de defender nossos valores na medida de sua capacidade, você encontrará em mim uma aliada leal.

Essas palavras me comoveram mais do que eu poderia expressar. No entanto, eu não tive chance de responder quando Luped voltou, mostrando minha bolsa com um sorriso triunfante. Eu sorri para sua mãe e acenei para expressar minha gratidão por suas palavras antes de agradecer a Luped.

Eu peguei minha calcinha nude na bolsa, a melhor lingerie que eu possuía, além do conjunto de renda preta que também comprei para minha noite de núpcias. Eu havia comprado as duas antes da minha partida, o que me rendeu alguns olhares penetrantes do atendente em Meterion.

Enquanto segurava a lingerie em minhas mãos, olhei para as duas mulheres que estavam olhando para mim com expectativa. O calor rastejou de volta para minhas bochechas quando percebi que elas estavam esperando que eu tirasse a roupa na frente delas. Era estranho que eu me sentisse tão constrangida depois de ter me despido inúmeras vezes na frente de outras mulheres sem pestanejar. Mas elas sendo alienígenas tornavam as coisas completamente diferentes.

Uma parte de mim queria entrar furtivamente em um dos quartos para me trocar. Afinal, eu tinha acabado de dar a elas todo o discurso sobre não nos despirmos na frente de estranhos. Mas eu havia especificado que isso se aplicava principalmente a não nos mostrarmos a outros homens. Engolindo um suspiro, decidi engolir em seco e apenas terminar de me despir, mais grata do que nunca por ter raspado suavemente todas as partes necessárias.

Embora meus seios certamente tenham despertado o interesse delas, minha perseguida agia como o maior ímã do mundo. A maneira como seus olhos de lagarto se concentraram nela, era como se algum tipo de placa neon apontasse para ela piscando freneticamente, chamando sua atenção. Eu nunca me senti tão envergonhada na minha vida. Era como se eu fosse algum tipo de inseto sendo estudada sob um microscópio. Eu não duvidei nem por um minuto que as mulheres não queriam me desrespeitar. Em seu lugar, eu teria lutado como o inferno para não olhar, mas meus olhos estariam lutando com unhas e dentes para continuar espiando.

A julgar por seus rostos estranhamente expressivos – que eu esperava que fossem rígidos com todas aquelas escamas – elas ficaram bastante surpresas com sua aparência. Desnecessário dizer que me preocupei com a reação de meu marido quando chegasse a hora. De qualquer maneira, eu rapidamente coloquei minha calcinha para acabar com aquele escrutínio. E, no entanto, mesmo depois de colocar minha calcinha, as mulheres continuaram olhando para minha virilha por mais um tempo, como se pudessem ver através do tecido, enquanto eu vestia meu sutiã. Eu ainda me sentia muito nua e exposta, mas me consolei tentando imaginar que era um biquíni e não roupa íntima.

De qualquer forma, a cor combinou bem com o meu tom de pele e minha sogra e cunhada pareceram aprovar o resultado final. Elas imediatamente começaram a desenhar padrões tribais em meus braços e pescoço com a tinta que Luped havia misturado. Elas trabalharam com uma rapidez e uma destreza requintada que me deixaram sem fôlego, especialmente Yamir. Para minha agradável surpresa, a tinta não tinha um cheiro químico, e sim um adorável aroma picante e doce que me lembrou vinho quente.

Após concluírem essa tarefa, elas me enfeitaram com pulseiras e colares feitos com muita habilidade, mas depois pareceram completamente perplexas quando se tratava do que fazer com meu cabelo. Os fios grossos, mas flexíveis, cobertos por uma espécie de escamas finas, que pendiam na parte de trás de suas cabeças, me lembravam estranhos dreadlocks. Levaria muito tempo para eu trançar meu cabelo de uma maneira que lembrasse remotamente a isso, mas eu tinha anéis inteligentes que automaticamente espiralavam ao redor do comprimento da seção de cabelo que eu prendia. O fio de cobre ficou lindo em meu cabelo; sua cor quase semelhante.

Os olhos de Yamir se arregalaram de surpresa e prazer quando eu fiz o primeiro. Luped fez um estranho som sibilante de aprovação enquanto eu passava para o segundo. Em minutos, eu tinha arrumado toda a minha cabeça com duas dúzias de dreadlocks falsos. Normalmente, eu só fazia um de cada lado do rosto, como os vikings de antigamente tinham um par de tranças emoldurando o rosto. Luped e Yamir amarraram alguns cordões de couro em meus cabelos, dos quais pendiam várias pedrinhas coloridas e polidas.

Quando terminaram, minha cabeça estava um pouco pesada, mas não dolorosamente. Finalmente pronta, as mulheres gesticularam para que fôssemos. Para sua consternação, eu peguei um par de sandálias simples e enfiei meus pés nelas.

— Minhas solas não são protegidas como as suas — eu expliquei — Eu machucaria meus pés e provavelmente me cortaria nas pequenas pedras no chão.

As mulheres olharam para os meus pés, mais uma vez não impressionadas com o quão mole eu era. Seus lábios escamosos tremeram no que presumi ser o equivalente a um ser humano beliscando os lábios em reprovação. Felizmente, elas não me incomodaram com isso.

Yamir gesticulou para que eu fosse em direção à porta. Acredito que cerca de meia hora já havia se passado desde que entramos na casa, provavelmente um pouco mais. No entanto, como a Praça estava quase vazia quando chegamos, eu esperava que as pessoas quisessem um pouco mais de tempo para terminar de arrumar as coisas, o que quer que fossem. Para minha surpresa, assim que Luped abriu a porta, eu fui recebida com uma visão hipnotizante do meu altar de casamento.

Ao invés das tradicionais cadeiras e bancos, e o excesso de flores e fitas comuns nos casamentos humanos, os Andturianos haviam colocado fileiras e mais fileiras de bancos baixos e almofadados, em um raio circular na praça. Logo após a última fileira, tochas uniformemente espaçadas cercavam a área. Lanternas flutuantes criavam quase uma cúpula estrelada acima. Claramente, nenhum dispositivo tecnológico as operava. Eu levei um momento para perceber a rede quase invisível de fios que as conectava, impedindo-as de voar para longe.

No centro, a anciã chamada Molzeg nos esperava. Um pequeno altar cilíndrico feito de algum tipo de madeira clara, esculpido com o desenho mais bonito e intrincado, estava na frente dela. Atrás dela, dois homens impressionantes seguravam o que eu só poderia presumir serem objetos cerimoniais.

Hipnotizada, eu avancei quase atordoada enquanto as pessoas começavam a cantar e fazer sons ritmados com as mãos e as caudas. Eu levei um momento para perceber que Olix estava do outro lado da praça, bem na minha frente, também sendo escoltado até o altar, mas por dois homens.

Eu não o conhecia e certamente não estava apaixonada por ele, mas o som hipnótico dos instrumentos de percussão, das vozes alienígenas cantando, de suas palmas ritmadas e a beleza dessas decorações simples me colocaram em um transe mágico que eu só esperava sentir em um casamento de amor. Meu coração acelerou e minha cabeça girou quando coloquei um pé na frente do outro.

Nós paramos um na frente do outro, olhos fixos. Algo estranho se passou entre nós. Eu estava tão perdida no momento que nem percebi o canto parando e a Vidente Anciã começando a falar. A visão de uma leve fumaça flutuando entre nós com um cheiro de incenso de ervas me tirou do meu torpor. Então, eu olhei para o altar onde algumas ervas queimavam enquanto

Molzeg recitava o discurso tradicional dos casamentos Andturianos em sua língua nativa.

Eu não tinha o módulo de tradução para isso. Ele nunca foi construído devido à falta de demanda. Os Andturianos ainda eram considerados uma espécie primitiva e tinham uma população relativamente pequena que se mantinha isolada. Como eles falavam muito bem o Universal, isso nunca foi considerado necessário. Pelo menos, meu tradutor eventualmente acabaria aprendendo a língua deles.

Apesar da minha falta de compreensão das palavras em si, eu basicamente imitei tudo o que Olix fez. Quando Molzeg o presenteou com um prato contendo uma fruta seca que me lembrou uma ameixa, ele a pegou e o trouxe aos meus lábios. Eu aceitei o pedaço surpreendentemente saboroso e comi. Então eu retribuí alimentando-o com uma coisa semelhante. Quando ele estendeu as mãos para mim, com as palmas voltadas para cima, eu coloquei as minhas nas dele. Molzeg então pegou uma tigela de um dos dois homens atrás dela e começou a circular ao nosso redor, mergulhando os dedos dentro dela e nos espirrando com algumas gotas. O tempo todo ela entoou algo ao qual a multidão respondia com uma única palavra com fervor religioso.

Eu não fazia ideia do que era aquele líquido, mas ele parecia claro como água e não tinha um cheiro específico. Mas, com o incenso de ervas ainda queimando, seria difícil para o meu pobre nariz humano detectar qualquer outra coisa, a menos que fosse muito pungente. A Vidente completou três dessas rotações ao nosso redor antes de entregar a tigela a um dos homens. Ela então se virou para o segundo homem e tirou dele longos galhos folhosos.

Mais uma vez, Molzeg circulou ao nosso redor, passando as folhas nas costas de Olix até as coxas, depois subindo pelos lados até os ombros, antes de seguir o comprimento de seus braços. Seguindo esse caminho, os galhos acariciaram minha mão, ainda segurando a dele, e repetiram o padrão ao contrário, subindo pelo meu braço, descendo pelo meu lado, pelas minhas costas e depois pelo outro braço até se reconectar a Olix através de nossas outras mãos.

Embora eu não pudesse ter certeza, eu acreditava que esse era um ritual de conexão. Ele foi bastante agradável e bonito, trazendo um sorriso ao meu rosto. E então, Molzeg ficou ao nosso lado. Ela colocou a parte frondosa do galho sobre nossas mãos unidas e disse mais alguma coisa ao final da qual Olix respondeu com uma única palavra. O pânico se instalou imediatamente, pois eu não havia entendido a palavra e nunca seria capaz de repeti-la. Minha respiração falhou quando Molzeg se virou para mim.

— Você aceita livremente este Caçador para ser seu parceiro de vida, o pai de sua prole, o pilar em quem você confia em seus momentos de fraqueza, e você promete ser seu porto seguro em todos os momentos e a rocha que a ajudará permanecer firme quando sua própria força vacilar? — a Vidente perguntou em Universal.

— Sim, eu aceito — eu respondi, o alívio me inundando.

Em resposta, Molzeg bateu com as folhas em nossas mãos. Como as minhas estavam no topo, doeu bastante. Não o suficiente para machucar, mas o suficiente para eu notar. Ela recitou mais algumas palavras, e em seguida, sacudiu os galhos novamente em rápida sucessão sobre os antebraços de Olix e depois sobre os meus. Desta vez, eu recuei e cerrei os dentes. Essa doeu. Olix notou minha mudança de comportamento e franziu levemente a testa, um olhar questionador em seus olhos. Mas eu nunca tive a chance de tentar expressar a fonte do meu desconforto.

Eu ouvi o som de assobio antes que o galho se conectasse ao lado de Olix. Ele não se encolheu, nem pareceu sentir. Meu estômago caiu e meu sangue gelou quando o som de assobio – assustadoramente reminiscente de um chicote – ressoou segundos antes do galho atingir minha cintura nua.

Uma dor lancinante explodiu do meu lado e eu gritei. Arrancando minha mão esquerda da de Olix, eu cobri a área ferida enquanto lançava um olhar indignado e incrédulo para a Vidente Anciã.

— Que porra é essa? Uau! Tome cuida—

— NÃO! — Olix gritou, me interrompendo. O olhar de choque e horror em seu rosto instantaneamente entorpeceu o latejar nas minhas costas — O que foi que você fez?!

Um silêncio sinistro caiu sobre a reunião, as mesmas expressões horrorizadas ou desanimadas refletidas em todos os rostos. Pela maneira como eles olharam para a mão vazia de Olix como se fosse o bicho-papão, eu percebi que tinha fodido tudo.

CAPÍTULO 5
OLIX

Eu não conseguia respirar, não conseguia pensar. Um único pensamento repetia na minha cabeça: ela havia quebrado o círculo. E ainda assim, por baixo disso, lutando pelo domínio, espreitava outro pensamento: minha companheira havia se ferido. A brisa fresca em minha mão vazia parecia o calor abrasador de mil fogueiras. Com aquele gesto, naquela fração de segundo, Susan nos amaldiçoou a uma união quebrada e miserável. Ela ser uma estranha já era um desafio que o meu povo aceitava com certa relutância. Mas agora, eles nunca reconheceriam a autoridade ou legitimidade de uma Senhora do Clã ungida por meio de uma união condenada.

Era ainda mais doloroso que, a julgar por sua expressão, ela não soubesse.

— Está tudo bem, Olix Nillis — disse Molzeg em Universal, com a voz calma, mas alta, para que todos ouvissem — Pegue de volta a mão de sua companheira e reforme o círculo. Ela não o quebrou deliberadamente. Minha falta de jeito causou isso.

Talvez sim, mas o círculo ainda estava quebrado. Tinha que ser um sinal dos Espíritos.

— O círculo foi quebrado — Zoltar argumentou de seu assento, a alguns metros de nós.

Alguns outros na reunião acenaram com a cabeça com uma expressão preocupada em seus rostos.

— O círculo *não* foi quebrado — disse Molzeg com voz severa, olhando para ele — Ele foi violado, sim, mas nunca quebrado. A mão direita dela, aquela que segura a base de sua união, nunca se separou dele. Isso significa que eles enfrentarão tempos difíceis – como é de se esperar ao acasalar com um forasteiro – mas suas raízes são fortes o suficiente para resistir e vencer a tempestade.

Meus lábios se separaram enquanto eu olhava para a mão direita dela, que de fato permaneceu firmemente amarrada na minha esquerda. Na verdade, quando Susan sentiu dor, o aperto de sua mão direita aumentou, como se ela buscasse força e conforto em mim. Um alívio inundou através de mim. Embora eu ainda não pudesse ver, e por mais novo que isso fosse, isso era uma prova de que realmente tínhamos uma base sólida. Tempos difíceis, eu poderia resistir.

Zoltar cuspiu sua dúvida, mas as palavras da Vidente Anciã pareceram apaziguar os outros. Susan estava olhando para mim como uma presa encurralada por um predador. Culpa e medo brilharam em seus olhos castanhos. Eu estendi minha mão direita novamente para Susan. A ânsia com que ela a agarrou e o alívio em seu rosto quase me fizeram sorrir.

Sim, nós éramos estranhos e ambos tinham dúvidas um sobre o outro, mas, assim como eu, Susan realmente parecia querer que isso desse certo. Nós encontraríamos um jeito.

Molzeg retomou a cerimônia, acelerando o resto do processo. Desta vez, ela mal passou o galho de somitan na minha companheira. Aquele idiota do Zoltar nunca deixaria de me atormentar sobre como minha fêmea era fraca. O golpe que fez Susan gritar mal faria cócegas em um filhote. E, no entanto, eu podia ver os vergões já surgindo em sua pele onde Molzeg havia atingido.

Como uma espécie tão frágil conseguiu sobreviver por tanto tempo e até se tornou muito mais avançada do que a nossa?

Ainda assim, nosso ritual de união não deveria ter causado dor a ela. Meus instintos protetores queriam levá-la para nossa casa e aplicar uma pomada relaxante nela. Felizmente, isso estava chegando ao fim, mas eu esperava que Susan hesitasse um pouco mais no próximo passo.

Molzeg separou nossas mãos e entregou uma adaga para minha mulher. Susan olhou para ela com completa confusão.

— Andturianos se mordem para selar sua união — explicou a Vidente — A mordida de acasalamento não é apenas um símbolo visível de tudo o que a pessoa está vinculada, nossa saliva também contém agentes curativos. A troca reforça o sistema imunológico de cada parceiro. Seus dentes não são tão afiados para perfurar as escamas de seu companheiro, pois elas são mais grossas ao redor de nossos pescoços. Portanto, você pode usar esta adaga.

O olhar horrorizado no rosto de Susan me envergonhou e me irritou. Tudo era tão opressor assim para ela? Eu queria que essa união desse certo, mas parecia que cada momento apontava outro motivo para isso não funcionar. Eu estava mais do que pronto para esta cerimônia terminar.

— Você quer que eu o esfaqueie no pescoço? — ela perguntou, incrédula.

— Sim — eu respondi em um tom levemente cortante.

— Mas... mas eu poderia machucá-lo seriamente — ela gaguejou.

— Não, você não vai. Vá em frente — eu disse, tentando falar pacientemente.

Susan ergueu a adaga hesitantemente, com a mão tremendo. Quando ela hesitou um pouco demais, eu cedi ao meu aborrecimento, eu fechei minha mão sobre a dela e apunhalei a parte carnuda do meu ombro. Ela engasgou de medo quando a ponta afundou. Eu puxei de volta, mal incomodado com a picada.

— Viu? Não foi tão difícil. Agora, você deve lamber uma gota do meu sangue da lâmina — eu disse, rezando para que ela não fizesse outra confusão.

Isso estava se tornando muito humilhante na frente de todos os clãs. Para meu alívio, ela obedeceu. No entanto, a culpa rapidamente me tomou. Susan estava visivelmente abalada. Eu não acho que ela lambeu o sangue de bom grado, mas sim de uma forma automática, o choque fazendo-a simplesmente seguir o movimento. Eu estava transformando as coisas em um completo desastre. Eu deveria ter feito minha mãe prepará-la melhor para isso.

— Agora eu vou te morder — eu disse, minha voz saindo um pouco áspera devido à culpa — Isso não vai te machucar. Será apenas uma pequena picada.

Ela assentiu com a cabeça, os olhos arregalados como pires. Eu coloquei minha mão no lado esquerdo de seu pescoço antes de me inclinar para morder o lado direito. Minhas entranhas se contorceram quando a senti tremendo sob meu toque. O cheiro levemente acre subindo de sua pele confirmou que ela estava realmente assustada ou traumatizada. Eu era um fracasso como companheiro. Ela parecia tão hipnotizada e encantada quando a cerimônia começou. E, no entanto, eu consegui arruinar seus casamentos humano e Andturiano.

Engolindo a bile de vergonha subindo em minha garganta, eu gentilmente acariciei o lado de seu pescoço com meu polegar no que eu esperava ser um gesto apaziguador. Não querendo prolongar seu desconforto, eu convoquei os fluidos de cura no saco no fundo da minha garganta e rapidamente a mordi, certificando-me de não afundar meus dentes muito fundo devido à fragilidade de sua pele. Ela enrijeceu com a picada, mas não reagiu.

Eu lambi a ferida, o gosto de ferro de seu sangue persistindo em minha língua. Em segundos, seus olhos se arregalaram, mas desta vez com admiração enquanto os fluidos curativos da minha saliva selavam a ferida, impedindo-a de sangrar ainda mais e entorpecendo a área.

— Vocês estão oficialmente acasalados perante os Espíritos e o povo Andturiano — declarou Molzeg — Bem-vinda à nossa família, Senhora do Clã Susan.

As pessoas bateram a cauda e assobiaram seu cântico de boas-vindas. Isso finalmente acabou. Eu me virei para as pessoas e bati com a cauda duas vezes no chão enquanto pressionava a palma da mão direita sobre o coração. Susan me olhou antes de repetir o gesto, batendo no chão duas vezes com o pé direito.

Foi adorável.

Todos começaram a rir, mas não de forma zombeteira. Apesar do incidente anterior, a aprovação brilhou em seus rostos em sua tentativa de se adaptar aos nossos costumes e contornar suas limitações. Isso imediatamente iluminou o clima geral, e ela deu ao público um sorriso tímido, uma pálida vermelhidão rastejando de volta em suas bochechas.

Felizmente, enquanto ela vinha buscar a bolsa de Susan, minha irmã teve o cuidado de alertar meu povo sobre o significado da pele avermelhada de um ser humano. Portanto, ninguém entrou em pânico e, em vez disso, eles observaram o fenômeno com curiosidade indisfarçável.

— Venha, minha companheira — eu disse com uma voz gentil, colocando minha mão em suas costas para empurrá-la para frente — Nós iremos ao Grande Salão para a festa.

Ela hesitou e me deu um olhar incerto — Tudo bem se eu colocar algumas roupas agora? Está um pouco fresco e estou ficando com frio.

Sua vermelhidão aumentou novamente. E então ela estremeceu, e um enxame de solavancos irrompeu por toda a sua pele.

— Você não está bem? — eu perguntei, instantaneamente preocupado.

— Não, não! São apenas arrepios. Isso acontece quando os humanos ficam com frio ou quando sentimos certos tipos de emoções — ela explicou timidamente — Isso vai desaparecer em alguns segundos."

Minha mãe, vindo para ficar ao nosso lado com um olhar inquisitivo no rosto, pôs fim ao assunto.

— Susan está com frio — eu expliquei para minha mãe — Sua pele requer roupas para manter uma temperatura corporal saudável.

Os olhos da minha mãe se arregalaram em compreensão — Eu vou levá-la para sua casa para que ela possa se vestir. Você pode atender seus convidados — ela respondeu.

— Obrigado, mãe — eu disse, afetuosamente.

O sorriso aliviado e grato de Susan fez meu peito apertar novamente. Ela estava fazendo muitos sacrifícios por mim, e eu não estava cuidando bem dela. Assim que esta noite terminasse e nossos convidados partissem, eu começaria a fazer melhor por ela.

— Por favor, cuide dos vergões nas laterais dela enquanto faz isso — eu acrescentei em Andturiano.

— É claro — minha mãe respondeu antes de conduzir Susan para casa.

Eu as observei se afastarem até entrarem em minha casa. A mão de Luped em meu ombro trouxe minha atenção de volta ao meu entorno imediato. Sorrindo, ela apontou com a cabeça para o Grande Salão. Eu sorri de volta e caminhei ao lado dela, acompanhado pelos outros convidados. Assim que entrei no prédio, meu coração se encheu de gratidão pelo meu povo. Apesar da escassez de comida, todos os clãs contribuíram para nos proporcionar um banquete impressionante.

Eu dei uma volta rápida pelas muitas mesas cercadas por bancos circulares onde os clãs haviam tomado seus lugares. No centro da sala, um grande touro de guerra estava assando em um espeto ao lado de um par de javalis e carnes de caça menores. Várias raízes e legumes embrulhados em folhas gigantes cozinhavam perto das brasas. Coletores de todos os clãs estavam começando a cortar a carne para que estivessem prontos para servir a refeição assim que minha companheira voltasse.

Após expressar meus agradecimentos e prestar meus respeitos aos outros clãs, eu fui até a mesa principal no fundo da sala. Ao contrário das outras que eram circulares, esta era longa, estreita e retangular. Ela tinha bancos apenas do outro lado para que as pessoas sentadas ali pudessem ficar de frente para os outros convidados na sala. Enquanto meu conselho geralmente compartilhava aquela mesa comigo, hoje, apenas minha mulher e parentes próximos de sangue o fariam.

Obviamente, eu não cheguei lá sem ser interceptado por Zoltar. O homem estava se tornando um grande incômodo. Sempre houve uma competição saudável entre nós, desde a nossa infância. Ele queria ser o líder do clã em meu lugar – e ainda quer – mas ele reconheceu que eu era o melhor Caçador. No entanto, como as presas estavam cada vez mais abandonando nossos campos de caça, Zoltar começou a me desafiar com mais frequência e com mais voz. Ele acreditava que suas ideias para reverter a situação funcionariam melhor do que as minhas. A insistência de Molzeg de que eu acasalasse com uma forasteira para ajudar a salvar nosso povo só reforçou sua crença de que eu não era mais adequado para o papel.

Em seu lugar, eu provavelmente sentiria o mesmo.

Zoltar não era um homem ruim, apenas muito impulsivo e obstinado. Ele era um ótimo Caçador, mas daria um péssimo líder de clã.

— Bom, foi um espetáculo interessante — disse Zoltar com voz zombeteira — Você acasalou com um pássaro depenado mais quebradiço do que um galho.

— Cuidado, Zoltar — eu rosnei, dando um passo ameaçador em sua direção — É da minha mulher que você está falando e de sua Senhora do Clã. Você não irá desrespeitá-la.

No entanto, seu comentário foi ainda mais ofensivo porque

exatamente os mesmos pensamentos vergonhosos passaram pela minha cabeça na primeira vez que coloquei os olhos nela.

— Não quero desrespeitar, Líder do Clã — Zoltar disse no tom de desculpas mais insincero — Mas ela é incrivelmente frágil para sentir tanta dor com um movimento tão leve do ramo de somitan.

— Não seja tão arrogante, primo — eu disse em um tom áspero — Sim, sua espécie carece da proteção natural concedida por nossas escamas, mas isso não é motivo para se gabar. Nós não ganhamos nossa genética. Nós apenas a herdamos. Ela teve a coragem de se desenraizar de seu mundo natal e viver entre completos estranhos, maiores e mais fortes do que ela, além de estar fazendo todos os esforços para abraçar nossa cultura estrangeira.

— Bah — Zoltar disse, acenando com a mão desdenhosa- mente — Nós somos um povo pacífico. Nossos costumes não exigem muito sacrifício para se adaptar.

— Você não sabe do que fala — eu disse, desdenhosamente — Você zomba dela, mas se fosse você quem se casasse com uma fêmea humana, você usaria as roupas de várias camadas que seus machos usam, com sapatos? Você teria beijado sua esposa quando pedissem?

— Beijado? — Zoltar perguntou, a mesma curiosidade refle- tida no rosto de Luped e das outras pessoas que ouviam nossa conversa.

— É um costume humano eles encostarem a boca um no outro em sinal de afeto — eu expliquei.

Zoltar fez uma expressão de desgosto — Eu não faria nenhuma dessas bobagens. Andturianos não usam roupas ou tocam a boca de outras pessoas.

Eu inclinei minha cabeça para o lado, dando-lhe um olhar desdenhoso — Então, você desrespeitaria sua companheira? Você cuspiria nos costumes dela?

Zoltar teve a decência de parecer embaraçado. Mais uma vez,

ele mostrou sua propensão a falar primeiro, pensar depois. Mas isso me lembrou que Susan tinha de fato me poupado do desconforto de usar aquelas roupas estranhas que os homens humanos usavam e também teria me poupado do constrangimento de beijar se eu não tivesse insistido. Ela estava se esforçando para me acomodar.

— Você não se vestiria para homenagear sua companheira, e ainda assim Susan fez um grande sacrifício ao se despir para a cerimônia — Luped interrompeu — Seu povo não se cobre apenas para proteger sua pele macia, é considerado ofensivo se despir em público.

— Por que? — Zoltar perguntou, ecoando a pergunta queimando minha língua — Eles têm vergonha de sua aparência?

— De forma alguma — Luped respondeu com uma lasca de aborrecimento por esta tentativa nada sutil de me provocar — Susan se despiu para honrar nossos costumes e agradar a Olix. Ela apenas cobriu o que seus costumes consideram altamente inapropriados. Ela diz que seu corpo é apenas para os olhos de seu companheiro. Mostrar suas partes reprodutivas para qualquer outro homem seria um grande desrespeito a Olix.

Isso me pegou de surpresa, mas também me lisonjeou muito. Os outros pareciam intrigados, enquanto Zoltar também parecia confuso. A volta de Susan com minha mãe pôs fim à conversa. Ela estava usando um longo vestido branco sem mangas. Eu me perguntei se este era o vestido de noiva humano que ela usaria se tivéssemos realizado uma cerimônia humana completa em vez da básica que ela escolheu. Ainda assim, isso me fez olhar para ela com novos olhos.

Ele abraçava as curvas de seu peito e torso, uma segunda camada de tecido semitransparente altamente ornamentado o decorando. A saia longa, muito mais larga, balançava enquanto ondulava com cada um de seus passos. Ela manteve a pintura cerimonial e as decorações de pele de cabeça que minha mãe e minha irmã colocaram nela. O efeito geral foi bastante agradável aos olhos.

Susan veio direto para mim, com um sorriso tímido nos lábios.

— Seu vestido é muito bonito — eu disse, apreciando genuinamente o artesanato, mas também querendo deixá-la mais à vontade.

Seu rosto ficou vermelho de novo, me deixando confuso. Eu pretendia elogiá-la, não envergonhá-la. Para aumentar ainda mais minha confusão, em vez do olhar de humilhação que eu esperava acompanhar a cor de sua pele, Susan me deu um sorriso largo, mostrando seus dentes brancos e arredondados, seus olhos castanhos brilhando de prazer. A pele humana também ficava vermelha quando eles estavam felizes?

— Obrigada, Olix — Susan disse com felicidade genuína — Fico feliz que você gostou.

— Eu gostei — eu respondi, devolvendo seu sorriso — Venha, vamos festejar.

— Ok — ela disse com uma voz ofegante.

Nós fomos para a mesa principal, minha mãe à minha esquerda e Luped à direita de Susan. Ficamos de pé.

— Obrigado, companheiros de clã, vizinhos, amigos e família por se juntarem a mim e a minha companheira neste dia especial — eu disse — Eu gostaria de estender a vocês a hospitalidade de Monkoo, mas somos nós que nos beneficiamos de sua generosidade ao preparar este banquete de união. Comam, bebam, dancem e vamos celebrar não apenas esta união, mas também as amizades duradouras dos clãs Andturianos."

As pessoas bateram as caudas e assobiaram em resposta. Os Coletores começaram a servir a comida, trazendo grandes pratos de tudo para cada mesa para que as pessoas pudessem escolher o que queriam comer. A nossa foi servida primeiro. Para minha alegria, Susan não ficou nervosa com nada disso. Ela provou tudo, fazendo perguntas, principalmente sobre as verduras, mas também sobre as carnes. Luped ficou muito feliz em responder.

Embora ela tenha gostado da sidra de amoras, Susan me agradou ainda mais com a moderação que demonstrou quando percebeu a força de seu teor alcoólico. Ela continuou a beber com parcimônia, sem deixar que subisse à cabeça.

Quando a refeição terminou, os Coletores – auxiliados por alguns dos meus companheiros de clã – levaram a comida restante para a cozinha nos fundos. Lá, tudo seria dividido igualmente entre os clãs. Enquanto isso, os Caçadores removeram os espetos e cobriram os fossos de cozimento para transformar a área central em uma pista de dança. Primeiro, os homens e mulheres de cada clã realizaram danças rituais de caça para minha companheira. A maneira como seus olhos brilhavam e o entusiasmo que ela demonstrava ao bater palmas ao observá-los deram à Susan a aprovação do povo.

Depois, nos juntamos a eles na pista. Embora ela possuísse um bom senso de ritmo, minha companheira lutava para reproduzir alguns de nossos passos tradicionais. Isso me fez perceber o quanto isso envolvia agachamento e o nível de força da parte inferior do corpo que exigia. A ausência de cauda para contrabalançar alguns dos movimentos também aumentava a dificuldade dela em nos imitar. Mas ela finalmente se estabeleceu em um meio-termo confortável que facilitou os passos para ela, ao mesmo tempo em que estava perto o suficiente da coisa real.

Um por um, os clãs visitantes começaram a sair, aqueles localizados mais longe saindo primeiro. Mas as festividades continuaram até bem depois que o sol começou a se pôr e muito depois que Susan e eu nos retiramos para nossa casa.

CAPÍTULO 6
OLIX

Assim que a porta se fechou atrás de nós, amortecendo a maior parte do som das comemorações em andamento, o humor alegre de Susan desapareceu e ela imediatamente pareceu intimidada. Um silêncio constrangedor se instalou entre nós. Eu queria a Susan despreocupada e falante do banquete de volta. Por mais que eu gostasse de caçar presas, ru não gostava que minha companheira me olhasse como se fosse uma.

— Eu... eu devia ir tomar um banho e lavar toda essa tinta — Susan disse.

Normalmente, como companheiros, nós tomávamos banho juntos. Eu quase disse isso. Mas Susan claramente precisava de um tempo sozinha, talvez para se recompor.

— Tudo bem — eu disse, reprimindo uma carranca.

Seu nervosismo ao meu redor me incomodava muito. Ainda assim, o alívio agradecido que ela expressou ao ouvir minha resposta me convenceu de que fiz a escolha certa ao atender ao seu pedido. Minha mulher pegou sua bolsa, ainda na mesa comunitária e foi direto para a sala de higiene. Eu quase me ofereci para ensiná-la a usá-la, mas presumi que minha mãe ou Luped já havia mostrado a ela.

Eu me dirigi à nossa câmara de ninho enquanto removia os adornos de mim. As pedras luminosas na sala acenderam assim que detectaram minha presença. Eu coloquei os adornos em seus respectivos estojos nas prateleiras superiores perto da porta, depois dei uma olhada no quarto. Ele era menor agora que Luped havia ocupado uma quantidade significativa de espaço para construir um 'guar-darroupa' para Susan.

Kayog afirmou que minha companheira precisaria de tal espaço para guardar suas roupas e calçados. Como uma de nossas melhores Construtoras, minha irmã fez um trabalho de alta qualidade em pouco tempo. No entanto, ele parecia muito grande para mim. Luped insistiu que ela havia realizado pesquisas confirmando que alguns humanos o considerariam muito pequeno, pois não era um closet. Ela sugeriu que modificássemos as divisões da casa e talvez adicionássemos uma extensão, para que pudéssemos construir para Susan um closet adequado anexo à sala de higiene.

Eu perguntaria isso à minha mulher pela manhã.

De manhã também, eu faria o que não tive tempo de fazer nos últimos dois dias desde que o Temern anunciou a chegada iminente de Susan e aprenderia tudo o que pudesse sobre humanos.

Eu olhei para o ninho de dormir, esperando que ela o achasse adequado. Nós não descansávamos em camas, e sim em um grande recesso no chão de forma mais ou menos circular – embora alguns preferissem um quadrado – preenchido com uma grande almofada de penas no fundo e almofadas menores cobrindo as bordas. Uma espessa pele de nirka jazia parcialmente dobrada na base do ninho. Nós a usamos para nos manter aquecidos durante as noites mais frias. Um conjunto de lençóis finos de tecido chamados cobertores e um par de almofadas chamadas de travesseiros que Kayog havia enviado cobriam a almofada de baixo – que os humanos chamariam de colchão.

Eu não via como essas coberturas leves poderiam manter os

humanos mais quentes do que uma pele de nirka, mas o Temern insistia que os humanos exigiam seus cobertores. Se Susan realmente gostasse deles, os Artesãos ficariam felizes em tecer mais para ela.

Para minha surpresa, eu ouvi minha companheira saindo da sala de higiene em menos de quinze minutos. Eu esperava que ela se escondesse ali por muito tempo, enquanto criava coragem para me encarar. As regras das uniões arranjadas pela Agência Prime declaravam que o casal deveria se casar legalmente de acordo com os costumes de ambas as espécies naquele primeiro dia, e que seu vínculo deveria ser consumado naquela mesma noite. Não fazer isso poderia resultar na anulação da união e severas penalidades financeiras para o casal, já que a AP arca com todas as despesas para reunir os parceiros. Embora eu entendesse a necessidade deles de garantir que os companheiros levassem a sério o sucesso de sua jornada, isso também colocava uma enorme pressão sobre nós.

E ainda mais no homem para apresentar um bom desempenho.

Ter alguns dias para conhecer Susan antes de passar para essa etapa teria sido bom. Tecnicamente, o Temern não saberia se nenhum de nós revelasse a verdade. Por um segundo, eu até pensei em propor a Susan que esperássemos um pouco. No entanto, eu rejeitei esse pensamento. Eu não só não queria arriscar a penalidade, como especialmente não queria que minha companheira pensasse que eu estava evitando meu dever para com ela. Eu já falhei com ela o suficiente por um dia.

Mas e se ela quiser que eu ofereça isso?

Susan entrando na câmara do ninho, parecendo igualmente intimidada, pôs fim às minhas reflexões. O vestido preto curto e translúcido que ela usava não oferecia nenhum tipo de proteção. Eu podia ver cada curva de seu corpo por baixo dele – ou teria visto se não fosse pela bolsa que ela segurava contra o peito como se sua vida dependesse disso. A pelagem comprida de sua cabeça caía em cascata pelas costas e sobre os ombros. Ele se enrolava em espirais muito mais acentuadas do que antes da cerimônia, agora que ela havia removido os fios de metal que os prendiam em fios grossos. Isso fazia com que ele parecesse mais curto, mas ainda assim ficava bonito em seu rosto.

— Eu terminei — Susan disse com uma voz tímida.

Eu não sabia como responder a uma declaração tão óbvia.

— Eu também vou me lavar — eu disse, sem saber o que fazer comigo mesmo, antes de me lembrar do 'guar-darroupa'. Eu apontei para ele — Isso tudo é para você guardar suas roupas e pertences pessoais. Sinta-se à vontade para usar o espaço como achar melhor.

Seus olhos se iluminaram, um pouco da tensão escapando de seus ombros.

— Obrigada — respondeu Susan.

Eu resmunguei em resposta, e então fiz meu caminho para a sala de higiene. De todas as coisas terríveis que os invasores fizeram ao nosso povo durante o tempo em que nos escravizaram, mercadorias como chuveiros, banheiros higiênicos e pedras de poder foram uma bênção. Uma parte de mim se perguntava como Susan teria reagido se eu não tivesse sido capaz de lhe proporcionar tais confortos básicos.

Mas os Vaengi eram a última coisa em que eu queria pensar agora. Depois do banho, eu sequei minhas escamas com uma toalha felpuda antes de pendurá-la ao lado da que Susan havia usado. Meu estômago deu um nó enquanto eu caminhava lentamente de volta para o nosso ninho. Eu abri a porta e encontrei minha companheira de pé ao lado das prateleiras do 'guar-darroupa" onde ela já havia pendurado suas roupas. Assim que ela me viu, ela parou de escovar os pelos da cabeça. Parecendo constrangida, ela fez menção de puxar o pelo que ficou preso na escova, mas mudou de ideia. Em vez disso, ela colocou a ferramenta em uma das prateleiras e fechou a porta.

Ela envolveu os braços sobre si mesma, como se quisesse

esconder seu corpo, que a roupa translúcida não cobria. A saia extremamente curta não chegava nem no meio das coxas. Desta vez, nenhuma calcinha cobria as partes reservadas apenas para os meus olhos. Apesar das dobras de sua saia, a fenda exposta de seu sexo era visível. Através do tecido escuro e fino, eu podia ver os círculos redondos em torno de suas duas tetas minúsculas no centro das ondulações de seu peito. Qual poderia ser o propósito de uma roupa tão inútil?

Susan limpou a garganta, parecendo mais nervosa do que nunca.

— Então... hmm... considerando nossas falhas de comunicação anteriores, eu estava pensando que deveríamos discutir esta próxima parte para ter certeza de que estamos na mesma página — Susan disse com uma risada nervosa.

— Essa é uma boa ideia — eu disse, ao mesmo tempo aliviado e grato por ela ter puxado o assunto.

Susan pareceu relaxar um pouco e sorriu em resposta.

— Talvez possamos nos sentar na cama? — ela perguntou, apontando para o ninho.

— Muito bem — eu disse, deixando-a liderar o caminho.

Minha companheira circulou pelo lado esquerdo do ninho de dormir, que ficava bem na frente de uma grande janela. Ela tirou os sapatos chatos e desceu até o ninho, sentando-se na beirada com as pernas cruzadas embaixo dela. Eu me acomodei no lado oposto dela, ajoelhado na almofada antes de me sentar de cócoras e enrolar a cauda para o lado.

— Eu tentei ler sobre os rituais de acasalamento dos Andturianos, mas não consegui encontrar muita coisa — disse Susan com aquela mesma risada nervosa, a vermelhidão subindo pelo pescoço e bochechas — Eu sei que somos compatíveis, mas não como seu pessoal faz isso.

Eu fiz uma careta, sem saber o que ela estava realmente perguntando.

— Bem, a fêmea geralmente se inclina contra uma parede ou

sobre uma superfície baixa como uma mesa. Mais raramente, ela fica de quatro. Ela levanta a cauda e abre o véu para expor sua fenda, então o macho se posiciona atrás e a penetra com sua haste — eu disse, como se fosse evidente – o que deveria ser — O macho bombeia dentro dela até que ela tenha prazer, então ele libera sua semente.

A maneira como Susan me encarou com olhos redondos e seus lábios entreabertos em choque, eu não conseguia decidir se ela realmente não sabia como as pessoas se acasalam ou se nossos modos a perturbavam.

— Vocês geralmente fazem sexo em pé e por trás? — ela perguntou, atordoada.

Eu pisquei, surpreso com aquela pergunta estranha — Sim.

— Uau, tudo bem. Hmmm... Mas o que você faz antes de penetrar uma mulher? — ela perguntou.

A esperança em sua voz aumentou ainda mais minha confusão. Susan precisava ouvir algo de mim para tranquilizá-la sobre nosso ritual de acasalamento, mas eu não tinha ideia do que poderia ser.

— Bem, nós perguntamos à fêmea se ela consente com o acasalamento. Se ela estiver de acordo, ela assume a posição e nós a penetramos — eu disse.

A julgar por sua expressão consternada, essa não era a resposta que ela queria ouvir.

— É só isso? Vocês vão do sim à penetração imediata? — ela insistiu com descrença.

— Sim — eu disse, ficando um pouco irritado — O que mais poderia haver?

— Bem, preliminares — ela respondeu como se fosse óbvio — Você nunca ouviu falar de preliminares? — ela perguntou quando inclinei minha cabeça com um olhar questionador.

Eu balancei minha cabeça — Não. O que é isso?

— É... Droga, como eu descrevo isso? — Susan sussurrou para si mesma, seus olhos passando de um lado para o outro enquanto ela ponderava — São coisas agradáveis e afetuosas que um casal humano faz um ao outro para ajudar o homem a ficar ereto e a mulher a ficar molhada para facilitar a penetração.

Molhada? Que termo estranho para lubrificação, mas bastante apropriado, eu acho.

Meus olhos se arregalaram enquanto eu olhava para ela em estado de choque — Você precisa de ajuda para se lubrificar? Fêmeas humanas não se lubrificam à vontade?

Susan bufou e balançou a cabeça — Não, nós não. Nós precisamos ser estimuladas e excitadas por nosso parceiro para ficarmos prontas. Tipo, nós podemos nos preparar tecnicamente — ela emendou, seu rosto ficando vermelho novamente — mas isso é mais eficaz quando bem feito por nosso parceiro. Algumas mulheres não conseguem obter lubrificação natural.

Espíritos, por que tudo é tão complicado com os humanos?

Eu olhei para ela, começando a me sentir sobrecarregado novamente. Como eu deveria estimulá-la? Ao mesmo tempo, era bom que suas fêmeas não esperassem que um macho ficasse ereto a qualquer momento, mas estivessem dispostas a ajudá-lo a chegar lá. Isso era inegavelmente intrigante.

— E como você faz pré-liminares? — eu perguntei cuidadosamente.

A vermelhidão de suas bochechas aumentou mais um pouco.

— Nós acariciamos o corpo um do outro... e nos beijamos — disse Susan em voz baixa — E nossos acasalamentos são normalmente cara a cara, deitados na cama. Não de pé e raramente por trás.

Eu quase ri da maneira tímida com que ela pronunciou a palavra 'beijamos'. Eu não gostei muito dessa coisa de beijar na primeira vez. Mas a sensação de sua boca contra a minha foi inesperadamente agradável. Eu não me importaria de fazer isso de novo. Na verdade, eu estava me perguntando quando eu teria a oportunidade de testar isso ainda mais. Eu aceitava de bom grada esta experiência. No entanto, eu não pude deixar de me perguntar por que se chamava "pré-liminares" sendo que ela não mencionou as "liminares".

— Eu posso fazer isso — eu disse, aliviado por não ser nada mais bizarro. A união cara a cara acontece às vezes entre o meu povo, embora muito raramente — Deseja começar agora?

— Uh, só um minuto — ela disse, uma lasca de pânico em sua voz — Há... há algo mais que precisamos discutir.

Eu recuei levemente, imaginando o que mais poderia haver.

— Estou ouvindo — eu respondi.

— Há algo que você precisa saber sobre as mulheres humanas, para não entrar em pânico depois — disse Susan.

Isso imediatamente colocou todos os meus sentidos em alerta. Algo tinha que ser muito ruim para ela presumir que eu entraria em pânico.

— Na primeira vez que uma fêmea humana faz sexo com um homem, há uma chance dela sangrar um pouco — disse Susan.

— O QUÊ?! Sangrar? — Eu exclamei, o pânico realmente se instalando — Por que você iria sangrar?

— Está tudo bem! Tudo bem! — ela disse, levantando as palmas das mãos em um gesto apaziguador — Nós temos um fino véu de carne por dentro. É como um selo que geralmente se rompe na primeira vez que fazemos sexo com penetração. O véu – chamado hímen – se rasga, o que causa um pouco de sangramento. Mas isso é normal e para imediatamente. Isso irá arder um pouco, mas é só isso. Veja bem, nem toda mulher chega à idade adulta com o hímen intacto, mesmo sem fazer sexo. Várias atividades físicas, até mesmo as apenas esportivas, podem causar a ruptura. Mas eu ainda tenho o meu.

Eu olhei para ela com horror. Eu já estava preocupado em me deitar com uma fêmea tão pequena e frágil como ela. Agora, eu descobri que não importa quanto cuidado eu tivesse com ela, ela sangraria no minuto em que eu me juntasse a ela.

Eu não gostei NADA disso.

— Vai ficar tudo bem, eu prometo — Susan insistiu quando eu continuei a olhá-la com desânimo.

Além do fato de que ela estaria sangrando, outra coisa me incomodava bastante.

— Por que nenhum homem violou seu 'he-man' ainda?" Eu perguntei, incapaz de esconder a suspeita em minha voz — Você *é* uma fêmea madura em idade de acasalamento, certo?

Susan ficou boquiaberta comigo por alguns segundos antes de cair na gargalhada — Sim, Olix. Eu garanto que sou uma adulta totalmente madura — ela disse com um sorriso na voz — Legalmente, os humanos são considerados velhos o suficiente para 'escolher' acasalar a partir dos dezesseis anos. Eu farei vinte e cinco anos em alguns meses.

Isso só fez minhas sobrancelhas franzirem ainda mais, o que pareceu confundi-la.

— Isso significa que você pôde acasalar nos últimos nove anos — eu disse — Por que você não fez isso?

Eu não queria que meu tom saísse tão acusatório quanto saiu, mas muitas perguntas estavam disparando em minha mente. Minha mulher estava com defeito? Os homens de sua colônia não a consideravam digna de sua atenção para que tentassem persegui-la? Seu temperamento havia afastado potenciais parceiros?

Ela recuou, seus olhos se arregalando com a minha reação — Sabe, no meu mundo natal, os homens ficariam felizes em descobrir que eu estou intocada.

Foi a minha vez de recuar.

— Caso Kayog não tenha lhe contado, Meterion costumava ter uma classificação de colônia religiosa — explicou Susan enquanto enfiava algumas mechas de sua pelagem da cabeça atrás da orelha direita — Da mesma forma que não mostramos nossos corpos em público, meu povo não permitia que outros os tocassem intimamente, a menos que fossem casados. Naquela época, havia consequências graves, especialmente para as mulheres. Ainda ter um hímen era a maneira mais fácil de provar se elas haviam 'pecado' ou não, sendo que os homens não sangram na primeira vez.

— Você é punido por acasalar, embora possa fazer isso legalmente? — eu exclamei, chocado.

Susan riu — Não mais, felizmente. Hoje em dia, nós podemos dormir com quem quisermos, mesmo que não sejamos casados. Porém, nós evitamos, principalmente pelo risco de gravidez — ela explicou — O controle de natalidade é desaprovado por nosso povo. Mas a terra é tudo o que importa em Meterion. Se você deixar o homem errado engravidá-la, a terra passará para a linhagem dele em vez de quem você poderia desejar.

— Mas Kayog disse que você precisava deixar Meterion porque não tinha terra — eu desafiei.

Ela assentiu — Como terceira filha, eu não tenho terras ou qualquer esperança real de fazer um bom casamento em meu mundo natal — ela disse com um suspiro — Por causa disso, a gravidez não seria realmente um problema no que diz respeito à terra. Muitos homens me pediram para fazer sexo com eles, mas eu recusei todos.

— Por quê? — eu perguntei, surpreso.

— Eu não considerei nenhum deles bom o suficiente para mim — ela disse, levantando o queixo em desafio — Em Meterion, é considerado uma grande honra ser o primeiro homem a se deitar com uma mulher. Nenhum deles merecia isso de mim — ela acrescentou, franzindo o rosto.

— E você *me* considera merecedor disso? — eu perguntei, atordoado.

— Claro! Caso contrário, eu não teria me casado com você — ela respondeu com naturalidade.

Isso me deu uma sensação estranhamente quente no peito — Você me honra, minha companheira — eu disse, humildemente.

Ela sorriu timidamente.

— Algo mais que eu deveria estar ciente? — eu perguntei, me preparando para isso.

— Não... Bem... acho que não — ela disse, hesitante.

E agora?

Eu estreitei meus olhos para ela, e ela se contorceu na almofada.

— Bem, é só que, como esta será minha primeira vez, eu estou bem apertada lá — ela disse timidamente, seu rosto corando novamente. Era ridículo o quão facilmente ela corava — Então, você terá que ir devagar e ter cuidado dependendo de quão grande você é.

O olhar preocupado que ela lançou para minha virilha teria sido cômico se não fosse por sua preocupação genuína.

— Eu não sei o que um humano consideraria grande, mas, pelos padrões do meu povo, eu sou bem-dotado — eu disse, cuidadosamente — Você tem medo de não ser capaz de me aguentar?

— Oh não! Tenho certeza de que vou conseguir... A gente estica e ajusta. Só pode demorar mais e ser um pouco mais desconfortável até então — ela disse, embora eu não pudesse dizer se ela estava tentando tranquilizar a mim ou a si mesma — Mas não adianta pensar nisso agora. Nós enfrentaremos isso quando chegarmos lá.

Eu cocei as escamas da minha nuca, sentindo-me um tanto perturbado. Esta foi a noite de acasalamento mais estranha que eu poderia ter imaginado. Agora, eu só queria engolir uma jarra cheia de cidra de amora e dormir.

— Muito bem — eu disse, engolindo um suspiro — Você deseja começar estas pré-liminares agora, ou há algo mais a ser abordado.

— Não, mais nada. Nós... podemos começar se você quiser — ela disse com uma voz fina.

Eu passei a mão sobre a pedra branca perto da borda do ninho para sombrear a janela para que a luz do dia não nos incomodasse ao nascer do sol. Eu me virei para Susan, cujo peito estava arfando, sua respiração ficando difícil pelo que presumi ser uma mistura de medo e antecipação. Mas a primeira ordem do dia era livrá-la daquele vestido inútil que apenas realçava sua nudez em vez de cobri-la.

Eu me aproximei, caminhando de joelhos sobre a almofada fofa e parei bem na frente dela. Movendo-me com movimentos lentos e não ameaçadores, eu coloquei cuidadosamente minhas mãos em seu colo, bem na bainha de seu vestido, e as deslizei por baixo para levantá-lo com cuidado. Ela não hesitou, levantando os braços para tornar mais fácil para mim me livrar dele. Eu joguei o vestido na beirada do ninho. Pela maneira como Susan juntou as mãos à sua frente, suspeitei que ela realmente queria cobrir os seios e fenda.

Meu olhar percorreu a estranha textura de seu corpo sem escamas. Sua pele era tão pálida, macia e impecável que eu a teria comparado ao marfim se não fosse por seu leve tom dourado. Eu me inclinei para a frente e pressionei meus lábios nos dela. Ela respondeu da mesma forma. Isso foi tão agradável quanto eu me lembrava. Exceto que, depois disso, eu esgotei meu manual – eu não sabia mais o que fazer. Eu nunca me senti tão incompetente e desajeitado. Como eu não podia ficar indefinidamente com a boca colada à dela, eu me endireitei e olhei para ela com ar de desculpa.

— Eu sinto muito, mas não sei como agradá-la — eu confessei, minhas escamas escurecendo com a humilhação pelo meu fracasso — Você vai me mostrar o que você gostaria de mim?

O olhar desdenhoso e desapontado que eu esperava dela nunca veio. Por alguma estranha razão, minha falta de noção pareceu agradar minha companheira. Eu não conseguia entender o porquê. Talvez isso a fizesse sentir que estávamos em pé de igualdade e que, apesar da minha experiência, eu poderia muito bem ser virgem. Seja qual for o motivo, eu fiquei feliz em dar a liderança a ela – algo que nunca esperei fazer durante o acasalamento.

— Claro, eu posso tentar fazer isso — disse Susan com um sorriso nervoso — Deite-se de costas, por favor.

Eu obedeci, me deitando no centro do ninho. Susan rondou mais perto de mim de quatro. Havia algo estranhamente atraente nela fazendo isso. Seu olhar vagou sobre mim com uma curiosidade cheia de admiração. Embora eu não chamasse isso de desejo, a antecipação possessiva queimando em seus olhos castanhos despertou um calor agradável dentro de mim.

Suas palmas pousaram na pele grossa que cobria meus músculos abdominais e peito, vagando lentamente em uma carícia suave. Foi agradável. O calor suave de suas mãos despertou as primeiras brasas de excitação dentro de mim. Ela se inclinou e começou a beijar minha barriga sem parar para me acariciar. Sua boca em meu corpo parecia estranha e fez um pouco de cócegas, mas eu fiz anotações mentais de tudo o que ela estava fazendo para poder retribuir depois.

Eu engoli em seco e enrijeci um pouco quando sua língua começou a traçar os sulcos entre meus músculos abdominais. Susan fez uma pausa, levantando a cabeça para olhar para mim com preocupação.

— Você lambeu minha barriga — eu deixei escapar, afirmando o óbvio.

— Os humanos fazem isso — ela disse cautelosamente — Isso é desagradável para você? Se for, eu paro.

— Não, não pare — eu respondi instintivamente, me surpreendendo. Mas, parando para pensar sobre isso, eu percebi que a língua dela em mim tinha ressoado bem na minha virilha — Foi inesperado, mas bastante agradável.

Os ombros de minha companheira relaxaram e seu sorriso aliviado me lembrou que ela era uma mulher inexperiente. Eu precisava ser extremamente cuidadoso em meu feedback para não diminuir severamente sua confiança em relação à intimidade daqui para frente.

Susan continuou traçando as linhas dos meus músculos com a língua, parando apenas por um breve momento para fazer cócegas em meu umbigo dessa maneira, antes de subir pelo meu peito. Ao mesmo tempo, ela subiu em cima de mim, seus joelhos se acomodando em cada lado da minha cintura. Ela voltou a beijar meu corpo, agora focando em meu pescoço, a cortina de pelos de sua cabeça caindo em cascata sobre meu tronco proporcionando uma carícia sedosa que foi bastante agradável. Inclinando minha cabeça para trás para dar a Susan melhor acesso ao meu pescoço, coloquei minhas mãos em seu traseiro arredondado.

Espíritos! Ela era tão macia! Em vez das escamas ásperas raspando minhas palmas com as quais eu estava acostumado, minhas mãos pareciam estar esfregando o mais caro veludo Geruviano. Susan estremeceu quando minhas mãos percorreram suas costas tão sedosas em um movimento lento. Ela esfregou o rosto na curva do meu pescoço, em seguida, seus dentes pouco afiados beliscaram minhas escamas, enviando um raio de prazer entre minhas coxas. Eu quase me expus. E pensar que eu temia que minha mulher não me excitasse! Eu poderia me acostumar com essa coisa de pré-liminares.

Eu ronronei em aprovação e apertei meu abraço em torno da minha mulher. Susan imediatamente respondeu me mordendo novamente e gentilmente raspando minhas escamas com suas garras cegas. Eu ronronei de novo, involuntariamente. Mas isso deu à minha companheira o reforço necessário para saber que suas ações eram prazerosas para mim. Com vontade própria, minhas mãos partiram para uma exploração mais aprofundada de seu corpo.

Mas ela estava se desviando de sua demonstração para mim e começando a se concentrar no meu prazer em nosso encontro. Movendo-se para o meu rosto, Susan alternou entre beijos e beliscões ao longo da minha mandíbula antes de pressionar seus lábios nos meus.

Desta vez, eu assumi o controle.

Ela ofegou um pouco quando eu nos virei, colocando-a de costas antes de retribuir. Com cuidado para não esmagá-la, me inclinei parcialmente para o lado e comecei de onde ela parou, pressionando minha boca contra a dela. Ela passou os braços em volta de mim, seus dedos delicados acariciando minhas penas na parte de trás da minha cabeça. Um adorável suspiro escapou dela quando deixei minha boca vagar por seu rosto, enquanto minha mão fazia o mesmo em seu corpo.

Eu já sabia que a sensação dela sob a palma da minha mão se tornaria um vício meu. Como Susan havia feito comigo, eu prestei atenção em suas respostas enquanto a tocava e a beijava para entender do que ela gostava. Quando meus lábios pousaram em seu pescoço, tornou-se rapidamente aparente que sua curvatura e nuca eram particularmente sensíveis. Os Andturianos adoravam morder e ser mordidos. Me excitou tanto quando ela fez isso comigo. No entanto, eu não ousei retribuir com sua pele tão frágil. Pelo menos, seus seios também pareciam gostar de minhas atenções. A maneira como suas tetas endureceram sob minhas mãos me fascinou.

Por mais que eu achasse os seios redondos estranhos, sua maciez almofadada me dava vontade de apertá-los e brincar com eles sem parar. A maneira como ela arqueou as costas para pressionar o seio ainda mais contra o meu rosto quando eu o beijei não passou despercebida. Com base em seu manual, eu timidamente coloquei minha língua para fora para lamber sua teta. Lamber sua parceira era a coisa mais estranha de se fazer, mas o gemido de aprovação que Susan me recompensou me estimulou.

Eu fui com tudo, girando minha língua sobre sua teta esquerda e o círculo rosa em torno dela enquanto minha mão brincava com a outra. O som de seu batimento cardíaco aumentando junto com sua respiração confirmou que eu finalmente estava fazendo o certo com minha mulher. Mas eu não poderia ficar lá indefinidamente. Enquanto minha boca voltava sua atenção para o outro seio, minha mão viajou mais para baixo sobre sua barriga lisa. Ela estremeceu sob meu toque, e Susan pareceu ficar tensa quando passei por seu umbigo.

Levantando minha cabeça, eu travei olhares com minha companheira. Com os lábios entreabertos, os olhos castanhos parecendo quase pretos, ela me encarou não com medo, mas com uma expectativa ansiosa que aliviou minhas preocupações. Um perfume delicado flutuou para mim, imediatamente colocando fogo em minhas entranhas. Apesar de Susan ser de uma espécie diferente, o almíscar de sua excitação era inconfundível. Sem desviar o olhar dela, continuei minha jornada para o sul, minha mão pousando sobre sua fenda exposta.

A respiração de Susan falhou enquanto eu a esfregava lentamente antes que meus dedos abrissem as dobras de sua fenda. Sua respiração acelerou e ela abriu as pernas para facilitar minha exploração. Um grunhido triunfante saiu da minha garganta ao encontrá-la escorregadia com sua lubrificação natural. Ela poderia precisar de um pouco mais, mas minhas pré-liminares com ela estavam valendo a pena.

Apesar das semelhanças com nossas fêmeas, a abertura de Susan era muito diferente. Além do véu de escamas cobrindo naturalmente as fendas das fêmeas Andturianas, uma fina camada de escamas cobria suas paredes internas. Ela raspa contra as escamas da haste de um macho, aumentando as sensações de ambos os parceiros. Mas minha Susan era tão macia por fora quanto por dentro. Ou, pelo menos, a curta distância que eu poderia alcançar. A fina camada de pele chamada 'he-man' de que ela havia falado podia ser sentida cerca de dois centímetros após a entrada. A principal diferença era a umidade quente lá dentro. Nossas fêmeas também não tinham uma pequena protuberância acima da fenda. Seja lá como isso se chamava, sua sensibilidade claramente dava muito prazer à minha companheira. Quando ela levantou os quadris, como se buscasse mais fricção, eu comecei a esfregar meus dedos sobre ele.

— Sim — Susan sussurrou com a voz trêmula, antes de fechar os olhos.

Isso me atingiu como um soco no estômago, e a pressão aumentou em minha virilha quando meu tronco começou a pulsar com a necessidade de sair e reivindicar minha fêmea. Susan estremeceu e gemeu enquanto eu acelerava o movimento e a pressão de meus dedos sobre ela. O cheiro de sua excitação cresceu exponencialmente, e sua lubrificação fluía de forma constante. Embora agora eu acreditasse que ela estava pronta para me receber, eu não conseguia parar de olhar para seu rosto tenso de prazer.

Susan não correspondia a uma definição Andturiana de beleza. Suas feições eram estranhas para mim e provavelmente continuariam sendo por um tempo. E ainda assim, agora, enquanto ela estava tremendo e gemendo de prazer sob meu toque, minha companheira estava me hipnotizando. De repente ela gritou, seu corpo se contraindo, me assustando. Eu estava tão extasiado que não percebi que ela estava no auge.

Eu continuei massageando sua protuberância até que ela pareceu descer de seu clímax. O corpo de uma fêmea humana estava se tornando uma maravilha. Nossa espécie não tinha esses pontos de prazer sensíveis e não exigia pré-liminares. O acoplamento era uma questão direta, concluída em poucos minutos, com cada parceiro encontrando sua liberação rapidamente. Embora este fosse um assunto muito mais complicado, também estava provando ser agradável.

— Você exige que eu prossiga com as pré-liminares? — eu perguntei, meu tronco doendo para ser liberado.

Susan riu e balançou a cabeça com uma expressão terna em seus olhos que eu gostei muito. Eu quase subi em cima dela, mas hesitei, a lembrança desagradável do sangue que ela derramaria voltando à tona. Eu peguei um dos cobertores e dobrei duas vezes antes de colocá-lo na almofada principal. Alguma tensão rastejou de volta para minha companheira. Eu me xinguei mentalmente por não ter feito isso primeiro. Ainda assim, ela sorriu timidamente assim que eu terminei e deitou por cima sem que eu tivesse que dizer nada.

Ela abriu as pernas. Eu mal reprimi um suspiro de alívio quando liberei minha ereção enquanto me acomodava entre elas. Meus olhos se voltaram para Susan quando ouvi seu suspiro suave. O olhar assustado – se não horrorizado – que ela estava lançando em meu tronco quase me fez murchar. Isso a enojava?

— Você é grande — ela sussurrou, com preocupação audível em sua voz.

Oh! Certo...

— Muito grande? — eu perguntei, cuidadosamente.

Susan lambeu os lábios nervosamente e olhou para o meu eixo como se fosse algum tipo de monstro cruel que rastejou debaixo do ninho para atacá-la enquanto ela dormia.

— Não — ela disse em uma voz baixa que carecia de convicção.

— Você precisa ser honesta comigo, Susan — eu disse em uma voz severa — Meu tronco é muito grande? Isso irá machucá-la?

Ela respirou fundo e se forçou a me olhar nos olhos — Não, não vai me machucar se você for cuidadoso e paciente — ela disse com uma voz determinada — Isso vai doer porque você é grande e eu sou apertada, mas não muito se você for devagar. Cada vez que fizermos isso, ficará mais fácil porque meu corpo se ajustará a você.

Eu segurei seu olhar por mais um momento para ter certeza de que ela não estava dizendo isso apenas por um sentimento equivocado de orgulho ou dever. Mas ela não vacilou, gesticulando para que eu continuasse. Tranquilizado, eu obedeci, surpreso por meu tronco ainda estar ereto. Susan abriu mais as pernas, seus braços envolvendo minhas costas. Por alguma estranha razão, eu me surpreendi ao abaixar minha cabeça e beijar seus lábios. Ela sorriu e fechou os olhos quando comecei a me empurrar para dentro dela.

A cabeça do meu tronco mal conseguiu passar por sua entrada antes de encontrar resistência. Minha mulher estava certa ao dizer que seria preciso paciência. Eu me pressionei com cuidado, meu olhar nunca se desviando de seu rosto para ter certeza de que não a estava machucando. Depois de outro empurrão, Susan se encolheu um pouco, e o cheiro metálico de sangue ardeu em meu nariz. Eu imediatamente tentei me afastar, mas ela me segurou.

— Está tudo bem, eu estou bem — ela disse com uma voz tranquilizadora.

Embora ela parecesse sincera, eu podia sentir o líquido quente em volta do meu tronco. Parecia *muito* sangue. Eu me libertei de seu abraço e sentei-me de cócoras para olhar para sua abertura. Ela começou a fechar as pernas, o rosto ficando vermelho de vergonha, mas minhas mãos em seus joelhos a impediram.

— Olix, está tudo bem! — ela insistiu, parecendo horrorizada.

— É muito sangue, Susan — eu argumentei, preocupado.

— Não, é uma quantidade normal — ela disse ela se sentando. — Viu? Já parou. Por favor, não estrague isso.

Esse último comentário me afetou. Eu não queria arruinar sua primeira vez, mas eu tinha o dever de cuidar dela e protegê-la.

— Eu pareço com dor para você? — ela insistiu.

Eu balancei minha cabeça.

— Eu não mentiria para você sobre isso. Você já esqueceu o quão alto eu grito quando me machuco? — ela disse em uma voz que era ao mesmo tempo suplicante, mas também tentando ser bem-humorada.

Eu sorri, a tensão desaparecendo das minhas costas.

— Sim, minha companheira. Eu lembro — eu concedi, ainda lutando para silenciar a voz em pânico na parte de trás da minha cabeça — Muito bem. Mas me deixe limpá-la primeiro — eu disse, usando o cobertor que havia dobrado anteriormente para limpar cuidadosamente o sangue dela.

Embora visivelmente envergonhada por isso, Susan não discutiu e permitiu que eu o fizesse. Ela havia falado a verdade. O sangramento havia parado e não havia tanto sangue, afinal. No entanto, ao olhar para o tecido manchado, eu percebi que estava olhando para a honra que minha mulher me concedeu, o único homem que ela considerava digno.

— Deite-se, minha Susan. Eu voltarei em breve — eu disse, me levantando para sair da câmara do ninho.

CAPÍTULO 7
SUSAN

Eu olhei para as costas de Olix em descrença enquanto ele saía da sala com o cobertor sujo. Onde diabos ele estava indo? Ele era o melhor Caçador de seu povo, a Lança dos clãs Andturianos. Certamente o cheiro de sangue não o estava incomodando? Toda essa bagunça começou tão desajeitadamente, finalmente ficou ótima e agora estava indo para o ralo a uma velocidade estonteante.

Eu não esperava muito da minha noite de núpcias, certamente não estar desfrutando de intimidade com um homem-lagarto, e muito menos que ele me despertasse como um foguete depois de ter mostrado tanta falta de noção. Mas sua vontade de aprender e de me deixar mostrar a ele o que me agradava me comoveu profundamente.

Eu gostei disso ter me dado uma desculpa para explorar seu corpo de uma forma que eu não teria ousado de outra forma. O melhor de tudo é que ele parecia gostar de algumas das maneiras como eu o tocava. Eu também adorei especialmente que, assim que ele entendeu a essência, ele assumiu e aplicou o que eu mostrei a ele. No entanto, ele não apenas me copiou, ele realmente prestou atenção às minhas respostas e reagiu de acordo.

Olix parecia ser um amante atencioso e generoso. Com o tempo, meu marido e eu poderíamos ter uma vida sexual muito saudável e agradável – e até a vida em geral. Mas não se ele cair fora bem no meio da ação.

Eu estiquei minhas orelhas para captar qualquer som que pudesse revelar o que ele estava fazendo. Sem saber o que fazer comigo mesma, eu pensei em colocar minha camisola de volta, não que isso parecesse impressioná-lo ou seduzi-lo de alguma forma. Como ele havia me pedido para ficar deitada até que ele voltasse, eu relutantemente concordei. Por mais que eu não gostasse de uma pessoa valentona ou mandona, eu gostava de um homem do tipo que assume o comando.

A reabertura repentina da porta me assustou. Embora parecesse uma eternidade, Olix mal tinha saído por alguns minutos. Minha irritação desapareceu instantaneamente no minuto em que o vi se aproximar da enorme cama circular. As luzes suaves das pedras luminosas que iluminavam a sala brincavam com as escamas verdes do meu marido, dando-lhes uma aura quase sonhadora enquanto eu observava seus músculos definidos ondularem a cada um de seus passos. A lembrança de senti-los sob minha palma reacendeu a chama que seu medo sobre meu sangue virginal havia apagado.

Eu me forcei a não olhar para seu eixo ainda exposto e totalmente ereto. Olix era muito bem dotado. Eu posso não ter feito sexo com penetração com ninguém, mas tive algumas carícias fortes com os poucos homens com quem pensei em ter um relacionamento sério antes de perceber que eles só queriam um pouco de diversão. Meu marido os derrotava fácil no departamento de circunferência e comprimento.

E o tamanho não era a única diferença. Embora a forma geral fosse comparável, o comprimento superior de seu eixo tinha algum tipo de protuberância que dava algumas sensações extras, e todo o seu pênis estava coberto por uma camada de escamas macias. Elas me lembravam daquelas que cobriam os fios grossos e parecidos com dreadlocks na parte de trás de suas cabeças que eles chamavam de espinhos. Um nome estranho, considerando que eram muito flexíveis e pareciam mais fios de couro macio.

Quando Olix desceu para a cama, minhas paredes internas se apertaram de medo e antecipação. Doeu um pouco quando ele começou a se inserir. Mas foi leve, graças ao cuidado que ele demonstrou, apesar do meu corpo estúpido lutar contra ele. Eu nem tinha sentido a ruptura do meu hímen. Na verdade, enquanto uma parte de mim estava aliviada por não fazer sexo enquanto me banhava em meu próprio sangue, a outra desejava que ele não tivesse me limpado e não tivesse parado. Meu sangue teria servido como lubrificante adicional e, agora, ele estaria total-mente revestido.

Sem dizer uma palavra, ele pousou sobre mim novamente, embora seus olhos fixos nos meus procurassem validar que ele ainda tinha meu consentimento. Eu abri minhas pernas e envolvi meus braços em volta dele em resposta. Ele beijou meus lábios como havia feito anteriormente antes de começar a empurrar-se para dentro de mim. Eu adorava que beijar estivesse se tornando um reflexo para ele ou que ele estivesse pelo menos fazendo um esforço consciente para fazê-lo. Ele parecia tão desligado da primeira vez. Mas eu adorava beijar.

Queimou novamente enquanto ele lentamente fazia seu caminho dentro de mim. Felizmente, ele parecia produzir um lubrificante natural próprio que estava facilitando. Eu tentei ignorar o desconforto entre minhas coxas e me concentrei em seus lábios e língua no meu pescoço. As pequenas escamas ao redor de seus lábios raspando suavemente minha pele ressoaram diretamente em meu núcleo. Para meu grande alívio, embora mais estreita e comprida que a de um humano, a língua de Olix não era bifurcada. Por algum motivo, isso teria me assustado. E sua textura mais áspera era incrível contra a minha pele, especi-almente pelo jeito que provocava meus mamilos. Agora, ela estava fazendo maravilhas no ponto particularmente sensível do meu pescoço.

Eu estava meio suspirando, meio gemendo de prazer quando meu corpo de repente desistiu de lutar e cedeu. Olix passou da metade para uma penetração completa. Isso ardeu e arrancou um grito assustado de mim. Meu marido congelou, erguendo a cabeça enquanto olhava para mim com preocupação.

Eu sorri de forma tranquilizadora — Você entrou — eu sussurrei — Bom trabalho.

Ele relaxou um pouco, mas não totalmente — Você está bem?

— Sim — eu disse com um aceno de cabeça — Você se saiu muito bem.

Desta vez, ele relaxou totalmente e sorriu, a mais adorável mistura de alívio e orgulho descendo em suas feições alienígenas. Para minha agradável surpresa, ele não começou a se mover imediatamente. Eu não sabia se as fêmeas Andturianas também precisavam de um momento para se ajustar à circunferência de seus machos, mas Olix esperou, cobrindo meu rosto e pescoço com beijos. Somente quando, por vontade própria, minhas paredes internas começaram a se contrair em torno dele, meu marido começou a se mover dentro de mim.

Puta merda! Eu temia que as escamas de seu eixo destruíssem o forro macio de minhas paredes internas, mas eu não poderia estar mais errada. Foi a sensação mais deliciosa, superando o desconforto subjacente de me sentir tão incrivelmente esticada e cheia. E aquela saliência na ponta do membro? Como eu senti aquilo! Ela parecia ondular quase como uma onda, massageando um ponto incrivelmente sensível dentro de mim a cada movimento.

A série ininterrupta de gemidos saindo da minha boca rapidamente se juntou aos rosnados de Olix. Um olhar para o rosto dele me confundiu completamente. Meu homem tinha parado de me beijar. De olhos fechados, dentes cerrados, feições contraídas como se estivesse sob extrema dor, Olix parecia lutar para não perder o controle devido ao excesso de prazer. Eu podia senti-lo entrar no ritmo, indo mais fundo e mais forte, apenas para emitir um grunhido frustrado e se controlar.

Uma parte de mim queria que ele jogasse toda cautela ao vento e deixasse sua paixão correr solta, e a outra temia que ele me destruísse. Ainda assim, em pouco tempo, ele estava vigorosamente empurrando para dentro de mim, a cabeça jogada para trás enquanto emitia aquele silvo sibilante misturado com um som de chocalho que me arrepiou no porto espacial. Desta vez, foi sexy pra caralho.

Minha pele estava febril enquanto o fogo líquido corria em minhas veias. Meu corpo inteiro começou a tremer com meu clímax iminente. Então Olix gritou meu nome seguido por uma série de palavras em sua língua nativa. Eu não sabia o que ele tinha dito, não que isso importasse. Mas a paixão quase selvagem com que ele disse isso me levou ao limite.

Eu gritei quando espasmos violentos tomaram conta de mim. Meu movimento errático impediu que Olix me possuísse. Ele deslizou um braço sob minha perna direita, levantando-a, abrindo-me mais para ele e contendo um pouco do meu tremor. E então ele foi com tudo para cima de mim. Eu não sabia dizer se ele havia perdido totalmente o controle ou simplesmente cedido um pouco mais, mas ele meteu em mim de modo selvagem. Embora doesse um pouco, o prazer de suas escamas e sua protuberância estavam me levando à beira da loucura. Eu nunca saí totalmente do meu primeiro clímax antes que ele arrancasse outro de mim, desta vez, juntando sua voz à minha.

Olix acertou em cheio, e sua semente disparou violentamente dentro de mim. Ela estava surpreendentemente quente, não tanto que queimasse, mas o suficiente para notar. Ele não se mexeu, embora uma série de espasmos o sacudissem enquanto ele continuava a me encher com curtos jorros de sua essência. Quando ele finalmente pareceu se reconectar com a realidade, ele olhou para mim, o choque descendo em suas feições, como se ele estivesse se lembrando agora de que estava me atacando brutalmente.

— Eu machuquei você? — ele perguntou, quase em pânico.

— Você está brincando? Isso foi incrível!

Seu queixo caiu e, por um segundo, ele olhou para mim como se quisesse ter certeza de que ouviu direito. Quando eu sorri para ele, o orgulho e a alegria que desceram sobre suas feições me viraram de cabeça para baixo. Eu percebi então que, assim como eu, ele não esperava muito desta noite.

— Estou feliz por ter conseguido satisfazê-la, Susan — ele disse com uma voz profunda e resmungona, cheia de emoção — Eu nunca experimentei tanto prazer com uma mulher. Você é uma maravilha, minha companheira.

Ok, agora *isso* mexeu muito comigo. Eu nem sabia o que dizer, não que eu pudesse falar uma palavra, minha garganta estava muito apertada. Mas Olix não parecia esperar uma resposta. Com seu eixo ainda enterrado profundamente dentro de mim, ele nos virou. Deitada em cima dele, eu me senti incrivelmente vulnerável e ainda assim completamente protegida. Ele estendeu a mão em direção ao grande cobertor de pelo na beira da cama e enquanto o puxava sobre nós, sua cauda sacudiu uma pedra azul embutida no chão ao lado de outro par de pedras coloridas ao lado da cama. Todas as luzes se apagaram.

Ronronando de contentamento, eu descansei minha cabeça no peito de meu marido enquanto o calor do cobertor de pelos me cobria e sua cauda envolvia minhas pernas. Eu não sabia exatamente o que o futuro reservava para nós, mas depois do nosso começo difícil, eu estava começando a acreditar que conseguiríamos fazer dar certo.

~

Eu acordei me sentindo maravilhosa – embora um pouco dolorida mais ao sul – o colchão divino e as almofadas ao meu redor pareciam um ninho de nuvens. Para minha grande decepção, Olix já havia saído. Isso não deveria ter me surpreendido. Havia uma diferença de seis horas entre minha região em meu planeta natal e o Vale Monkoo. Eu ficaria, portanto, com o sono atrasado por alguns dias antes de me ajustar a esse novo horário. O sombreamento ainda ativo na janela tornava difícil saber a hora atual.

Tateando entre as almofadas, eu procurei as pedras embutidas no chão ao lado da cama e acenei com a mão sobre a pedra branca, levantando a persiana da janela. Ela revelou o lindo jardim florido e a área verde entre a nossa casa e a do vizinho. A claridade lá fora me surpreendeu. Pela aparência das coisas, provavelmente era perto do meio-dia.

Gemendo por dentro, eu rastejei para fora da cama, e rapidamente tentei dar uma aparência de arrumada, e então vesti um roupão antes de sair do quarto. Embora não fosse surpreendente, eu fiquei ainda mais desapontada por não encontrar Olix na sala de estar. Sobre a mesa, um bom café da manhã havia sido deixado para mim, consistindo de grãos crocantes e levemente doces, como cereais com nozes e frutas e uma bebida espessa semelhante a um smoothie. Embora provavelmente houvesse mais do que eu poderia comer, pelo que eu li sobre os Andturianos, essa era uma porção um tanto humilde, principalmente porque não incluía carne. E, no entanto, meu instinto me disse que eles foram generosos comigo.

As palavras de Kayog sobre a situação dos Andturianos continuavam se repetindo em minha mente. O breve discurso de Olix ao agradecer aos outros clãs por sua generosa contribuição para o banquete reforçou ainda mais minha crença de que eu poderia ser de grande ajuda... se eles permitissem.

Eu tomei banho rapidamente, adorando o design da pedra

que criava a ilusão de uma cachoeira. No entanto, o banheiro era outra história. Pelo que eu tinha visto até agora, meu novo povo não possuía um único assento com encosto – e era o mesmo com a privada. Ela era apenas um assento cilíndrico de pedra, oco no meio, em um canto do cômodo. Com a maldita coisa sendo um pouco mais larga que uma privada humana – o buraco também – eu tive que ser extremamente cuidadosa ao sentar na borda para não cair. Eu me senti como uma criança fazendo a transição para privadas de adultos depois de completar meu treinamento com o penico.

A princípio, eu fiquei me perguntando sobre a falta de encosto em todos os lugares, depois eu me lembrei de suas caudas. Durante o banquete, eu notei que todos eles a enfiavam embaixo dos bancos, se estivessem de pé, ou a enrolavam em volta da base para evitar que as pessoas as pisassem ou trope-çassem inadvertidamente. Eu teria que convencer alguém a me fazer uma cadeira especial na qual eu pudesse me encostar para relaxar.

Quando eu saí de casa, a aldeia fervilhava de atividade. A grande praça, onde meu casamento foi realizado ontem à noite, parecia ter se transformado em uma oficina ao ar livre. Homens e mulheres trabalhavam em um ambiente descontraído, criando uma variedade de objetos magníficos, de joias a utensílios domésticos e armas. No fundo, algumas forjas haviam sido insta-ladas. Zoltar estava trabalhando em uma delas, enquanto Olix estava por perto, conversando com alguns outros homens. Eu não sabia se deveria ir até lá ou deixá-lo em paz por enquanto.

Yamir – minha sogra – me poupou de mais ponderações, abandonando qualquer tarefa que ela estivesse fazendo e vindo em minha direção assim que me viu. Seu sorriso largo e o orgulho exibido em seu rosto instantaneamente me deixaram à vontade. A noite passada tinha sido uma montanha-russa de acertos e erros, e eu não sabia bem o que esperar esta manhã.

— Como você está se sentindo, filha? — Yamir perguntou

quando parou na minha frente, seus olhos dourados de lagarto me dando um olhar avaliador.

— Eu me sinto ótima, obrigada. E depois de um banquete tão maravilhoso na noite passada, eu não esperava conseguir comer nada, mas aquele café da manhã estava tão bom que devorei tudo — eu disse com um sorriso.

Embora Yamir sorrisse, uma lasca de preocupação brilhou em seus olhos — Fico feliz que você gostou. Foi muito pouco? Ainda está com fome?

— Oh não! — eu exclamei, balançando a cabeça — Foi mais do que suficiente. Na verdade, foi um pouco demais. Eu não tenho um apetite muito grande.

Os ombros de Yamir relaxaram. Isso me levou a conversar um pouco mais, esperando não ofendê-la.

— Eu entendo que a situação alimentar está ficando um pouco desafiadora na região ultimamente — eu disse cuidadosamente — Isso é verdade?

Ela assentiu, com seu rosto assumindo uma expressão séria — Os Caçadores têm tido dificuldade em encontrar presas em seus locais de caça habituais. Algo está causando uma migração dos rebanhos. Eles precisam viajar mais longe agora e competir com outros predadores nessas novas áreas. A situação não é terrível — ela acrescentou rapidamente, como se temesse que suas palavras tivessem me assustado — Há o suficiente para todos comerem. Nós não estamos morrendo de fome. Olix irá liderar outra grande caçada em uma semana.

Eu balancei a cabeça e sorri para mostrar que não estava nem um pouco preocupada — Durante o banquete ontem à noite, havia muitos acompanhamentos deliciosos com várias raízes e vegetais — eu disse com indiferença — De onde eles vieram?

— Nossos Coletores colhem alguns deles na floresta e no rio. O resto, nós trocamos com outras espécies no mercado público mensal — ela respondeu.

Isso despertou meu interesse — O mercado público? — eu perguntei.

Yamir assentiu — No primeiro dia de cada mês, um grande mercado ao ar livre é realizado fora do porto espacial. Todas as espécies nativas trazem os diversos bens que têm para vender. A maioria dos clientes vem dos resorts turísticos que foram construídos em nosso planeta natal nas últimas décadas, assim como de algumas novas comunidades que permitimos que se estabelecessem em nosso planeta depois que o seu foi dizimado por desastres naturais. Os principais refugiados são os Bosengi. Eles são muito ricos e têm essa propensão tola de ostentar sua riqueza adquirindo coisas caras que podem ajudar a mostrar ainda mais seu status.

Apesar da crítica óbvia em sua voz, Yamir não expressou desdém, mas sim diversão diante de um comportamento que ela claramente considerava bobo. No entanto, essa informação interessante não passou despercebida. Eu me aprofundaria mais nesse negócio de mercado público.

Eu lancei um olhar avaliador para os Andturianos trabalhando na praça, com minhas engrenagens girando.

— Devo presumir então que toda a fabricação em andamento agora visa preparar produtos para o próximo mercado? — eu perguntei.

— Sim — disse Yamir, estufando o peito com orgulho — Nós estamos criando os melhores itens para uso conveniente em torno da residência, adornos elegantes para o corpo e armas requintadas, tanto para fins de caça quanto para serem usadas em cenários cerimoniais. Nós não só usamos materiais exclusivos e altamente resistentes, como também os fabricamos honrando técnicas e tradições seculares.

Eu mordi o interior das minhas bochechas para não sorrir. Parecia que ela estava fazendo um discurso de vendas. Ela não precisava me convencer, mas eu podia me identificar com esse tipo de paixão por um ofício passado de geração em geração e que você dedicou sua própria vida aperfeiçoando.

— Isso é maravilhoso — eu respondi com sinceridade — Espero aprender mais sobre isso no futuro e talvez até mesmo experimentar eu mesma.

— Teremos o maior prazer em ensiná-la — Yamir disse com aprovação.

— Você já vendeu ou trocou alguns dos alimentos colhidos pelos Coletores? — eu perguntei.

Ela olhou para mim como se de repente eu tivesse crescido uma segunda cabeça. — De modo algum! — ela disse com firmeza — Nós temos que ter cuidado na colheita para não esgotar a área muito rapidamente. Portanto, nosso consumo de vegetais é controlado. Com a escassez de caça ultimamente, nós temos explorado em excesso os recursos naturais da floresta. Nós não podemos nos dar ao luxo de vender ou negociar esses preci-osos recursos.

Eu lambi meus lábios nervosamente, grata por essa oportuni-dade de entrar no assunto que estava ansiosa para abordar desde a minha chegada aqui.

— Sim, isso é sensato. No entanto, embora eu não tenha tido a chance de vê-las de perto, vocês parecem ter vastas terras atrás e ao redor da aldeia — eu disse com indiferença — Vocês já pensaram em cultivar esse produto lá? Dessa forma, vocês teriam muito para comer e vender ou negociar.

Yamir recuou e me deu um olhar chocado como se eu tivesse dito algo altamente ofensivo.

— De modo algum! Nós somos Caçadores, não Fazendeiros — ela exclamou, sua voz cheia de desdém — Certamente você não está sugerindo transformar meu povo em escavadores de terra?

Eu enrijeci, sentindo-me profundamente ofendida por suas palavras.

— Primeiro, eu não estou tentando transformar ninguém em

nada — eu respondi com um tom levemente cortante — Segundo, qual o problema em ser um fazendeiro? Você sabe que sou de Meterion, uma das maiores colônias agrícolas do sistema solar, certo?

Ela apertou os lábios e teve a decência de parecer um tanto envergonhada, percebendo como suas palavras haviam sido ofensivas para mim — Não há nada de errado com o seu povo fazendo o que eles fazem — Yamir disse friamente — Mas nosso povo são Caçadores, e meu filho é o maior entre eles.

— É justo — eu disse, engolindo a vontade de explodir com ela — Mas de que adianta caçar se não há animais para caçar? Caçar é uma aposta. A agricultura, quando bem-feita, é praticamente uma garantia. Considerando os tempos difíceis que nosso povo está enfrentando, você não gostaria de contemplar opções que possam garantir que não morreremos de fome?

A expressão selvagem que desceu no rosto da minha sogra me torceu por dentro. Suas escamas verdes assumindo um tom rosado – para não dizer avermelhado – era todo o aviso necessário para saber que era melhor eu recuar imediatamente antes que eu a levasse longe demais.

— Você não vai colocar ideias malucas na cabeça do meu filho, está me ouvindo? — ela sibilou com tanto veneno que precisei de toda a minha força de vontade para não correr para as colinas. Ela deu um passo ameaçador em minha direção — Olix está enfrentando desafios suficientes agora sem que você o faça parecer fraco. Uma vez antes, forasteiros quase destruíram nosso povo, nos transformando em escavadores de terra. Você não vai nos escravizar novamente.

Com essas palavras duras, Yamir se virou e voltou para a pequena mesa em que estava trabalhando no meio das outras. Cada par de olhos estava fixo em mim, curiosidade e preocupação brilhando em igual medida. Uma mulher cujo nome eu não sabia fez uma pergunta a Yamir assim que ela se sentou. Pelo gesto irritado e desdenhoso que minha sogra realizou, eu só podia imaginar que a mulher havia perguntado sobre o que havia acabado de acontecer e que Yamir se recusou a responder. Não é de admirar que ela sentisse tão fortemente que minha dica sobre as a agricultura poderia prejudicar tão severamente a posição de Olix.

O desafio que eu enfrentaria era muito maior do que eu esperava.

CAPÍTULO 8
OLIX

O brilho de orgulho que eu sentia sob os olhares invejosos dos outros enquanto eles contemplavam o troféu que Susan havia me dado desapareceu ao ver a raiva de minha mãe. Ela ficou tão feliz quando foi cumprimentar minha companheira. O que poderia ter acontecido durante a conversa para deixá-la tão chateada a ponto de suas escamas ficarem vermelhas?

Eu pedi licença e me dirigi diretamente para minha mulher, que parecia envergonhada e angustiada. Ela me observou aproximar com uma mistura de alívio e culpa.

— Bom dia, minha companheira — eu disse, parando na frente dela — Você está bem? Está tudo bem? — Eu perguntei antes de lançar um olhar de lado para minha mãe.

Susan mexeu-se inquieta em seus pés e mordeu o lábio inferior enquanto pensava em sua resposta.

— Estou bem — ela disse com cuidado — Acho que eu fiz uma pergunta que sua mãe não gostou. Eu não sabia que era um assunto tão delicado. Eu não queria chateá-

Susan congelou, seus olhos se arregalando enquanto ela olhava para o arreio de couro que me adornava. Eu estufei o peito, destacando ainda mais o arreio. Seus olhos se moveram para minhas pulseiras e depois para o cabo da faca de caça pendurada em meu quadril. Eu acordei de madrugada e trabalhei a manhã inteira nisso.

— É... isso é sangue? — Susan perguntou com um ar de descrença.

— Sim! — eu disse com orgulho — Seu presente para mim.

Seu queixo caiu, mas eu não conseguia decidir se horror ou admiração provocava aquela expressão.

— Eu cortei os lençóis para manter apenas as partes ensanguentadas e as tratei com tormedium — eu expliquei com entusiasmo — Isso escureceu ou queimou todo o tecido que não tinha sangue para que o sangue se destacasse. Em seguida, eu o dividi em pedaços de tamanho perfeito para meu arreio, pulseiras e armas. Você só vê a adaga agora, mas eu também tenho uma parte de você na minha lança e arco de caça — eu acrescentei com um sorriso — Em seguida, eu cobri as peças com resina sotomac purificada para selá-las para sempre neste estado atual e depois incorporei cada peça nos vários acessórios. Eu mesmo costurei no couro e fiz a ferraria também. Há uma última peça, no entanto, que eu pedi para um dos Artesãos preparar para mim — confessei timidamente — Meu toque não é delicado o suficiente para criar joias, e eu queria dois fios de seu sangue como enfeites para meus espinhos.

Susan continuou a me encarar por mais um momento, aparentemente sem palavras pelo que eu tinha feito.

— Uau — ela finalmente sussurrou em um tom que eu não consegui interpretar — Você teve todo esse trabalho para usar meu sangue virgem?

— Claro! Você me escolheu acima de todos os outros para compartilhar seu primeiro e único sangue. Esta é uma grande honra que eu prezo — eu disse com sinceridade — Eu carrego esta parte especial de você comigo, onde quer que eu vá. Os outros machos estão morrendo de inveja. Nenhum outro entre nosso povo jamais receberá um presente tão único de sua companheira.

Uma onda de emoções passou por suas feições. Susan bufou e balançou a cabeça como se não pudesse acreditar antes de me dar um sorriso estranho.

— Você é muito gentil, Olix. Fico feliz que isso o agrade — disse Susan com uma voz suave.

Ela sorriu e acariciou meu braço afetuosamente. O gesto me lembrou de seu toque na noite passada, a suavidade dela ao meu redor, seus gemidos em meus ouvidos. Eu reprimi os pensamentos enquanto meu tronco ameaçava endurecer novamente. Agora não era a hora de acasalar com ela. Eu só esperava que ela desejasse repetir esta noite.

No entanto, olhando para minha mulher, ficou claro que ela não entendeu por que eu fiz isso com os lençóis ensanguentados e provavelmente achou bizarro. Uma parte de mim estava desapontada por meu trabalho não ter provocado a reação orgulhosa e alegre que eu esperava. No entanto, embora ela não entendesse muito bem, minhas razões para fazer isso a comoveram. No final, isso era o que mais importava.

Eu sorri de volta antes que o movimento na borda da minha visão me lembrasse do nosso tópico original de discussão.

— Mas, voltando à sua conversa com minha mãe, que pergunta você fez que a deixou tão chateada? — eu perguntei cuidadosamente.

Susan pareceu perturbada novamente — Nós estávamos conversando sobre o mercado público e o fato de que seu pessoal está fabricando itens para vender. Eu perguntei se você já pensou em usar todas as terras que tem nos fundos para cultivar produtos para vender no mercado.

Minha espinha enrijeceu, e eu mal controlei minha própria raiva querendo vir à tona.

— A julgar pela sua reação, definitivamente não é uma

pergunta que deve ser feita — disse Susan com uma expressão triste.

Isso fez minha raiva derreter. Eu não queria chatear minha mulher. Essa era uma pergunta justa de se fazer, especialmente considerando seu passado. Isso era apenas outra coisa que eu deveria ter levado em consideração ao informar Kayog sobre meus requisitos para uma parceira. Então, novamente, se eu tivesse excluído a agricultura, Susan não estaria ao meu lado neste instante, eu estava começando a gostar dela.

Eu suspirei e assenti — Vamos fazer um tour pela aldeia e arredores, e podemos conversar ao mesmo tempo — eu disse, gesticulando em direção a um dos caminhos pavimentados. Ela sorriu e me acompanhou — A agricultura é um assunto delicado para o meu povo desde que os Vaengi mudaram nossas vidas. Cinco gerações atrás, eles chegaram a Xecania. Foi o primeiro contato do meu povo com uma espécie alienígena. Como vivemos em harmonia há séculos com algumas das outras espécies que habitam nosso planeta, meus ancestrais não tinham motivos para esperar traição desses recém-chegados.

— Mas, em vez disso, eles escravizaram vocês — disse Susan.

Eu balancei a cabeça — A primeira ação deles, antes mesmo de falarem uma única palavra, foi matar o Líder do Clã — eu disse com raiva — Todo mundo recebeu uma coleira que infligia dor e poderia até causar a morte se eles se recusassem a obedecer. Nos 54 anos seguintes, meus ancestrais foram forçados a trabalhar na terra até morrerem de exaustão. Os Vaengi chamavam isso de agricultura, mas era uma profanação da terra. A terra e a água foram envenenadas pelos produtos químicos que eles forçaram meu povo a usar. Isso causava irritações terríveis na pele daqueles que trabalhavam nos campos. Algumas de suas escamas até caíam e nunca mais cresciam.

Susan cobriu a boca horrorizada enquanto ouvia a história, mal olhando para as várias casas pelas quais passávamos.

— Meu povo sofreu terrivelmente. Provavelmente ainda estaríamos enfrentando as mesmas dificuldades se não fosse por um dos Vaengi espancando selvagemente uma jovem chamada Molzeg — eu continuei.

Susan engasgou — Molzeg? Como a anciã que nos casou ontem à noite?

Eu sorri — Molzeg e Pawis – nosso Coletor Ancião – são os dois únicos ainda vivos que interagiram com os Vaengi quando ambos eram jovens na época. Todos os outros que você vê aqui nasceram depois que nossos ancestrais os derrotaram. Quando os adultos começaram a cuidar de seus ferimentos, eles notaram que sua coleira havia sido danificada pelo espancamento.

— Uau — Susan sussurrou, seus olhos se arregalando de admiração — Aposto que seu povo estava em pânico ao pensar que os Vaengi poderiam descobrir isso e substituí-la por uma funcional.

— Sim. Esse era exatamente o medo deles. Eles nunca teriam outra chance como esta — eu disse, feliz que minha companheira estava tão envolvida na história. Eu fiz um gesto para o Grande Salão pelo qual estávamos passando — Esta costumava ser a sala comum compartilhada por todos os meus ancestrais sob a escravidão. Eles dormiam, comiam e viviam lá nas poucas horas em que não trabalhavam nos campos. Molzeg estava deitada lá dentro naquele dia, sendo tratada. Ela era uma criança obstinada, com apenas oito anos de idade, e exigiu que todos a curassem da melhor maneira possível e depois voltassem para os campos.

— Ali mesmo? — Susan perguntou, impressionada.

Eu balancei a cabeça — Ela passou por um dos supervisores isolado dos demais e pulou em cima dele. Mesmo quando crianças, os Andturianos possuem maior força física do que os Vaengi. Ela não teve dificuldade em dominá-lo, apesar de seus ferimentos. Seu dispositivo de controle falhou em causar dor. Então, ela o matou, pegou o dispositivo e o usou para libertar os outros — Eu olhei para a minha mulher com um sorriso triunfante — Eles massacraram os invasores que demoraram a perceber que as coleiras não funcionavam mais. Eles ficaram tão confiantes que não tinham mais as armas relâmpago originais que usaram para subjugar meu povo.

— Vocês mataram todos eles? — Susan perguntou, seus olhos brilhando com uma alegria vingativa que me agradou muito.

— Alguns deles conseguiram fugir — eu disse, balançando a cabeça — No dia seguinte, eles voltaram em maior número, mas meu povo estava pronto. Eles passaram a noite recuperando todas as armas dos Vaengi nas residências e praticando seu uso. Eles se esconderam nas florestas próximas, alguns nos campos, e apenas um punhado dentro e ao redor dos prédios, basicamente caçando os invasores. Meu povo se movia mais rápido, era mais forte e sabia caçar bem. A tecnologia dos Vaengi não os salvou.

— Então, depois de outra derrota, eles finalmente os deixaram em paz? — perguntou Susan.

— Não imediatamente. Eles voltaram mais duas vezes e falharam nas duas tentativas. Nós tínhamos a tecnologia deles para nos avisar de sua aproximação. Eles falharam porque presumiram que éramos estúpidos e primitivos demais para entender — eu disse com desdém — Mas o que realmente os convenceu a partir foi que nossos Caçadores foram até as outras espécies que habitam nosso mundo e as encontraram escravizadas. Eles as libertaram usando os dispositivos e as ajudaram a massacrar os invasores. Os Vaengi então perceberam que não haveria uma maneira fácil de recuperar o que haviam perdido.

— Então, como a Organização dos Planetas Unidos conseguiu se firmar aqui e convencê-lo a se juntar à aliança deles? — perguntou Susan.

Eu ri — Foram necessárias algumas tentativas deles e muitas quase tragédias para os emissários que eles enviaram. Mas foram os Temerns que nos convenceram a falar com eles. Assim como

Molzeg, eles têm afinidades para ver além do que os outros podem. Eles entenderam nossas emoções e como interagir conosco de uma forma que gerasse confiança.

— Suas habilidades empáticas — Susan disse com um aceno de cabeça.

Eu sorri em concordância. Minha companheira suspirou, uma expressão um tanto desapontada descendo em suas feições.

— E desde então, seu povo tem sido totalmente contra qualquer coisa que envolva agricultura — Susan disse com resignação — Eu sabia que seu povo havia sido escravizado, mas agora entendo melhor por que vocês são tão contra trabalhar nas terras novamente.

— Fico feliz que você entenda — eu disse com alívio enquanto continuava o passeio pela aldeia.

Eu apontei para os vários pontos de interesse, incluindo a despensa, as áreas de armazenamento de alimentos secos, a localização de materiais e equipamentos de artesanato, assim como os de artes e ofícios concluídos. Nós não tínhamos exatamente uma loja ou moedas dentro da aldeia. Qualquer coisa que quiséssemos, nós trocávamos por outro item ou serviço. Em alguns casos, um pedido seria simplesmente concedido em troca de uma compensação futura. No entanto, sempre que alguém já não queria ou precisava de algo que não se esperava que fosse vendido no mercado, isso era colocado em um depósito comum. Qualquer um que quisesse poderia simplesmente ir lá e pegar. Caso contrário, cada habitação possuía um armazenamento individual para as coisas que queríamos manter e não doar.

Susan expressou grande interesse no armazenamento comum. Embora eu não tivesse nenhum problema com ela redecorando nossa casa da maneira que ela quisesse, as coisas que detinham seu interesse me confundiam. Ainda assim, eu continuei o passeio, mostrando a escola, os jardins de meditação, o salão do curandeiro, as áreas de recreação para as crianças e as diversas para esportes e atividades físicas para adultos, e depois o píer e a área da praia.

Mas no momento em que eu me preparava para encerrar o passeio, Susan insistiu em visitar os terrenos ao redor do vilarejo. Imediatamente eu tive um mau pressentimento sobre esse pedido. No entanto, eu concordei e mostrei a ela o que ela queria. A expressão de admiração em seu rosto enquanto caminhava pelo campo abandonado me deixou ainda mais angustiado.

Ela se agachou em um ponto e pegou um punhado de terra, quebrando-a entre os dedos antes de deixá-la escorrer de volta para o chão. Levou anos para que o dano ambiental dos métodos de cultivo dos Vaengi fosse revertido. Parte disso foi devido ao envio de especialistas da Organização de Planetas Unidos para limpar as toxinas na terra e na água.

Embora Susan não dissesse nada, eu podia ver suas engrenagens girando e a empolgação crescendo em seu rosto. Ela então notou algumas construções abandonadas na beira de um dos maiores campos atrás do Grande Salão.

— O que é aquilo? — ela perguntou, apontando para elas.

— A da esquerda costumava ser um galpão de ferramentas, enquanto a da direita continha sementes e outros recursos agrícolas — eu expliquei.

— Podemos dar uma olhada lá dentro? — Susan perguntou com uma voz cheia de esperança.

Eu olhei para minha mulher por um segundo, meu desconforto aumentando exponencialmente. Concordando com um rígido aceno de cabeça, eu a levei para as construções. Durante toda a caminhada até lá, seus olhos piscaram em todas as direções enquanto ela observava o ambiente. Pelo que eu sabia, isso não diferia muito do planeta natal original dos humanos, o planeta Terra, exceto por nossa vegetação mais colorida e nossas três luas. Em seu mundo, a maioria das plantas possuía simplesmente vários tons de verde, e a maioria das árvores tinha casca marrom. Em Xecania, as folhas da maioria das plantas eram de um azul arroxeado ou vermelho acastanhado, embora também tivéssemos bastante verde. E nossas cascas tendia a ter tons mais escuros sem nunca ser totalmente preta.

As construções estavam destrancadas. Apesar dos muitos anos sem uso, como tudo em Monkoo, elas foram construídas para durar. Um pouco de limpeza e arejamento seria suficiente para torná-las utilizáveis novamente, pois seu conteúdo anterior havia sido descartado décadas atrás. O brilho nos olhos de Susan enquanto ela explorava as grandes construções revirou ainda mais minhas entranhas. Eu fiquei parado na entrada do antigo galpão, me preparando para o que viria a seguir.

— Alguma chance de eu poder usar essas construções? — perguntou Susan.

— Só as construções? — eu perguntei, já sabendo a resposta.

Ela se mexeu e esfregou a nuca com uma expressão culpada no rosto.

— Bem, eu também adoraria poder usar parte do terreno lá fora — ela admitiu com voz encabulada.

Eu olhei para ela, me forçando a silenciar a raiva borbulhando abaixo da superfície. Eu não queria que minhas escamas ficassem vermelhas pela minha mulher, especialmente no dia seguinte à nossa união. Mas Espíritos! Ela não ouviu uma palavra da história que eu acabei de contar? Ela agiu como se entendesse como meu povo se sentiu depois de nossa libertação, e nem mesmo uma hora depois, ela estava me pedindo terras?

— Olha, eu posso adivinhar quais pensamentos estão passando pela sua cabeça agora — Susan disse em um tom apaziguador — Eu entendo a tragédia que se abateu sobre o seu povo e que desde então vocês abandonaram a agricultura. Eu respeito isso. Eu não estou pedindo a você ou a qualquer Andturiano que trabalhe na terra.

Embora eu permanecesse sério, essas palavras aliviaram parte da tensão que enrijecia minha espinha.

— No entanto, *eu* sou agricultora. Toda a minha vida girou em torno do trabalho na terra. É isso que me faz feliz — ela disse cuidadosamente — Essas terras são as mais ricas e incríveis que eu já vi em toda a minha vida. Como terceira filha, eu nunca tive terras. Eu só consegui trabalhar nas que eram dos outros. Esta... esta seria minha chance de finalmente ter algo que é meu. Mas também me permitiria ter um pouco de casa aqui comigo.

Suas palavras, e especialmente o desejo em sua voz, me incomodaram.

— Como isso permitiria que você tivesse um pouco de sua casa com você? — eu perguntei, confuso.

— Ontem à noite, o banquete foi maravilhoso — ela disse com uma voz gentil — Mas por mais que eu gostasse de cada prato, todos eram completamente estranhos para mim, não só as receitas, mas os ingredientes usados. Pelas minhas conversas com Luped, Xecania não possui nenhum dos produtos que são a base da dieta humana. Os Coletores conseguem encontrar batatas, abóboras ou cogumelos portobello em suas florestas? Também não há morangos, milho ou alho aqui. Como você se sentiria se mudasse para um mundo onde nunca mais seria capaz de comer raízes de jovam assadas?

Eu recuei com o pensamento horrendo. As raízes de jovam estavam no centro da cultura alimentar Andturiana. Jovam era usada em tudo. Cozida, assada, amassada, frita, podia até virar sobremesa.

— Eu ficaria louco se nunca mais tivesse isso — eu admiti.

— Bem, isso é o que vai acontecer comigo — disse Susan, o tom de súplica voltando à sua voz — Eu estou condenada a nunca mais comer minha versão de jovam, a menos que você me permita usar uma parte de suas terras para cultivar alguns produtos humanos que não podem ser encontrados aqui. E nós dois sabemos como o custo seria alto demais se eu tentasse transportar alguns para cá de outro planeta só para mim.

Eu balancei a cabeça lentamente. Ela jamais encontraria um

transportador que passasse por tantos problemas só por ela, sem falar na complicação de transportar produtos perecíveis em uma longa viagem espacial e no risco de introduzir contaminantes em nosso ecossistema.

— Tudo bem — eu disse cuidadosamente — Mas por que você precisa dos dois prédios?

— Meus pertences pessoais chegarão hoje ou amanhã — explicou Susan, ficando animada novamente — Eu possuo poucas coisas que não estão relacionadas à agricultura. Eu só tenho algumas roupas, e todo o resto são coisas que eu esperava usar para cultivar alguns produtos humanos. Principalmente equipamentos e sementes para as coisas que eu descrevi para você. Eu usaria parte do galpão para guardar esses equipamentos e a outra parte para cultivar cogumelos. Eles se dão muito bem em ambientes fechados.

Isso realmente ajudaria a reduzir as reclamações das pessoas. Quanto menos eles vissem sua fazenda lá fora, melhor seria.

— E o outro prédio? — eu perguntei.

— Seria para minhas mudas — disse Susan — Eu vou plantar as sementes em pequenos recipientes e começar a cultivar coisas dentro de casa nas primeiras duas a três semanas. É melhor que alguns vegetais comecem dessa maneira antes de serem expostos do lado de fora. Esses prédios têm janelas enormes, então haverá bastante sol entrando, sem o problema de insetos, vento ou possivelmente chuva excessiva.

Isso também seria bom. Duas a três semanas para dar às pessoas mais tempo para conhecê-la e fazer as pazes com as necessidades dela pode ajudar as coisas a serem resolvidas com mais facilidade.

— De quanta terra você precisaria? — eu perguntei.

Toda a tensão que havia escapado de mim voltou com força total ao ver o olhar em seu rosto.

— Toda essa área — ela disse, mostrando uma enorme seção de terra com o dedo indicador.

— O QUÊ?! — eu exclamei, me sentindo ofendido e como se tivesse sido feito de bobo. — Você disse que só queria uma pequena seção para cultivar coisas para você!

— Eu QUERO! Eu prometo! Susan disse, levantando as palmas das mãos em um gesto apaziguador — Eu sei que parece grande, mas não é quando você pensa bem. Eu quero cultivar várias coisas: batata, abóbora, melancia, repolho, alface, tomate, pepino, feijão, milho e trigo, só para citar alguns. Para cada um deles, eu preciso de uma determinada área para que várias dessas plantas cresçam. Isso acaba parecendo muito.

— Por que você precisa de tudo isso se é só para você? — eu insisti.

— Porque os vegetais levam tempo para crescer — minha companheira explicou pacientemente — Alguns levam semanas, mas a maioria leva meses. Se eu tiver apenas uma ou duas mudas de tudo, eu só poderei comer certas coisas por dois dias a cada três a quatro meses e não sobraria nada no meio disso. Isso é terrível! Mas se eu tiver várias plantas, eu poderei comer algumas toda semana.

Mais uma vez, era um ponto justo. E, no entanto, meu instinto me disse que eu estava sendo enganado. No entanto, eu me vi forçado a aceitar seu pedido por falta de um bom contra-argumento.

— Muito bem, minha Susan — eu disse, sem fazer nenhum esforço para esconder minha relutância — Você pode usar tanto os prédios quanto o terreno que solicitou. MAS, você será discreta sobre suas atividades e não tentará atrair outros para trabalhar na terra. Se precisar de ajuda para trazer coisas para cá ou para criar ferramentas específicas, você pode pedir ajuda, mas não se surpreenda se poucos consentirem. Não é nada pessoal. No entanto, você está abrindo uma ferida muito sensível para o meu povo. Espero que você entenda isso.

Susan pareceu incomodada com esse comentário. Embora me

entristecesse diminuir seu entusiasmo, eu apreciei por ela parecer entender a seriedade do assunto.

— Eu prometo, não vou ostentar isso — ela disse, parecendo castigada — Juro que não estou tentando causar problemas para você e não desejo desrespeitar seu povo de forma alguma.

Um tanto apaziguado, resmunguei uma resposta e a conduzi de volta à praça. Mas enquanto nos aproximávamos, a silhueta de uma nave de transporte ao longe anunciou a chegada dos pertences pessoais de Susan. Por mais preocupado que seus planos agrícolas me deixassem, seu grito de animação e a alegria em seu rosto alienígena tornaram impossível não sorrir também. A felicidade dela me agradou.

Luped uniu forças comigo para descarregar um número impressionante de caixotes e contêineres em uma plataforma flutuante enquanto minha companheira correu de volta para o galpão para começar a limpá-lo. No momento em que terminamos de mover todos os pertences dela para os dois prédios, o sol já estava se pondo no horizonte. Apesar de sua ânsia de começar a separar e organizar seus pertences, Susan voltou de bom grado ao Grande Salão conosco para o jantar e a reunião da comunidade.

Haveria tempo suficiente para seus projetos no dia seguinte.

CAPÍTULO 9
SUSAN

Noite passada, embora ninguém me olhasse com raiva, meu novo povo não me mostrou tanto calor quanto durante a festa de casamento ou na manhã seguinte. As notícias corriam rapidamente em uma pequena aldeia. Yamir não compartilhou o assunto de nossa conversa que despertou sua raiva – que ainda perdurava – mas descarregar meu equipamento agrícola me denunciou.

Meu pobre Olix ficou no modo de controle de danos a noite toda. Eu nunca teria imaginado quão profundas ainda eram as feridas do passado, embora apenas dois daqueles que realmente sofreram sob a escravidão ainda vivessem hoje.

Por mais que eu tentasse, e apesar da empatia genuína que eu sentia por seus ancestrais, eu não conseguia entender sua reação atual, muito menos concordar com ela. Como eu poderia? Eu não estava no lugar deles. Eu não tinha sobrevivido às consequências de reconstruir sua sociedade e senso de identidade depois de derrotar os invasores. Ainda assim, por mais que eu acreditasse que eles estavam adotando a abordagem errada com essa questão específica, eu tinha que respeitar seus sentimentos e não tentar impor minha vontade ou opiniões sobre eles.

Eu não pensei mais ser possível realizar o sonho de Kayog de transformar os Andturianos em fazendeiros como meu povo em Meterion. Ainda havia um pouco de esperança de que eles mudassem de ideia, talvez assim que vissem o sucesso de minhas próprias colheitas, mas eu não contaria com isso.

No entanto, depois que Olix explicou a eles como me recusar equivaleria a alguém privá-los de comer raízes de jovam novamente, as pessoas de repente mostraram um pouco mais de empatia por mim. Yamir permaneceu um pouco rígida, mas como eu não estava tentando promover a agricultura, ela relaxou um pouco. O resto da noite transcorreu sem problemas, encerrada por uma noite muito quente com meu marido.

Olix estudava rápido e parecia gostar genuinamente das preliminares, por mais desajeitado que ele tivesse sido no começo – não que eu fosse muito mais habilidosa para começar. Ontem à noite, ele insistiu em tomarmos banho juntos. Minha timidez inicial durou pouco. As mãos do meu homem estavam em cima de mim em pouco tempo, e eu amei como ele me tocou. Eu nunca esperei ficar tão excitada por alguém que parecia tão diferente, e menos ainda que ele ficasse tão atraído por mim. E ainda assim, desde a nossa primeira noite, eu peguei Olix dando olhares acalorados para mim ao longo do dia. Durante aquele banho, seu desejo por mim era inegável.

Na verdade, eu suspeitava que ele mal resistiu ao impulso de me apoiar contra a parede de pedra e me foder ali mesmo. Eu queria que ele fizesse isso, mas depois que nos secamos e levamos as coisas para a cama – ou nosso ninho de dormir, como ele chamava – eu fiquei mais do que grata por sua moderação. Levaria mais algumas noites de penetração lenta e cuidadosa para eu me ajustar à sua circunferência sem me sentir à beira de ser dividida ao meio. Ainda assim, o sexo da noite passada foi ainda melhor do que a primeira noite – depois do constrangimento inicial – e prometia se tornar épico no futuro. Eu só tinha que criar coragem para falar sobre sexo oral...

Mas, por enquanto, os pensamentos safados precisavam ficar em segundo plano. Eu mais uma vez dormi esta manhã, embora não tão tarde quanto ontem. Olix já estava de pé por um tempo quando saí de casa. Depois de cumprimentar todas as pessoas ocupadas na praça – incluindo minha sogra que parecia um pouco mais calorosa hoje – fui direto para meu galpão para desempacotar meus tesouros. Eu tive que me apressar, pois não poderia trabalhar amanhã.

Eu descobri que, embora seguissem uma semana de 7 dias e um calendário de 12 meses, os Andturianos não tinham uma semana de trabalho tradicional de 5 dias. Os adultos trabalhavam e as crianças estudavam dois dias seguidos, descansavam um dia e trabalhavam mais dois dias, e assim por diante. Os sábados e domingos não tinham nenhum significado especial para eles. Todo dia era um dia de trabalho ou um dia de lazer, com os raros feriados marcando momentos especiais de sua história – como a libertação dos Vaengi, o Solstício de Verão ou o Dia dos Espíritos.

Depois da minha conversa com Olix, eu passei a noite pensando em como faria as coisas. Desempacotar me ajudou a esclarecer em que ordem eu iria proceder. Kayog havia mencionado incluir um presente para mim em meus pertences. Eu não esperava os dois grandes sacos de mistura germinativa que encontrei lá. Eu gritei de alegria, pois esperava ter que implorar por estrume e fazer o tipo de mistura grosseira que nunca se compararia a uma mistura de compostagem adequada que levaria meses para ser criada.

Eu queria trazer alguns do meu mundo natal, mas eles nunca teriam passado pela alfândega. Até mesmo as sementes que eu trouxe quase não passaram. Felizmente, eu consegui convencer meu marido e sua irmã a trazer algumas mesas do depósito comum. Eu precisaria de mais coisas, mas tentaria trabalhar cuidadosamente para obter a assistência de que precisava sem ser muito insistente.

Por enquanto, eu queria germinar minhas sementes. Daqui a uma semana, Olix e a maioria dos Caçadores partiriam em uma expedição de caça que duraria pelo menos algumas semanas. Por mais que isso me entristecesse, eu esperava que, quando ele voltasse, eu pudesse fazê-lo experimentar algumas coisas que pudessem despertar seu interesse no que sua terra poderia fornecer.

Eu peguei minhas estantes de propagadores de um dos contêineres. Cada uma continha trinta células que eu preenchi com a mistura germinativa antes de plantar uma semente por célula. Depois de cobrir as sementes com mais mistura, eu as reguei levemente e coloquei uma cobertura de estufa no topo da prateleira para manter a umidade. Eu repeti o processo com uma variedade de vegetais, de tomate a brócolis, couve-flor e couve, repolho e abóbora e, obviamente, batatas. Eu odiava não poder começar com um pedaço de batata real como minha semente original, mas isso nunca teria passado pela alfândega.

Eu estava quase terminando minha décima estante quando uma batida na porta me assustou. Para minha agradável surpresa, Luped estava me fazendo uma visita – embora eu suspeitasse que também envolvia alguma bisbilhotice.

— Já está trabalhando duro, pelo que estou vendo — minha cunhada disse, seus olhos de lagarto piscando de um lado para o outro.

— Não tenho escolha se eu quiser comer algumas batatas em breve. Vai demorar pelo menos dois meses a partir de hoje para elas crescerem, mas três meses é mais provável — eu disse com uma cara de pena.

Ela me lançou um olhar de simpatia — Pelo menos, você tem esperança de que isso aconteça — ela disse.

— É mesmo. Estou muito animada com isso — eu respondi.

— Vejo que você já usou duas das mesas que trouxemos — Luped notou.

— Sim — eu disse apertando meu rosto — Fazer com que as

mudas cresçam rapidamente é minha prioridade número um. Depois disso, eu irei procurar no depósito comum algo que possa servir de prateleiras para minhas estantes para que eu possa deixar as mesas mais próximas das janelas para os brotos que vão precisar de muito sol. Depois, eu precisarei obter feno, palha ou lascas de madeira e encontrar uma maneira de colocar alguns ganchos bem fortes no teto da sala dos fundos para cultivar cogumelos.

— Ganchos para cultivar cogumelos? — Luped perguntou, surpresa.

Eu balancei a cabeça — Existem diferentes maneiras de cultivar cogumelos, mas pendurá-los em um tubo é o meu método preferido. Isso também facilita a colheita – eu acho.

Luped franziu os lábios, ponderando — Eu posso construir as prateleiras e instalar os ganchos para você — ela disse — Você só precisa me dar as medidas e a quantidade de peso que precisa pendurar.

Meu queixo caiu, e meus olhos quase saltaram da minha cabeça — Sério? — eu perguntei, chocada.

Luped assentiu — Eu sou a principal Construtora e arquiteta do clã — ela explicou — Eu trabalho principalmente com madeira e pedra, mas tenho estudado muito as técnicas estrangeiras envolvendo o metal. Esta será uma boa mudança em relação às minhas tarefas habituais.

Eu gritei e, sem pensar, abracei Luped e me levantei na ponta dos pés para beijar sua bochecha. Ela congelou, olhando para mim com uma expressão atordoada. Eu vacilei, prontamente a soltando antes de lhe dar um sorriso tímido.

— Desculpe, eu me deixei levar pelo meu entusiasmo — eu disse, envergonhada.

Eu podia ver suas engrenagens girando, uma expressão inquieta aparecendo em seu rosto.

— Eu não queria ofendê-la — acrescentei um pouco preocupada — É comum que os humanos beijem as pessoas no rosto em sinal de agradecimento.

Luped recuou levemente, confusão substituindo seu desconforto — Agradecimento? — ela ecoou — Eu achei que um beijo era um sinal de afeto ou amor entre companheiros?

— Oh Deus! — eu exclamei, a compreensão surgindo em mim — Você achou que eu estava dando em cima de você?

As lindas escamas azuis de Luped escureceram de vergonha, e eu não pude deixar de rir um pouco mais.

— Você é uma Andturiana muito bonita, mas eu não estou dando em cima de você — eu a tranquilizei — Eu só sinto atração por homens, e me guardei para meu marido, seu irmão. Se tudo correr bem, nunca haverá outro homem para mim.

Essas palavras agradaram muito Luped, e ela sorriu em aprovação.

— Os humanos se beijam por vários motivos. Tudo depende de onde você beija — eu expliquei — Os adultos só beijam o parceiro na boca, mas às vezes também podem fazer isso com os filhos pequenos, como sinal de amor ou carinho. Com todos os outros, será nas bochechas, que podem ser como saudação, agradecimento ou demonstração de afeto. Pode ser na testa, geralmente como sinal de ternura ou como bênção. Também pode ser nas costas da mão ou nos dedos em saudação, mas geralmente como sinal de respeito e deferência.

— Hmmm, é um sistema complexo com muitas nuances — Luped disse com uma leve carranca.

— É — eu disse com um aceno de cabeça, imaginando o que ela diria se eu contasse a ela que alguns beijos envolvem brincadeiras com a língua.

— Aceito seu beijo de agradecimento de bom coração — disse Luped — Você está trazendo novas coisas, formas de pensar e artesanato que podem ser úteis para as pessoas. A mudança é sempre assustadora. Não espere muito apoio do clã.

Mas contanto que o que você faça não prejudique meu irmão, você terá minha ajuda.

Meu coração disparou ao ouvir essas palavras. Depois da reação de sua mãe ontem, eu não esperava ajuda de ninguém, muito menos dela. Mas isso?

— Isso significa muito para mim, Luped — eu disse, minha garganta apertada pela emoção.

Ela olhou para o meu equipamento de mudas e as outras caixas que eu havia esvaziado apenas parcialmente, uma leve carranca marcando sua testa.

— Os Andturianos não costumavam ter dinheiro — ela explicou ela — Ainda não temos. Antes da chegada dos forasteiros, nós costumávamos negociar mercadorias com as outras espécies. Nós oferecemos principalmente itens decorativos, armas e remédios elaborados de acordo com nossos métodos ancestrais. Nossos materiais básicos eram os ossos, chifres, pelos e órgãos das criaturas das quais nos alimentamos e, claro, pedra, madeira e metal. Mas tudo mudou com as estâncias turísticas.

— A demanda aumentou além da sua capacidade? — eu perguntei.

— Não, ela desapareceu — Luped disse amargamente — Suas réplicas industriais prejudicaram nossos negócios. Por que esperar pelo mercado mensal e pagar o preço total por nossos produtos quando eles podem obtê-los instantaneamente por um preço mais barato em uma das lojas do porto espacial ou do resort? A qualidade que eles obtêm é terrível, mas visualmente é perturbadoramente semelhante. E essas corporações podem construir dezenas de réplicas no tempo que levamos para construir uma única.

Meu coração doía pelos Andturianos. Essas eram práticas questionáveis comuns sempre que corporações galácticas conseguiam pisar em planetas subdesenvolvidos.

— Existem recursos legais que você pode tomar contra isso.

A Organização dos Planetas Unidos tem regras estritas contra essas coisas — eu argumentei.

— Sim, mas a complexidade do sistema de reclamações é quase impossível de navegar —rebateu Luped — E as outras espécies nativas não sofrem da mesma forma com essas práticas. Portanto, isso torna nosso caso mais difícil de defender.

— Entendo — eu disse com uma careta, determinada a investigar mais a fundo.

— E agora, com a escassez de animais, nossos preços de venda têm que ser ainda mais altos, o que nos torna ainda menos competitivos — disse Luped — Isso é desanimador. Eu não me importaria se isso simplesmente significasse que nosso povo voltasse a ficar isolado de estranhos. Mas se isso continuar, morreremos de fome. Toda a pressão atualmente recai sobre os ombros do meu irmão como a Lança dos Andturianos. Todo o clã olha para ele. E as ofertas do Conglomerado para comprar nossas terras estão piorando a situação. Se as próximas caçadas e vendas no mercado público não forem bem-sucedidas, temo que alguns dos clãs vizinhos desistam. Isso destruirá meu povo.

Eu senti o sangue escorrer do meu rosto. Eu sabia que a situação era difícil, mas não tão terrível.

— Me diga, Susan — Luped disse, me olhando com uma expressão estranha, sua cabeça inclinada para o lado — por que você veio aqui apesar de Kayog contar sobre nossas dificuldades?

— Sinceramente, porque eu sabia que poderia fazer a diferença — eu disse com naturalidade — Vocês têm terras incríveis e eu tenho habilidades especializadas em agricultura. Eu fiquei emocionada com a perspectiva de mudar a situação para o seu povo no espaço de dois a três meses. Mas eu nunca esperei que houvesse uma reação tão feroz. Eu entendo sua história, mas não entendo permitir que uma tragédia passada os deixem morrer de fome quando existe uma solução tão simples.

— E agora que você sabe que as coisas não vão ser como você pensou? — ela insistiu.

Naquele instante, eu percebi que ela não estava perguntando isso levianamente. Minha resposta pode definir o futuro de nosso relacionamento daqui para frente.

— Eu saí do meu mundo para vir para cá. Eu jurei ficar ao lado de Olix, para o bem ou para o mal, até que a morte nos separe tanto na cerimônia de casamento humano quanto na Andturiana — eu disse, segurando seu olhar inabalável — Minha palavra é minha garantia. Não sei o que o futuro reserva, mas o que vier em nosso caminho, eu enfrentarei com ele.

O rosto de Luped se suavizou, e a tensão que surgiu em minhas costas desapareceu.

— Eu não sei se meu povo algum dia aceitará o que você tem a oferecer, mesmo que eles morram de fome — Luped disse com uma carranca — Nós somos praticamente doutrinados desde o nascimento contra isso, e este não é um interesse natural para nós. Mas nós precisamos evoluir. O resto do mundo está avançando e nós estamos ficando para trás. Acredito que, se não tomarmos cuidado, seremos expulsos de nossas terras e depois extintos. Olix está travando uma difícil batalha entre honrar nossos caminhos e tentar nos levar para o futuro. Eu também acredito que você é uma mulher inteligente. Contanto que não prejudique Olix, eu vou ajudá-la com qualquer estratagema que você inventar para nos ajudar a seguir em frente.

Eu sorri, meu coração disparando ao encontrar essa aliada inesperada. Eu estendi a mão para ela. Luped olhou para ela, um pouco confusa. Ela repetiu meu gesto, deixando a mão na frente da minha. Eu agarrei a dela e apertei.

— Você conseguiu um acordo — eu disse com um sorriso antes de explicar o que significava fechar um acordo.

Ela balançou a cabeça para mim, divertida — Agora que estamos de acordo, por favor, me dê os detalhes sobre o que você precisa construir para que eu possa começar — disse Luped —

Você também pediu feno, palha ou lascas de madeira. Nós temos feno e lascas de madeira. Você tem alguma preferência?

— Lascas de madeira seria o ideal — eu disse — Quanto menor, melhor, mas eu tenho um triturador, se necessário. Eu precisaria do equivalente a seis dessas caixas.

— Muito bem — Luped disse, me dando um olhar engraçado, mas sem discutir.

Enquanto ela ia buscar as lascas de madeira, eu peguei meu datapad e naveguei pelas especificações de prateleiras e ganchos que eu estava considerando enquanto planejava todas as coisas que poderia cultivar em Xecania antes de partir de meu mundo natal.

As lascas de madeira que ela trouxe precisavam ser mais trituradas. Elas eram sobras dos Artesãos, que a usavam para acender o fogo na cova do Grande Salão. Eu dei a ela as especificações das prateleiras e ganchos, e depois enfiei um monte de lascas no triturador, deixando-o fazer sua mágica enquanto eu continuava preparando minhas sementes.

Luped voltou um pouco depois com uma plataforma flutuante carregada de tábuas e ferramentas de madeira, indo imediatamente trabalhar nas prateleiras do lado de fora do galpão que eu estava usando como estufa. Observá-la erguer aquelas tábuas enormes como se não pesassem nada me surpreendeu. Mas, mais importante, embora eu me considerasse solitária, vê-la trabalhando "comigo" através das grandes janelas foi um grande impulso para o meu entusiasmo abalado. Eu não me sentia mais tão indesejada.

Quando ela terminou de construir o primeiro conjunto de prateleiras, eu terminei com todas as minhas mudas e triturações. Infelizmente, amanhã era dia de folga, então ela construiria meus ganchos no dia seguinte e depois faria mais prateleiras. Antes de encerrar a noite, eu usei uma das pedras de fogo – uma pedra polida semelhante às pedras luminosas que iluminavam nossa casa, mas que esquentava como um fogão – para ferver um pouco de água. Eu enchi alguns recipientes vazios com as lascas de madeira trituradas e despejei a água fervente sobre eles para deixá-los pasteurizar durante a noite.

Quando nos juntamos ao resto do clã para o jantar, os olhares curiosos e especulativos dos Andturianos não conseguiram prender minha atenção. O olhar escuro e faminto do meu companheiro me fez pulsar em todos os lugares certos e me perguntar o que diabos o tinha deixado assim.

CAPÍTULO 10
OLIX

Com a grande caçada chegando na próxima semana, eu tinha muita preparação e coordenação para fazer. Todos os cinco clãs Andturianos partiriam juntos para cobrir uma área maior. Raramente nós usamos tecnologia, preferindo manter nossos métodos tradicionais de rastreamento. No entanto, esta caçada era muito importante. A situação do Líder do Clã Surtas estava se tornando crítica. Eles foram os primeiros a serem atingidos pela escassez de caça. E agora, seus Coletores encontravam cada vez menos o que colher em suas florestas. Nós, os outros quatro clãs, poupamos o que pudemos, mas com nossas próprias reservas acabando, outra caçada fracassada e um desempenho ruim no mercado público poderia forçá-lo a vender suas terras.

Isso seria um golpe fatal para o nosso povo, pois todos os campos de caça e terras ao redor das montanhas Inosh seriam perdidos para nós. Eu me recusava a considerar essa possibilidade.

O uso do software de mapas me permitia obter uma visão geral melhor da localização e direção em que os rebanhos estavam se movendo com base nos últimos avistamentos de nossos batedores. Eu esperava que planejar as coisas dessa maneira nos abençoasse com melhores resultados.

Assim que eu terminei essa tarefa, e faltando uma hora para o jantar, decidi aproveitar esta oportunidade – as raras vezes em que eu mexia em um tablet de computador – para consultar o banco de dados de conhecimento que a Organização dos Planetas Unidos nos deu acesso. Desde a chegada das estâncias turísticas e dos refugiados Bosengi, a rede de conhecimento expandiu-se significativamente, não só com informações acessíveis, mas também com funcionalidades em tempo real desde rastreamento, encomendas online, comunicação, etc.

Ao longo dos últimos anos, Luped fez uso crescente dele, mas falhou em me convencer a fazer o mesmo. No entanto, todos nós testemunhamos o quanto isso a beneficiou. As coisas práticas que ela aprendeu através dele melhoraram significativamente suas habilidades de construção, ensinaram como fazer móveis inteligentes, acréscimos ou modificações nos já existentes, mostraram projetos de habitação engenhosos e, acima de tudo, como manter e melhorar nossas habitações atuais. Elas foram construídas décadas atrás de acordo com as especificações dos Vaengi. Ao longo dos anos, essa tecnologia – do encanamento ao aquecimento e tudo mais – tornou-se antiquada e algumas até obsoletas. Sem Luped e sua pesquisa, muitos dos confortos que tínhamos como garantidos teriam sido perdidos.

Sim, nós precisávamos aprender mais e não ser deixados para trás por todas as outras espécies, tanto em Xecania quanto fora.

Mas não era a nova tecnologia que mantinha meu interesse no momento. Eu tinha começado a ler mais sobre humanos, me culpando por não ter encontrado tempo antes da chegada de Susan. Isso teria tornado o primeiro dia muito menos estranho. Embora minha companheira e eu nos comunicássemos bem, eu acreditava que ela estava escondendo várias coisas de mim. Eu não sabia dizer se era por vergonha, porque ela achava que eu não iria entender ou querer, ou porque ela não estava interessada nisso. Suspeitei que a verdade estivesse em algum lugar entre as duas primeiras opções. A maneira como ela olhava para meus lábios sempre que nos beijávamos apenas reforçava esse sentimento.

Eu fiz uma pesquisa sobre o acasalamento humano. Os primeiros resultados foram documentos extremamente enfadonhos que se concentravam mais na anatomia humana e nos aspectos fisiológicos do acasalamento. Eu conhecia a mecânica. Eu só queria saber como agradar melhor a minha Susan.

Eu modifiquei a busca para procurar por rituais de acasalamento humano. Isso foi um pouco melhor, embora muito se concentrasse em cortejar uma fêmea e, em seguida, uma série de coisas bastante inúteis para "definir o clima" antes do acasalamento. Aparentemente, você deve alimentar sua companheira primeiro – embora a maioria das refeições sugeridas pareça ser sobremesas ou pequenas guloseimas insatisfatórias. As outras recomendações incluíam: tocar música para meditação ou induzir o sono, diminuir a luz do quarto para dificultar a visão – apenas para melhorá-la com um monte de velas e sujar o chão ou o ninho de dormir com pétalas de flores. Por que eles precisavam definir o clima, afinal? Ou você quer acasalar ou não quer. Até mesmo agora, só de pensar na minha mulher, meu tronco me torturava com a necessidade.

Então, eu procurei vídeos de acasalamento humano – levaria dias para me recuperar do trauma.

A variedade ia desde altamente educacional a absolutamente horrível. Levei um tempo para diferenciar quais sites de conhecimento tinham os horríveis e quais tinham os educacionais. Embora até este último tivesse categorias que me incomodavam.

A primeira coisa que eu aprendi foi que os humanos usavam a língua para muito mais do que lamber os sulcos dos músculos abdominais de um macho ou os seios de uma fêmea. Por que essa espécie acha que lamber dentro da boca do outro faz sentido? E, no entanto, cada vídeo tinha exibições extensas disso. Os casais também lambiam e chupavam os órgãos genitais um do outro. Como isso fazia sentido? As fêmeas humanas até engoliam a semente de seus companheiros, o que me levou a pesquisar se uma fêmea humana poderia engravidar dessa maneira. Eles não podiam. Então, por que elas faziam isso?

Os homens e mulheres que recebiam isso com certeza pareciam gostar.

E isso me fez questionar minha relutância. Afinal, beijar parecia nojento para mim no começo, e agora eu gostava. Mas eu realmente queria considerar Susan e eu lambendo a língua e os órgãos genitais um do outro? Outras coisas eu rejeitei categoricamente, como colocar meu tronco no ânus da minha mulher, ser brutal com ela como os homens eram com suas parceiras em alguns dos vídeos, urinar nela e outras ações tão nojentas que eu gostaria de poder limpá-las da minha memória.

Estranhamente, a imagem de uma mulher se submetendo voluntariamente a ser amarrada por seu companheiro, deixando-a impotente para qualquer coisa que ele desejasse fazer com ela me intrigou mais do que eu queria admitir. Imaginar Susan à minha mercê daquele jeito me deixou latejando de desejo. Sim, eu experimentaria os estranhos rituais de acasalamento dos humanos esta noite.

A voz de Zoltar me chamando para o jantar me fez fechar todas as páginas com culpa e me perguntar como apagar meu histórico de pesquisa. Poucas pessoas usavam o tablet do computador. Portanto, nós tínhamos apenas alguns compartilhados por todos na aldeia. Muitos já estavam um pouco curiosos sobre acasalar com um humano. Eu estava me esquivando habilmente de suas perguntas. Eu não queria que minhas pesquisas os mandassem pelo caminho que eu acabei de seguir. Eles podem ter uma ideia errada sobre Susan.

Até que eu tivesse deletado tudo corretamente, eu ficaria com este tablet... principalmente porque eu queria ler mais sobre essa coisa do Kama Sutra que descobri logo antes de Zoltar vir me buscar.

Eu me dirigi ao Grande Salão onde encontrei minha companheira e minha irmã já sentadas à nossa mesa. Eu gostei muito de ver como elas pareciam estar se dando bem. Minha mãe passou de zangada a reservada, mas era apenas uma questão de tempo até que ela voltasse a gostar de Susan. Mamãe era excessivamente protetora comigo. Ela assumiu erroneamente que eu estava lutando muito para não ser rebaixado de meu papel como líder do clã porque queria o poder. Eu estava lutando porque não queria ver nosso povo ser exterminado e porque não conseguia pensar em mais ninguém que pudesse fazer isso.

Nada me agradaria mais do que deixar outra pessoa carregar esse fardo.

Os olhos castanhos de Susan fixos nos meus dispersaram as nuvens escuras que esses pensamentos trouxeram à tona. Eu adorava o jeito que eles brilhavam quando ela estava feliz, e o sorriso afetuoso que ela me dava sempre que me via. Minha companheira não me amava, nem eu a ela, mas uma amizade tímida e um vínculo terno estavam florescendo entre nós. Eu queria atiçar ainda mais aquela pequena chama.

Quando nos acomodamos para comer, me peguei olhando constantemente para minha mulher. A maneira como ela lambeu o garfo depois de dar uma mordida na carne descarrilou completamente meu cérebro. Os vídeos que eu assisti antes ficavam se repetindo em minha mente, todos eles apresentando Susan e eu. Meu tronco doía e meus músculos abdominais continuavam apertando dolorosamente com a necessidade. Eu queria arrastá-la para fora do Grande Salão e levá-la direto para nosso ninho de dormir. Para minha vergonha, não para eu fazer com ela o que os machos humanos faziam com suas fêmeas, mas sim para sentir sua boca em volta do meu tronco.

Os olhares estranhos que meu povo começou a me dar e a maneira como minha companheira se contorceu em seu assento logo me fizeram perceber que eu estava fazendo um espetáculo de mim mesmo. Eu convoquei toda a minha força de vontade para controlar minhas emoções, pelo menos na aparência. Após as refeições noturnas, o clã geralmente permanecia no Grande Salão para desfrutar de alguns shows de música, canto ou dança de nossos membros talentosos, ou para ouvir contos antigos ou recém-inventados por nossos contadores de histórias. Para meu alívio, iriam cantar esta noite. Ninguém ligaria se alguém saísse durante qualquer show que não fosse uma noite de contar histórias.

No minuto em que Susan terminou sua refeição, eu me levantei, peguei sua mão e a puxei atrás de mim. Embora surpresa, ela não resistiu, sua mãozinha se fechando em torno da minha, como mostravam algumas das imagens na página de conselhos de namoro, com casais andando de mãos dadas. Muitos olhares nos seguiram, alguns divertidos – sem dúvida adivinhando o que me deixou quase selvagem – e outros curiosos. Minha mulher parecia ao mesmo tempo excitada e preocupada, como se suspeitasse do motivo do meu comportamento, mas temesse também que eu pudesse ter adivinhado errado.

Assim que a porta de nossa casa se fechou atrás de mim, eu peguei minha Susan e fui direto para a sala de higiene. Seu vestido e calçado me incomodavam, embora eu entendesse sua necessidade. A vontade de rasgar o tecido dela tomou conta de mim, mas eu lutei contra ela. Eu não queria assustá-la e não fazia ideia do quanto ela valorizava aquela peça de roupa específica.

Minha mulher não resistiu quando eu a despi às pressas e, felizmente, cuidei sozinho da remoção daquela irritante contenção de seios que ela chamava de sutiã e que sempre me desafiava ao tentar livrá-la dele. Eu pretendia que entrássemos e saíssemos rapidamente do chuveiro para explorar os outros rituais de acasalamento humano em nosso ninho de dormir, mas minha impaciência levou a melhor sobre mim. Eu esmaguei seus lábios em um beijo levemente brutal – não tanto quanto em alguns dos vídeos, mas não com tanto cuidado quanto antes. Susan não pareceu se importar e respondeu da mesma forma.

Eu apertei sua pelagem da cabeça em sua nuca. Não, não é a pelagem da cabeça. Os vídeos chamavam de cabelo. Era tão estranho como sua textura e volume mudavam quando molhado. Os machos guiavam e controlaram as fêmeas através dele. Alguns deles o faziam com muita violência, mas em outros casos, as fêmeas pareciam gostar disso. Eu aumentei meu aperto, com cuidado para não machucá-la, e Susan gemeu baixinho – sem dor – enquanto se pressionava mais contra mim. Encorajado, separei meus lábios ainda pressionados contra os dela e enfiei minha língua em sua boca.

Minha companheira recuou. Seus olhos fechados se abriram e ela puxou a cabeça para trás para me dar uma expressão atordoada. Eu fiquei tenso esperando para ver sua reação. Seus olhos piscaram entre os meus, procurando, como se estivesse tentando avaliar se ela havia interpretado corretamente o que eu tinha feito. Eu estava errado sobre os vídeos? Alguns deles, eu realmente acreditava que eram perversões com as quais Susan não concordaria. Mas *todos* os vídeos eram perversões?

O tempo pareceu parar por um momento enquanto nos olhávamos, o som da água caindo sobre nós era quase ensurdecedor na sala silenciosa. E então Susan me deu um sorriso tímido e ficou na ponta dos pés para me beijar. Eu abaixei minha cabeça para encontrá-la no meio do caminho. Desta vez, ela abriu os lábios primeiro, embora não mostrasse a língua. Meu coração disparou e eu cuidadosamente fiz cócegas na abertura de sua boca com minha língua, avaliando sua resposta antes de continuar. Quando seus braços se apertaram em volta de mim de uma forma encorajadora, eu decidi mergulhar – literalmente.

Minha língua deslizou para dentro de sua boca, apenas para ser saudada pela dela, em uma carícia suave. Muitas emoções e sensações passaram por mim para processá-las adequadamente. Como tudo na minha mulher, sua língua era macia, não áspera como a nossa. Era quase como lamber uma pedra polida, mas uma pedra quente e maleável que tinha gosto de cidra de amora. A forma estranha de sua língua, larga na base e mais estreita na ponta, tornava tudo mais estranho enquanto a minha circulava em torno da dela.

A interação foi estranha no início, mas rapidamente nos ajustamos, nossos movimentos coordenados. Eu não sabia bem qual seria minha resposta fisiológica ao beijar com nossas línguas. Eu esperava sentir repulsa e nojo. Em vez disso, isso abanou a chama do desejo na boca do meu estômago e ressoou no meu tronco.

Quando interrompi o beijo, Susan lambeu os lábios como se quisesse capturar o sabor persistente de mim e me encarou com olhos brilhantes. Ela também gostou disso. Quanto ela iria gostar se eu lambesse sua fenda? Qual seria o gosto dela lá embaixo? Sua pele estava levemente salgada quando eu lambi suas tetas – não, mamilos, como eles chamavam no vídeo. Sua boca tinha um gosto doce, embora a cidra de amoras que ela havia bebido durante a refeição da noite tivesse desempenhado um papel significativo.

Minha curiosidade agora acesa não me daria paz até que fosse saciada. Sem parar de beijá-la e acariciá-la, nos lavamos. Descobrir que isso também constituía como pré-liminares me agradou muito. Depois de enxaguar bem o sabão entre suas coxas para que eu pudesse sentir o verdadeiro sabor da minha companheira, eu desliguei a água. Susan pegou as toalhas, mas eu a segurei pelo pulso e a empurrei contra a parede. Surpresa, ela me lançou um olhar inquisitivo.

Seu olhar escureceu e ela engasgou suavemente quando prendi seus dois pulsos acima de sua cabeça com uma única mão. As mulheres pareciam gostar de algum nível de contenção. A maneira como a respiração e o pulso de Susan aumentaram enquanto eu a mantinha imobilizada e minha mão a percorria parecia confirmar essa avaliação. A inesperada sensação de poder que isso me deu foi estranhamente sedutora. Eu a beijei com minha língua novamente, meus dedos encontrando seu caminho para sua fenda e protuberância inchada. Ela gemeu na minha boca, e eu mal consegui evitar a extrusão. Eu queria tanto levantá-la contra a parede ou virá-la para empurrar para dentro dela. Mas Susan ainda estava muito apertada para me receber sem uma penetração cuidadosa. Em breve, isso aconteceria.

Por enquanto, eu soltei seus pulsos com alguma relutância e interrompi o beijo enquanto meus lábios traçavam um caminho por sua pele macia, passando pelos mamilos endurecidos de seus seios, pelos músculos trêmulos de sua barriga lisa e abaixo de seu umbigo. Quanto mais perto eu chegava do meu prêmio, mais forte o cheiro de sua excitação excitava minhas narinas, deixando meu sangue em chamas.

A respiração de Susan falhou quando ela percebeu para onde eu estava indo. Sua lubrificação revestiu meus dedos sondando sua fenda quando minha boca se aproximou. Deslizando uma mão atrás de seu joelho esquerdo, levantei sua perna sobre meu ombro. Minha companheira começou a ofegar, com respirações rápidas e superficiais, parecendo à beira de hiperventilar de antecipação. Eu quase podia ouvir as batidas de seu coração de onde eu estava ajoelhado na frente dela. Quando eu cuidadosamente lambi sua fenda, minha língua passando rapidamente por sua pequena protuberância no processo, Susan emitiu um grito estrangulado e agarrou meus espinhos.

Aquele som, o cheiro de seu almíscar e o sabor azedo de sua essência em minhas papilas gustativas fizeram meu tronco se expandir com vontade própria. Lutando contra a necessidade ardente de me enterrar profundamente dentro da minha mulher, eu a lambi timidamente novamente.

— Sim — ela sussurrou, com uma voz tão carente que meu tronco doía e minha semente fervia dentro de mim.

Eu fui com tudo, acelerando o movimento da minha língua nela, tentando imitar o que os outros machos tinham feito nos vídeos, enquanto enfiava meus dedos para dentro e para fora dela. Os gemidos de prazer entrelaçados com palavras de encorajamento me estimularam. Embora o sabor de sua essência não me atraísse nem me repelisse, seu cheiro em meu nariz e suas reações à minha língua rapidamente fizeram disso meu novo vício. Meu tronco estava tão duro que doía. Pelos sons que Susan estava fazendo e pela maneira como sua perna em meu ombro tremia, ela logo chegaria ao clímax. Eu precisava que ela desmoronasse na minha boca, antes que eu pudesse secá-la, levá-la para o nosso ninho e, finalmente, encontrar minha própria libertação.

Como se tivesse ouvido meu apelo silencioso, Susan gritou. Suas mãos seguraram meus espinhos com tanta força que ardeu de uma forma surpreendentemente deliciosa. Suas paredes internas se contraindo em torno de meus dedos me lembraram como eu me senti, com elas apertando meu tronco de todos os lados de uma forma extremamente dolorosa quando ela gozou em cima de mim.

Eu tirei meus dedos dela, abaixei sua perna e me levantei. Se não fosse pela parede que a sustentava, eu suspeitava que Susan teria desmaiado. A expressão feliz em seu rosto me encheu de orgulho. Eu havia falhado com ela no primeiro dia de nossa união, mas estava aprendendo. Pegando uma toalha, comecei a secá-la, minha boca reivindicando a dela no processo. Ela se abriu para mim novamente, sem se importar com o gosto de sua própria essência na minha língua.

Com minha impaciência, me apressei em nos secar – embora principalmente ela – deixando o cabelo de Susan bastante úmido antes de carregá-la de volta ao nosso ninho. Quando a deitei na almofada principal e me juntei a ela, minha companheira não se deitou, mas me forçou a ficar de costas. Ela queria me montar como algumas das mulheres fizeram nos vídeos?

Meu cérebro congelou quando, depois de me beijar com a

língua, minha mulher beijou meu corpo descendo até minha viri-lha. Um grunhido me escapou quando suas mãos delicadas se fecharam em volta do meu tronco. Foi a primeira vez que ela me tocou lá. Nas nossas vezes anteriores, eu sempre o liberava logo antes de penetrá-la.

Enquanto ela se preparava para retribuir, algo pesado pareceu se acomodar em meu peito, comprimindo meus pulmões. Eu não conseguia respirar o suficiente enquanto ela me acariciava, seus lábios beijando, beliscando e lambendo a pele de couro ao redor da minha área pélvica. Meu lubrificante natural facilitou o movimento de sua mão em mim. Embora eu fosse muito grande para seus dedos fecharem completamente em torno de mim, a maneira como ela apertou meu tronco enquanto me acariciava fez uma poça de lava borbulhar na boca do meu estômago.

E então o calor úmido de sua língua provocou minha ponta. Outro gemido escapou de mim, meus músculos abdominais se contraíam dolorosamente com a necessidade. Me apoiando nos cotovelos para olhar para a minha mulher, percebi que, assim como eu com ela, ela também se perguntava qual seria o meu gosto. Pela maneira como seus olhos se arregalaram e seus lábios se esticaram discretamente, Susan ficou agradavelmente surpresa. Alívio inundou através de mim. Eu temia que ela pudesse sentir repulsa pelo gosto do meu lubrificante. E se ele fosse amargo ou acre? Eu teria me sentido envergonhado e humilhado.

Mas todos os pensamentos coerentes fugiram da minha mente no minuto em que a boca da minha mulher se fechou em volta do meu tronco. O calor escaldante de sua boca excedeu o de sua fenda quando ela começou a flutuar sobre mim. Eu era muito grande e muito longo para ela me colocar na boca, o que me deixou ainda mais faminto para montá-la. No entanto, minha circunferência também significava que ela tinha que se abrir para me acomodar. Apesar disso, seus dentes rombudos arranharam as delicadas escamas do meu tronco. Combinado com o calor requintado e a suavidade quase insuportável de sua língua esfregando contra meu comprimento, eu gritei de prazer. Minhas entranhas doíam com a necessidade de liberar minha semente, enquanto minha fêmea balançava cuidadosamente sobre mim.

Eu queria que ela me levasse mais fundo, mais rápido, e que sua mão em mim trabalhasse ativamente em contraponto à sua boca em mim. Mas ela manteve um ritmo lento e constante que era pura tortura. Incapaz de resistir, agarrei o cabelo de Susan, segurando-a no lugar, e comecei a empurrar meus quadris para cima.

Grande erro.

Minha companheira puxou a cabeça para trás, minha mão agarrando seu cabelo involuntariamente o puxando no processo. Ela se encolheu de dor, uma mão voando para trás de sua cabeça, a outra segurando sua garganta enquanto ela tossia, seus olhos lacrimejando. Com a névoa da excitação se dissipando completamente, me sentei em pânico.

— Susan! Desculpe! Você se machucou? — eu perguntei, esfregando suas costas, me perguntando se eu deveria correr para buscar o curandeiro.

Ela soltou o cabelo e ergueu a palma da mão de um jeito que não consegui decidir se era para lhe dar um momento ou se ela estava tentando me apaziguar. Talvez tenha sido os dois. Nenhuma das opções me tranquilizou quando ela tossiu por mais alguns segundos, antes de engolir dolorosamente e respirar ruidosamente. Eu nunca me senti tão impotente e com tanta raiva de mim mesmo.

— Me desculpe. Eu sinto muito — eu repeti, sem saber o que fazer.

Susan se endireitou, sentou-se de cócoras e me deu um sorriso trêmulo enquanto enxugava as lágrimas com as costas das mãos. Eu me senti horrível. Mais uma vez, eu tinha feito uma bagunça.

— Está tudo bem, Olix — ela disse com uma voz suave antes

de limpar a garganta — Não houve danos. Mas você não pode fazer isso, ou vai me sufocar. Pelo menos, você não pode fazer isso por enquanto — ela acrescentou timidamente. Como suas bochechas já estavam vermelhas de quase engasgar, eu não sabia dizer se a cor também era devido ao constrangimento — Algumas mulheres podem lidar com isso, mas eu não sou tão habilidosa ou experiente assim. Bem, eu não sou nada experiente. Esta foi minha primeira vez.

— E eu estraguei tudo — eu disse, abaixando a cabeça de vergonha.

— Não! Está tudo bem! — Susan disse, chegando mais perto de mim. Ela acariciou meus espinhos e olhou para mim com uma ternura surpreendente quando deveria ser eu quem deveria confortá-la — Eu sempre me perguntei como seria se alguém fizesse isso comigo ou como seria fazer em meu parceiro. Você foi incrível no chuveiro. Eu não pensei que os Andturianos fizessem isso — ela acrescentou com uma risada nervosa — Eu fiquei com um pouco de medo de fazer isso com você porque você é muito grande e tem esse lubrificante. Mas você tem um gosto muito bom, como algodão doce.

— Algodão doce? — eu perguntei, enquanto minhas escamas escureciam de prazer com seus elogios, apesar de minhas falhas.

— É um doce feito com fios de açúcar — ela respondeu com um gesto de desdém antes de me olhar séria — Eu não quero que você se sinta mal por coisas íntimas acontecendo entre nós. Você está aprendendo como acasalar com um humano, e eu estou aprendendo tudo sobre sexualidade, e ponto final. Eu serei desajeitada às vezes e ambos cometeremos erros. Mas esta é a nossa jornada juntos. Sem vergonha, sem culpa, apenas confiança.

Eu olhei para ela com admiração, uma onda de afeto florescendo em meu coração pela delicada mulher.

— Você é uma companheira boa e gentil, Susan — eu disse, acariciando sua bochecha.

— Eu também acho que você é um companheiro bom e

gentil, Olix — ela respondeu com uma voz suave — Eu gosto muito de você e quero que nosso casamento seja muito bem-sucedido e feliz. Quero que sempre nos sintamos à vontade para contar tudo e qualquer coisa um ao outro, e que possamos errar sem medo de sermos julgados ou rejeitados. Nós somos parceiros para o bem ou para o mal. Eu sou seu porto seguro assim como você é o meu.

— Nós somos — eu disse com fervor, puxando-a para o meu abraço — Sua espécie e cultura me confundem, mas estou feliz por você ter me escolhido. Você está abrindo meus olhos para coisas que eu nunca teria contemplado... como esse beijo de língua.

Ela riu e então franziu a testa, um olhar inquisitivo descendo em suas feições — Como você aprendeu sobre isso?

Minhas escamas escureceram antes que eu pudesse controlá-las — Eu sei tão pouco sobre sua espécie e como agradá-la adequadamente, então eu fiz algumas pesquisas e assisti a alguns vídeos — eu confessei.

O queixo de Susan caiu e ela ficou boquiaberta para mim, incrédula — Você assistiu pornô por mim?!

Eu me contorci e balancei a cabeça com cautela — Essa foi uma palavra que apareceu em muitos desses sites, sim — eu disse — Parte disso foi angustiante.

— Não me diga! — Susan respondeu, parecendo que não conseguia decidir se ficava chocada ou se ria loucamente — Há umas merdas muito esquisitas por aí que nós nunca, jamais faremos!

Alívio inundou através de mim — Fico feliz em ouvi-la dizer isso. Foi... angustiante.

Ela riu — Eu imagino. Eu gostaria de ter visto sua cara — ela acrescentou melancolicamente.

Eu olhei para ela, o que só a fez rir novamente. E então seu rosto suavizou e ela acariciou minha bochecha com carinho.

— Brincadeiras à parte, significa muito para mim que você

reserve um tempo de sua agenda lotada para pesquisar como me agradar — disse Susan — Talvez... talvez seja melhor no futuro assistirmos esses vídeos juntos? Assim eu posso dizer o que definitivamente não está certo e o que pode ser divertido fazer ou tentar.

A forma tímida com que ela perguntou, como se estivesse sugerindo algo proibido, a tornava ainda mais cativante.

— Eu adoraria isso, minha companheira — eu disse com sinceridade — Talvez eu fique com menos cicatrizes mentais assim.

Ela começou a rir e beijou minha bochecha. Seu olhar vagou sobre mim e pousou em meu tronco parcialmente murcho. Meu sangue imediatamente correu para minha virilha.

— Devemos tentar outra vez? — perguntou Susan.

Embora ela tivesse formulado isso como uma pergunta, eu instintivamente sabia que ela estava fazendo uma declaração de que queria tentar novamente. A lembrança do calor de sua boca em mim, da maneira feliz como seus dentes rasparam minhas escamas e de sua mão macia me acariciando me fez pulsar novamente. Sim, eu queria que tentássemos isso de novo... e ainda assim...

— Agora não, Susan — eu disse com uma voz gentil.

Ela recuou levemente, parecendo ao mesmo tempo surpresa e confusa.

— Apesar da minha impaciência anterior, eu gostei muito disso — eu expliquei — Mas agora, eu quero me perder dentro de você. Estive pensando nisso o dia todo.

Susan lambeu os lábios nervosamente, seu rosto assumindo aquela expressão que passei a associar com luxúria, e isso fazia coisas maravilhosas comigo.

— Tudo bem — ela sussurrou, deitando de costas.

Eu me acomodei entre suas pernas, reivindicando sua boca com aquele beijo de língua e acariciando o centro de sua fenda para ter certeza de que ela ainda estava suficientemente lubrificada para me receber. Então, a sensação divina de suas paredes apertadas se fechando ao meu redor me fez suspirar de prazer rapidamente. Pela próxima eternidade, nossos corpos se fundiram naquela antiga dança onde dois se tornavam um e o tempo deixou de existir.

Ela era meu porto seguro, meu lar... e eu era o dela.

CAPÍTULO 11
SUSAN

Na manhã seguinte, embora ainda sentindo um pouco de cansaço devido ao fuso-horário, eu me levantei quase ao mesmo tempo que meu marido. Infelizmente, tarde demais para brincar de safadezas novamente antes dele sair. Eu ainda não conseguia acreditar que ele tinha assistido pornô por mim. O pensamento de que assistiríamos a alguns juntos e exploraríamos abertamente nossa sexualidade era pecaminosamente emocionante. Tal pensamento teria sido considerado pura libertinagem em Meterion.

Embora ainda estivéssemos nos primeiros dias deste casamento, as coisas pareciam bastante promissoras depois de parecerem desesperadoras e sombrias no primeiro dia. No entanto, o drama agrícola era uma questão completamente diferente. Nós teríamos que ver como isso acabaria no futuro. Por enquanto, não haveria 'escavação de terra' para mim, pois era dia de folga.

Foi um pouco desorientador sair de casa e não encontrar a praça lotada de Artesãos trabalhando em suas coisas. Alguns grupos de pessoas conversavam, alguns claramente fazendo planos. Muitos estavam saindo do Grande Salão, tendo acabado de tomar o café da manhã. Ao contrário do jantar, onde todos se reuniam para comer ao mesmo tempo, as pessoas tomavam café da manhã e almoçavam em horários variados, de acordo com a rotina matinal ou as tarefas do dia.

Eu entrei no Grande Salão, surpresa ao encontrar grandes tigelas de cereal que eles normalmente comiam no café da manhã ocupando o centro da mesa principal onde Olix e eu costumávamos nos sentar. Ao lado deles, tigelas com frutas, nozes e garrafas de suco foram espalhadas de forma a facilitar o autoatendimento das pessoas. Olix estava enchendo duas tigelas com grãos doces quando me aproximei dele.

Ele sorriu ao perceber minha aproximação e me entregou a tigela menor, antes de adicionar algumas nozes e frutas nela, e depois me servir um copo daquele smoothie espesso que seu povo fazia. Eu adorava como ele cuidava de mim e, especialmente, como a igualdade de gênero era uma coisa real entre o povo dele. O fato de machos e fêmeas possuírem uma força física quase idêntica, sem dúvida, desempenhou um papel nisso. De qualquer forma, ver meu homem buscar e preparar o café da manhã para mim foi muito sexy.

Nós nos juntamos a um grupo de companheiros de clã comendo em uma das mesas redondas dentro do Grande Salão. Enquanto comíamos nossa comida, nós discutimos nossas opções para o dia de folga. Na praça, dois grupos já estavam se formando – um iria nadar na praia, o outro jogaria um jogo de bola que parecia uma estranha mistura de futebol e basquete, mas com várias cestas. Você só podia tocar a bola com as mãos quando ela ficava preta. Assim que ela ficasse amarela, era melhor jogá-la no chão e continuar chutando ou suas mãos sofreriam uma picada muito desagradável. A cor das redes também mudava, alternando entre as cores dos times. Você precisava ter certeza de que não pontuaria enquanto elas estivessem da cor errada.

Algumas pessoas ficavam aqui e jogavam jogos de tabuleiro dentro do Grande Salão ou do lado de fora da praça. Alguns dos

Andturianos com motivação artística aproveitavam esse dia livre para trabalhar em novas coreografias de dança, compor novas canções ou escrever novas histórias para serem apresentadas após o jantar. Outros optavam por usar esse dia livre para fazer coisas em casa, para passar um dia romântico a sós com o parceiro ou para um passeio em família com o cônjuge e os filhos.

Olix e eu escolhemos ir com o grupo de natação. Fazia tempo que eu não ia à praia. Como uma nadadora talentosa, eu mal podia esperar para mostrar minhas habilidades. Quando finalmente partimos, eu percebi que várias pessoas do nosso grupo também participariam da expedição de pesca na próxima semana.

Muitas crianças também nos acompanharam. Elas eram adoráveis com suas cabeças que pareciam grandes demais para seus corpos e suas caudas super longas. Me fascinava como elas podiam se mover tão graciosamente sem tropeçar nelas. No entanto, eu também percebi que suas longas caudas desempenhavam um papel importante para manter o equilíbrio, especialmente com suas cabeças maiores. Seus corpos cresciam mais com o tempo.

Por mais que Olix usar meu sangue virgem como troféu tenha me assustado, eu não pude deixar de me divertir e me emocionar com sua relutância mal-humorada em remover seus acessórios quando chegamos à praia. Eu tirei meu vestido, dobrando-o antes de colocá-lo em uma grande pedra bem no início da área arenosa. A areia era de um cinza ainda mais escuro que os troncos das árvores deste planeta, mas ainda brilhava como se tivesse absorvido uma constelação inteira.

— Essa 'areia' costumava ser solo normal — explicou Olix — Mas ele foi contaminado pelos pesticidas e fertilizantes que os Vaengi forçaram meu povo a usar. O solo estava literalmente cristalizando nos campos. Depois de cada colheita, os escravos tinham que tirar camadas de terra morta dos campos e jogá-las aqui ou no rio.

— É por isso que a areia é tão escura? — eu perguntei, perplexa com tanto descaso com o meio ambiente e com a situação dos escravos.

Olix assentiu — Sim. Isso era tóxico e matou muitos peixes, plantas e pequenos animais da região. Nós devemos à Organização dos Planetas Unidos a limpeza da toxina. Mas decidimos transformar aquele solo duro em areia e transformar este lugar em uma praia.

Meus olhos se arregalaram, me sentindo impressionada e confusa com tal decisão — Por que seu povo decidiu fazer isso? — eu perguntei.

O olhar do meu marido percorreu a praia, que se estendia por cerca de 500 metros, um brilho de orgulho brilhando em seus olhos dourados.

— Para que nunca esqueçamos o que foi feito a nós e às nossas terras — ele disse com uma ferocidade que me fez estremecer — Esta terra morta transformada em uma praia incrivelmente única serve como um lembrete de que, mesmo em nossa hora mais sombria, nós não desistimos até vencermos. Nós transformamos o horror em beleza eterna e a morte em um lugar onde nossos filhos brincam e desfrutam de sua liberdade.

— Seu povo é guerreiro — eu disse, meu coração se contraindo quando mais uma vez percebi que feridas profundas os Vaengi haviam deixado para trás.

— Nós somos — disse Olix com uma determinação que sugeria que sua mente agora havia mudado para as novas dificuldades enfrentadas por seu povo — Nós não desistimos na época e não vamos desistir agora. Mas hoje é dia de brincar. Não é hora para pensamentos sombrios. Deixe-nos vê-la nadar, pequena humana.

Minha risada morreu na minha garganta, e meu estômago revirou quando ele me deu uma olhada acalorada, notando finalmente meu sexy biquíni cor de vinho. Meu companheiro tinha um apetite sexual muito saudável. Se não fosse por todas as pessoas ao redor, incluindo as crianças, eu suspeitava que teríamos feito o rio ferver com nossa paixão ardente.

Olix fez aquele som sibilante que se tornou um afrodisíaco auditivo para mim, deixando meus mamilos instantaneamente duros e fazendo com que a umidade se acumulasse entre minhas coxas. Suas narinas dilataram e um sorriso presunçoso esticou seus lábios. O demônio sabia como ele estava me afetando. Ele se inclinou para frente, seus lábios escamosos roçando minha orelha.

— Mais tarde — Olix sussurrou com uma voz profunda cheia de promessas.

Sentindo os joelhos fracos, deixei que ele pegasse minha mão e me levasse até a água azul mais clara que já vi. Para minha surpresa, era água doce. Mas, é claro, eu deveria ter adivinhado, já que esta era na verdade uma praia artificial.

A maior parte do nosso grupo já estava brincando nas ondas. Minhas preocupações de ter tantos pequeninos nadando evaporaram em um piscar de olhos. Eles podiam muito bem ser peixes. Eles deslizavam pela água em velocidades incríveis antes de pular para fazer pequenas acrobacias e mergulhar de volta. Eu poderia ficar olhando para eles por horas.

A água estava tão clara que eu podia vê-los nadando por baixo, os braços esticados para a frente, as pernas juntas se movendo como o rabo de uma sereia. Às vezes, eles batiam os braços para obter um impulso. Eles se moviam com uma graça incrível.

— Quanto tempo você consegue prender a respiração? — eu perguntei ao entrarmos na água, surpresa com o longo período de tempo que algumas das crianças ficavam submersas.

— Nós temos guelras — disse Olix, afastando os espinhos para o lado para mostrar um monte de escamas sob a abertura de sua orelha, se separando para revelar as guelras.

— Oh uau! Eu estou com muita inveja agora! Eu disse, mergulhando até o pescoço na água fria.

Olix riu — Ainda assim, não podemos ficar indefinidamente debaixo d'água. Depois de mais de trinta minutos, poderíamos nos afogar. Nós evitamos ficar embaixo da água por mais de quinze a vinte minutos.

— Acho que vou ter que comprar uma daquelas máscaras de respiração orgânicas para poder acompanhar — eu respondi, provocando.

— Parece um bom plano — disse Olix.

Nós começamos a nadar, meu marido me observando primeiro para ver como eu me saía. Depois de ter certeza de que eu poderia me virar sozinha, ele começou a brincar comigo, literalmente nadando em círculos ao meu redor. Ele sempre parecia tão mal-humorado, ver esse lado brincalhão dele mexia comigo.

Quando ele percebeu o quanto eu invejava as acrobacias das crianças, Olix me agarrou, deixando o meu corpo o mais reto possível ao dele, para que pudéssemos fazê-las juntos. É claro, não poderíamos fazer nada tão louco quanto as crianças faziam dessa maneira, mas ainda era emocionante. Eu prendi a respiração enquanto ele corria debaixo d'água em uma velocidade vertiginosa antes de pular e tentar permanecer no ar o máximo possível antes de cairmos de volta.

Depois de algumas rodadas, Olix me fez ficar o mais reto possível, e então, segurando meus pés, ele me empurrou para frente enquanto nadava forte para que pudéssemos ganhar impulso. No último minuto, eu me curvei para cima para que ele pudesse me impulsionar para fora da água como um tiro de canhão. A cada vez, eu disparava pelo menos três metros acima da água, dava algumas cambalhotas e depois mergulhava de volta – às vezes espirrando desajeitadamente na superfície. Mas eu não tinha tempo para a leve dor e constrangimento.

Eu nunca me diverti tanto.

Nós acabamos tomando um fôlego enquanto os adultos

preparavam um jogo para as crianças. Infelizmente, eu só conseguia ver parcialmente da superfície. Eu não demorei muito para perceber que isso era na verdade um treinamento de pesca misturado com um jogo. Eles soltaram centenas de pequenas esferas na água que imediatamente se espalharam, algumas individualmente, outras em grupos de tamanhos variados. Todas elas se moviam na mesma velocidade e de acordo com os mesmos padrões de um cardume de peixes evitando um predador. Nadando em duplas, cada criança segurando uma ponta de uma rede estreita e retangular, tentava capturar o maior número possível de esferas, que simplesmente grudavam na rede.

Depois de todo esse esforço, barrigas implorando por comida finalmente nos levaram de volta à aldeia. Caminhando de mãos dadas com meu marido enquanto as crianças barulhentas passavam correndo por nós, eu percebi o paraíso em que havia aterrissado. Essas pessoas, seu modo de vida, o futuro que estavam construindo para si valia a pena lutar. E eu lutaria ao lado delas, com tudo o que eu tenho.

CAPÍTULO 12
OLIX

Os dias seguintes mostraram que seria difícil me manter longe da minha Susan. Agora que tínhamos realmente começado a nos comunicar e nos relacionar, eu queria aprender mais sobre ela, seu povo e, claro, explorar nossa intimidade. Mas ainda havia muito trabalho a ser feito e o tempo não estava do meu lado.

Em poucos dias, um quarto do clã partiria comigo para uma grande caçada. Nós tínhamos muitas flechas, armadilhas e dardos para preparar. Ao mesmo tempo, nós tínhamos redes para consertar e gaiolas de pesca para preparar para o outro quarto de nosso clã que partiria para pescar peixes e mariscos. Para os poucos Caçadores e Pescadores que também trabalhavam para o mercado, isso não lhes dava muito tempo para fazer alguns produtos adicionais antes de nossa partida. Com base no plano de caça que eu havia traçado, nossas chances de voltar cedo o suficiente para fabricar um pouco mais antes do mercado público eram quase nulas.

Ainda assim, eu roubei o tempo que pude para passá-lo com minha companheira. Susan não se importava que eu trabalhasse em um canto de seu galpão enquanto fazia dardos e os revestia com um agente soporífero. Luped estava por perto, construindo prateleiras bonitas e fortes para minha mulher, que agora estavam todas cheias de prateleiras e bandejas de terra que ela chamava de mudas. Outro conjunto de prateleiras cheias de um tipo diferente de sujeira que ela borrifava diariamente com água deveria eventualmente produzir cogumelos parecidos com carne.

Naquele dia, minha irmã instalou ganchos fortes nas vigas que revestiam o teto. Para minha surpresa, minha Susan misturou com lascas de madeira molhada uma coisa estranha chamada micélio que parecia mofo seco, depois ela encheu longos sacos plásticos com eles, amarrando as duas pontas antes de me pedir para pendurá-los no gancho para ela, pois eles eram pesados. Eles eram na verdade muito leves para mim, mas me agradou mostrar minha força. No dia seguinte, ela fez vários furos nos sacos. Nada vazou. Quando eu a questionei sobre isso, ela disse que muitos cogumelos ostra sairiam daqueles buracos. Isso parecia tão louco para mim quanto seus cogumelos de carne. Mas o que eu sabia sobre agricultura?

Me envergonhava admitir que Susan passar a maior parte do tempo dentro daquele galpão, cuidando de suas mudas e daqueles saquinhos de cogumelos foi um alívio. As pessoas começaram a relaxar por sua agricultura não estar sendo esfregada em nossos rostos... ainda. Os dias de folga e as noites no Grande Salão, interagindo com todos, permitiam que eles a conhecessem melhor.

No entanto, o inevitável aconteceu.

No sexto dia, Susan passou bastante tempo montando uma engenhoca estranha... fora de casa. Assim que ela terminou, ela a colocou perto do início do terreno que havia pedido para cultivar. Sua mudança para a montagem de outra máquina, esta um pouco maior, só me deu um pequeno alívio. Eu repassei em minha mente todos os argumentos com os quais ela me convenceu e que acalmou meu clã para aceitar o que ela faria. Mas meu estômago deu um nó cada vez maior com o passar do tempo. Susan era minha companheira, nossa Senhora do Clã. E em poucos minutos ela começaria a cavar na terra, como um animal... como uma escrava.

Talvez mamãe estivesse certa ao sugerir tolerância zero. Talvez não fosse tarde demais para dizer à minha mulher que eu havia mudado de ideia. Ela não poderia manter sua agricultura como estava fazendo aqui, em um lugar fechado? Luped ficaria feliz em construir mais galpões para que ela pudesse cultivar quantas coisas quisesse sem rolar na terra.

Com esses pensamentos cada vez mais enraizados, eu refletia sobre as formas de abordar o assunto com Susan quando a voz de Zoltar me assustou. Pelo olhar em seu rosto, eu sabia que más notícias haviam chegado. Nenhuma palavra foi necessária para eu saber que tinha que segui-lo. Eu fiz um gesto para ele esperar um minuto e avisei minha companheira que estaria saindo deixando sua companhia.

— Tudo bem — ela disse, franzindo a testa levemente enquanto me observava.

Eu arrumei os dardos em que estava trabalhando e, com a ajuda de Zoltar, carreguei-os e minhas ferramentas de volta à praça. Meu coração afundou ao ver Surtas, o Líder do Clã das Montanhas Inosh.

— Surtas — eu disse em saudação — você chegou cedo.

— Os outros se juntarão a nós em dois dias para a partida — ele disse.

Ele apontou com o queixo para o campo atrás do Grande Salão. Isso só me deixou ainda mais nervoso. Surtas nos querendo longe de ouvidos indiscretos deu a entender como a situação era sombria. Para piorar as coisas, o local que ele esco-lheu para termos essa discussão nos dava uma visão perfeita de Susan se preparando para trabalhar nos campos.

— O Conglomerado me fez outra oferta — disse Surtas, indo direto ao ponto. Suas escamas acobreadas pareciam pálidas de estresse, tendo perdido o brilho antigo quando seu povo prosperava — Ainda é escassa, mas maior do que a anterior.

— Você não pode aceitar! — eu exclamei.

— Talvez eu não tenha escolha! — ele sibilou, sua cauda endurecendo, enquanto uma lasca de vermelho tingia suas escamas — A próxima caçada e as vendas no mercado público precisam ser bem-sucedidas, ou então eu não terei escolha a não ser vender pelo menos parte de nossas terras.

— Surtas—

— Eu vou oferecer apenas parte das planícies — ele interrompeu, movendo-se desconfortavelmente em seus pés — A trilha das Montanhas Inosh e a floresta ao redor permanecerão nossas para a caça.

— Eles nunca vão aceitar isso — disse Zoltar, com raiva mal disfarçada — Eles vão exigir tudo ou nada.

— Nem tudo está em jogo — retrucou Surtas — Será aquela porção de terra e nada mais.

— E se eles retirarem a oferta, a menos que você venda tudo? — eu perguntei com uma voz suave.

Surtas olhou para mim por um momento, raiva, traição e desespero lutando pelo domínio em suas feições. Em vez da explosão de raiva que eu esperava, seus ombros caíram, e o homem forte, o temível Caçador e o líder carismático que eu conhecia toda a minha vida assumiu uma expressão totalmente derrotada.

— O que você quer que eu faça, Olix? Meu povo vai morrer de fome — ele disse com uma voz assombrada — Todos os rebanhos se foram. Não houve nenhum avistamento, nem mesmo pequenas presas, como hoppers. Nada! Pior ainda, até os Coletores estão voltando para casa quase de mãos vazias. Algo está acontecendo que está afastando a fauna e devorando as raízes, folhas e bagas que antes complementavam nossas refeições.

— Deve ser obra do Conglomerado para forçar nossa mão — disse Zoltar entre os dentes.

— Eu também acho — eu admiti — mas não encontramos nenhuma prova de crime. Seu povo não foi visto em nenhum lugar perto de nossas florestas há dois anos, e ainda assim as coisas pioraram constantemente.

— Deve ser a tecnologia deles — argumentou Zoltar.

— Disso também não encontramos nenhuma prova — eu disse, desanimado — Você sabe como a Luped é louca por tecnologia. Ela usou todos os programas de rastreamento e varredura que podíamos pagar e não encontrou nada. Se eles estão realmente fazendo algo, está além da nossa compreensão. Mas se vendermos, eles ganham.

— Nós nunca deveríamos ter permitido que forasteiros voltassem ao nosso planeta — disse Surtas com amargura — A vida era muito mais simples antes deles. A tecnologia deles é muito forte e somos muito pobres para atualizar o que temos ou adquirir o que poderia nos tornar competitivos. Se chegar a isso, e eu vender minhas terras, meu povo pode se fundir com outro clã. A nova riqueza da venda poderia poupá-los de ter que vender também.

Esse comentário machucou meu coração, mas era uma solução parcial.

— Dizem que ela cultiva comida — Surtas disse de repente.

Assustado, eu segui seu olhar e o vi olhando para a minha companheira à distância. Os dispositivos que Susan estava montando agora pareciam totalmente funcionais. Meu estômago caiu quando ela colocou o primeiro na posição vertical, pairando alguns centímetros acima do solo. Isso me lembrou vagamente de um funil gigante, mas com um gancho de lâmina no fundo.

— É uma desgraça que nossa Senhora do Clã, companheira de nossa Lança, brinque na terra — Zoltar sibilou.

— Cuidado — eu avisei, dando um passo ameaçador em direção a ele — Desrespeite minha Susan, e você enfrentará minha ira.

Ele cerrou os dentes, mas teve o bom senso de recuar. Ele

voltou seu olhar ressentido para minha mulher, então a curiosidade pareceu assumir seu descontentamento. Eu olhei para trás e me encontrei também olhando fascinado. Ainda usando seu vestido na altura do joelho e sapatos fechados simples, Susan digitou algumas instruções na interface do dispositivo. O gancho embaixo dele se endireitou enquanto se retraía. Segundos depois, ele acertou o chão, e em seguida se curvou novamente. A engenhoca começou a avançar em linha reta, lavrando a terra. Minha mulher não o seguiu, voltando-se para o segundo dispositivo.

Nós assistimos por mais um curto período de tempo. O dispositivo de cultivo parava ocasionalmente, uma espécie de braço mecânico extraindo o que parecia uma rocha de tamanho considerável e colocando-a no recipiente em cima dele, antes de retomar o cultivo. Ao atingir certa distância, a garra se retraiu e o aparelho se moveu um pouco para o lado e cravou novamente no chão, lavrando uma segunda fileira paralela à primeira.

— A Senhora do Clã não parece estar fazendo muita escavação de terra — Surtas disse zombando de Zoltar — Parece que uma máquina faz o trabalho.

Um ponto muito bom que fez meu coração disparar. Eu temia ver minha Susan trabalhando com uma picareta e uma pá no campo.

— Nós somos Caçadores — Zoltar retrucou — Nós não trabalhamos o solo.

— Se isso pudesse impedir que sua companheira, filhos e comunidade morressem de fome, você cavaria a terra ou os deixaria morrer? — Surtas o desafiou.

— Sempre há outras maneiras — respondeu Zoltar, teimosamente.

— Ainda não vi essas outras maneiras de que você fala — disse Surtas com desdém —Você é jovem e impetuoso, Zoltar. Quando se trata da sobrevivência de seu povo, o orgulho é um luxo tolo. Molzeg disse que a companheira forasteira de Olix salvaria nosso povo. Talvez ela esteja nos mostrando o caminho, mas somos teimosos demais para segui-lo. Até lá, rezem aos Espíritos para que a grande caçada seja bem-sucedida.

Com essas palavras, Surtas deu meia-volta e voltou para a praça, me deixando abalado. Zoltar, sempre a nuvem escura, pairava ao redor, seu olhar pesando sobre mim.

— Independentemente do que você acha da minha impulsividade, preste atenção, primo — disse Zoltar — Você sabe como eu me sinto sobre esse negócio de agricultura, mas isso não é sobre mim. Nosso povo não trabalhará a terra. Você sabe. Você os ouviu falar exatamente como eu. Seu coração está no lugar certo, mas não deixe sua mulher levá-lo por este caminho perigoso. Se você fizer isso, o povo irá removê-lo como nosso líder, e será tudo culpa sua.

Ele não esperou minha resposta e também saiu. Meu peito doía e o mesmo sentimento de impotência tomou conta de mim. Quaisquer que sejam meus sentimentos pessoais, Zoltar estava certo. Nosso povo escolheria vender nossas terras antes de cavar na terra.

Mas minha Susan não estava cavando na terra: sua máquina estava.

CAPÍTULO 13
SUSAN

Os dias seguintes passaram rápido demais. Eu teria colocado meu trabalho em espera para passar mais tempo com meu marido antes de sua partida, mas seu próprio trabalho e a chegada primeiro de Surtas, e depois do líder do clã Oljek, rapidamente sugaram todo o tempo de Olix. Até o último dia de folga foi cancelado. Portanto, eu não só lavrei e cultivei todo o terreno, como também plantei minhas sementes de milho, trigo, feijão, beterraba e cenoura.

O tempo todo, uma garotinha adorável chamada Nosha espreitava. Apesar da pouca idade, seus olhos brilhavam de inteligência e curiosidade insaciável. Eu pude ver seu desejo de vir falar comigo e me fazer perguntas. Eu adoraria ser indulgente com ela, mas fingi não vê-la. Eu já estava andando em uma linha tênue, eu não podia arriscar ofender seus pais ou o clã com tentativas percebidas de doutrinar seus filhos.

Pelo mesmo motivo, embora Luped tenha sugerido que poderia construir um sistema de irrigação para mim, eu decidi manter meu tanque de água. O tanque poderia carregar 100 galões e poderia ser programado para borrifar a quantidade específica de água necessária de acordo com a umidade do solo e o tipo de vegetal cultivado. Com a pia dentro do galpão e a torneira do lado de fora, eu tinha muitas fontes de água para enchê-lo rapidamente.

É claro, um sistema de irrigação adequado teria tornado minha vida muito mais fácil, mas as tensões e o ressentimento aumentaram visivelmente desde que eu comecei a trabalhar ao ar livre. A terrível situação com o Clã das Montanhas Inosh só tornou as coisas ainda mais tensas. Felizmente, as pessoas não precisavam me ver vagando pelo campo. A lavradora e o tanque de água faziam todo o trabalho. Bastava enchê-los com sementes e água conforme necessário, o que podia ser feito discretamente à sombra do galpão.

Ainda assim, reunir-se no Grande Salão para ver meu marido e mais da metade do nosso clã – em uma proporção igual de homens e mulheres – partir em expedições de caça e pesca me transformou em uma verdadeira bagunça. Até Luped saiu. Apenas os Artesãos, alguns dos Coletores, as crianças e os anciãos permaneceram. Essa era uma prova da natureza pacífica de seu mundo, que nenhum guerreiro era necessário para proteger a vila na ausência dos Caçadores.

As coisas não estavam totalmente resolvidas com Yamir, mas ela não estava mais me tratando com indiferença. O fato de eu não estar suando pra caramba no campo me rendeu alguns pontos para voltar às boas graças dela. Era tudo uma questão de aparência – uma lição que eu aprendi adequadamente.

Ao final da primeira semana após a partida de Olix, minha sogra chegou a manifestar um educado interesse em visitar os galpões, embora eu suspeitasse que fosse mais para espionar a extensão de minha heresia do que qualquer outra coisa. No entanto, a visão dos meus cogumelos frutificando nas sacolas plásticas a impressionou, sem falar nos primeiros brotos das minhas mudas aparecendo.

Com todo esse trabalho inicial feito, eu agora tinha muito pouco a fazer, exceto verificar diariamente se minhas mudas e canteiros de cogumelos tinham umidade suficiente e a temperatura ambiente certa para prosperar. Como isso era feito em um piscar de olhos e como eu não precisava regar as plantações ao ar livre diariamente, isso significava que eu tinha muito tempo livre em minhas mãos. Eu decidi passá-lo com os Artesãos, aprendendo o básico de seu ofício, e também me familiarizando com seus produtos e as propriedades únicas que os tornavam tão especiais.

Desde que eu ouvi falar do mercado público mensal, eu tenho feito minha lição de casa para descobrir mais sobre as espécies que habitam Xecania, e especialmente os refugiados ricos que agora dominavam a economia do planeta. Um dos presentes de Kayog, escondido em meus pertences, despertou esse interesse especial. Eu não encontrei as sementes de reezia até depois do primeiro dia de folga e fui forçada a fazer algumas pesquisas na rede de conhecimento para descobrir o que eram.

Quando percebi que elas produziam um tipo de frutinha muito procurada pelos Bosengi, eu pensei que Kayog havia misturado as coisas e as presenteado para a pessoa errada. Mas então eu percebi como elas eram inconstantes e temperamentais, a menos que fossem manuseadas por um fazendeiro altamente qualificado. Foi então que eu entendi.

Parte de mim estava começando a achar que eu estava sendo usada em um jogo de xadrez que era muito maior do que eu imaginava. Mas a outra parte percebeu que talvez o Temern estivesse me dando ferramentas e opções para eu usar como bem entendesse... ou não. Devido ao fato das bagas de reezia crescerem muito rapidamente, apenas 20 a 30 dias após o primeiro plantio, eu poderia ter uma safra decente para o mercado público. Seria difícil, mas era viável. Isso colocou um plano em ação na minha cabeça que poderia funcionar ainda melhor do que o original.

No entanto, não havia como evitar mexer um pouco com a terra quando minhas mudas começassem a brotar. Não querendo contrariar Yamir e os outros, especialmente na ausência de Luped e Olix, optei por cautela e reenvasei os brotos prontos para transplante nos vasos de turfa que tive a precaução de trazer.

Foi preciso um pouco de logística para reorganizar tudo de forma a dar o acesso certo à luz para as plantas que precisavam dela para que pudessem prosperar. Mas no final tudo deu certo. Em mais algumas semanas, quando estivessem prontas para sair, eu poderia plantá-las diretamente no solo com os vasos de turfa, pois eles eram biodegradáveis.

No final da segunda semana após a partida de Olix, eu estava sentindo muita falta dele, mas também da vida e energia que reinavam na aldeia com todos presentes. Mesmo com todas as crianças por perto, correndo e brincando – quando não estavam estudando ou fazendo tarefas – o espírito de Monkoo tornou-se subjugado, como se o mundo tivesse parado enquanto aguardava o retorno de seus membros da tribo. Até mesmo os dias de folga eram muito tranquilos, a maioria das pessoas fazendo coisas pessoais.

Para minha angústia ainda maior, Yamir nos informou que havia recebido uma mensagem de Olix informando que eles ficariam afastados por pelo menos mais uma semana. Pelo que parece, eles podem até voltar bem a tempo para o mercado. Isso significava possivelmente mais nove dias antes de eu ver meu marido novamente.

O único leve consolo que eu obtive de seu retorno tardio foi o fato de que minha menstruação havia começado naquela mesma manhã. Não só recebê-lo com um 'você não pode tocar nisso pelos próximos cinco dias' teria sido péssimo, como também eu não estaria com humor para explicar a ele por que as mulheres humanas sangravam por cinco dias todos os meses sem morrer, e isso sim, era totalmente normal. Embora eu tivesse trazido suprimentos de absorventes para um ano, eu acabaria tendo que procurar como me reabastecer sendo uma das mulheres humanas extremamente raras neste planeta.

Três dias antes do mercado público – e do presumido retorno de Olix – eu comecei a plantar minhas mudas de vaso de turfa no campo do lado de fora. Minha lavradora fez a maior parte do trabalho, seu ferrão perfurando um buraco do tamanho apropriado no chão para que eu só tivesse que pegar um pote de turfa na plataforma suspensa atrás de mim e colocá-lo no lugar. O braço mecânico da lavradora então cobria o vaso de terra antes de passar para o próximo ponto.

Apesar do pouco esforço que envolveu da minha parte, eu acabei passando algumas horas caminhando no campo, o que atraiu muitos olhares para mim, especialmente da pequena Nosha. Para minha surpresa, eles não foram tão hostis quanto eu esperava – mas principalmente curiosos e reservados. Mais uma vez, eu queria acreditar que me ver fazendo isso sem suar a camisa poderia estar gradualmente mudando sua ideia sobre a agricultura moderna.

Se eu fosse mais rica, eu nem precisaria colocar aqueles potes de turfa no chão. Eu teria adquirido um modelo de cultivador-plantador mais sofisticado que não só poderia arar três fileiras ao mesmo tempo, remover pedras e ervas daninhas e sementes, mas também transplantar mudas de vasos de turfa para o solo por conta própria. Se meus planos funcionassem tão bem quanto eu esperava no próximo mercado, eu definitivamente compraria um upgrade para mim.

Na manhã seguinte, Luped e os Pescadores voltaram. Nenhuma palavra poderia expressar a profundidade da felicidade que eu senti ao ver seu lindo rosto e suas lindas escamas azuis. Que estranho que apenas um mês atrás, quando eu cheguei aqui, eu achava a aparência dos Andturianos um tanto esquisita, e achava que todos eram parecidos. Claro, eles compartilhavam características genéticas, como os humanos, mas seus rostos e corpos eram distintos. Meu Olix e sua irmã eram lindos pela estética Andturiana, uma beleza herdada de sua mãe Yamir.

A viagem dos Pescadores acabou sendo muito boa. Apesar de não terem quebrado recordes, isso animou a todos. Não tendo muito o que fazer, juntei-me alegremente aos esforços de filetar e salgar os peixes e limpar os mariscos. Tudo era então guardado em unidades de resfriamento semelhantes a caixotes, empilhados por categoria na enorme sala ao lado da despensa.

Depois de amanhã, eu levantaria com o sol para colher minhas bagas de reezia e encher unidades de resfriamento semelhantes com prateleiras cheias delas. Pensar nisso me deixou com os nervos à flor da pele. Eu tinha tantas esperanças depositadas no sucesso desta venda.

Apesar de todo o trabalho que tínhamos para fazer, este dia e o seguinte se arrastaram por uma eternidade. Também não ajudou que Olix e os outros ainda não tivessem retornado. Sua última comunicação com Yamir afirmou que eles voltariam para o mercado, mas provavelmente chegariam muito perto.

Na véspera da nossa partida, eu voltei aos meus galpões para começar a preparar as unidades de resfriamento e as prateleiras que encheria com minha colheita pela manhã. Como sairíamos bem cedo, cada minuto contaria. Claro, eu poderia ter feito tudo esta noite, e elas ainda estariam frescas o suficiente amanhã. Mas o fato de terem sido colhidas naquela mesma manhã desempenharia um papel importante em meu discurso de vendas.

Como era de costume, Luped apareceu para ver se eu precisava de uma mão. Eu mal a conhecia uma semana antes dela partir naquela expedição de pesca por três semanas. E, no entanto, eu me sentia mais próxima da mulher Andturiana do que jamais estive com qualquer uma das minhas irmãs de sangue. Por outro lado, eu fui propositalmente criada para evitar laços dolorosos, já que seria descartada no final. Ainda assim, meu coração se aqueceu ao vê-la fazer um tour pelo meu covil.

— O que você fez aqui é incrível — Luped sussurrou,

impressionada enquanto ela olhava para as prateleiras que ela construiu para mim transbordando com bagas roxas maduras de reezia. — Nem se passaram quatro semanas e você já produziu tudo isso...

Embora ela estivesse me elogiando, Luped parecia estar refletindo em voz alta para si mesma. Eu não comentei, o orgulho crescendo em meu peito enquanto ela continuava a rondar o viveiro, onde vários vegetais adicionais logo precisariam ser transplantados para fora. Ao entrar, a visão de espinafres, cenouras, cebolinhas e alfaces no campo, prontos para serem colhidos, já a impressionou. Mas entrar e ver que, em cima das bagas, eu também tinha rabanete e cogumelos ostra prontos para consumo a deixou sem palavras.

Em mais duas ou três semanas, eu teria pepinos, beterrabas, abobrinhas, tomates e abóboras. E então, mais três a quatro semanas depois disso, eu finalmente teria milho, trigo e batatas. Deus, como eu sentia falta de batatas!

Luped olhando estranhamente para mim me tirou de meus pensamentos errantes.

— Tem uma magia no que você faz — disse minha cunhada pensativa — Uma magia boa. Você conseguiu tanta coisa que eu não achava possível, como cultivar comida a partir de lascas de madeira molhadas. Você fez o trabalho de vinte pessoas com apenas duas máquinas estranhas e sem nunca se esforçar. Você é a prova de que tecnologia e conhecimento podem levar nosso povo a um futuro melhor. Não sei o que você pretende fazer com tudo isso, mas lembre-se de que, se precisar de minha ajuda, você a terá.

— Na verdade, há algo que eu queria dizer a você — eu disse timidamente, grata por esta oportunidade inesperada. Ela inclinou a cabeça, a fenda vertical de seus olhos de lagarto se arregalando de curiosidade — Os Artesãos me disseram que as vendas caíram muito no ano passado e especialmente nos últimos meses.

Luped assentiu — Isso está correto.

— Eu tenho uma ideia que pode ajudar nas vendas deles amanhã, mas tudo depende de como serão as minhas próprias vendas — eu disse cuidadosamente — Eu tenho certeza de que os Bosengi vão brigar por essas bagas. Se for esse o caso, eu tentarei convencê-los a comprar alguns dos itens artesanais. Mas eu vou dar um jeito se e quando uma oportunidade se apresentar.

— Dar um jeito? — Luped perguntou, confusa.

Eu ri — Significa improvisar. Eu nem tenho certeza de como surgiu essa expressão — confessei — Eu só preciso que você convença os outros a entrarem no jogo, mesmo que eles achem que o que estou dizendo é ultrajante. Se as coisas funcionarem, todos receberão a compensação total por suas mercadorias. Eu prometo.

— Você está sendo misteriosa, Susan — Luped disse enquanto alinhava mais algumas unidades de resfriamento perto das prateleiras de bagas de reezia berry — Eu vou dizer a eles, mas nosso povo sempre mostra uma frente unida em público. Então, eles jogariam junto de qualquer maneira, não importa o quão perturbados eles pudessem se sentir se você tivesse feito isso sem avisá-los. No entanto, certifique-se de manter sua parte no acordo. Depois de perder a confiança de um Andturiano, suas chances de recuperá-la são quase nulas. Como nossa Senhora do Clã, você tem um dever ainda maior a cumprir.

— Minha palavra é meu vínculo — eu disse com orgulho — E se tudo correr bem, haverá muito com o que se alegrar amanhã.

— Eu espero que você esteja certa — Luped disse — E espero que seus planos se concretizem.

Ela estava se referindo a mais do que apenas vendas bem-sucedidas. Eu tinha muitos planos, e se Deus quisesse, eles realmente se concretizariam.

Nós encerramos a noite nos reunindo para o jantar no Grande Salão. Amanhã, eu queria contribuir para a refeição comunitária com salada de espinafre, alface, nozes e frutas, assim como cogumelos ostra salteados com cebolinha. O solo rico e o clima perfeito aqui fizeram as coisas crescerem mais rápido do que o esperado. Eu nunca seria capaz de comer todas as minhas colheitas sozinha – não que esse fosse o plano.

Embora as habitações individuais não possuíssem uma cozinha completa, nós podíamos fazer refeições individuais simples em casa usando uma pedra de fogo ou o fogão encontrado em todas as casas. Mas o costume dos Andturianos de cozinhar em grupo para todos facilitaria as coisas para que eles pudessem saborear os benefícios do meu trabalho. Era uma abordagem interessante. As escolhas das refeições eram decididas em grupo, embora uma pessoa diferente a cada dia tivesse o direito de vetar essa escolha – um poder raramente utilizado.

Naquela noite, minha cama parecia mais vazia do que nunca. Olix não havia retornado e minha esperança de que ele aparecesse pela manhã havia diminuído seriamente. Eu me consolava com o fato de que não haveria outra grande caçada por pelo menos um mês. Isso significava mais tempo de união para nós dois. E se meu plano funcionasse, isso poderia significar um grande salto na direção certa para um futuro melhor para a tribo. Minha maior tristeza sobre os Andturianos não usarem roupas era que Olix não tinha nem uma camisa por perto que eu pudesse abraçar apenas para ter seu cheiro ao meu redor.

Apesar disso, o sono veio rapidamente para mim, e a manhã me encontrou de bom humor. Ao sair de casa, encontrei os Coletores já acordados, ocupados preparando um café da manhã. Alguns dos Artesãos estavam alinhando mrakas para transportar grande parte da mercadoria. A meu pedido, Luped conseguiu uma nave para mim. O piloto chegaria em algumas horas para transportar todas as minhas unidades de resfriamento, pois elas eram grandes demais para colocar ou pendurar confortavelmente em um mraka, sem mencionar o fato de que elas viajariam mal na estrada, carregados por rinocerontes-javalis alienígenas gigantes.

Era um serviço caro para contratar e constituiu um grande golpe para minhas poucas economias. Mas eu tinha fé que minhas vendas compensariam isso e muito mais. Inicialmente, Yamir franziu a testa ao ouvir que eu não viajaria da maneira tradicional com o clã, mas vendo o número de caixotes que eu estava trazendo, ela concordou com meu curso de ação. O fato de eu ter me oferecido para carregar todos os seus itens mais volumosos e pesados a bordo da nave, assim como alguns anciãos para quem a longa jornada em um mraka estava se tornando um desafio, a acalmou ainda mais. Alguns idosos não participavam de um mercado público há alguns meses por esse motivo específico.

Embora eu não duvidasse que o clã geralmente montava aquelas bestas por tradição e prazer, eu também acreditava que eles frequentemente desejavam poder usar naves em situações específicas que as justificassem, como hoje. Eles… *Nós* simplesmente não podíamos pagar por elas.

Por enquanto…

Com o tempo passando, eu colhi freneticamente as reezias e as coloquei em cestas de uma libra, que coloquei em bandejas de doze dentro das unidades de resfriamento. Cada unidade levava cinco bandejas presas por ganchos nos quais eu poderia prendê-las. Embora eu soubesse que minha colheita seria abundante, eu nunca imaginei que fosse tanto em tão pouco tempo, com muitos pequenos frutos ainda crescendo. Eu estaria colhendo novamente em alguns dias, e isso de forma regular.

Eu tinha acabado de carregar a sétima e última unidade de resfriamento na plataforma flutuante quando uma comoção na direção geral da praça colocou todos os meus sentidos em alerta máximo. Configurando a plataforma para seguir, eu corri para a praça – meio caminhando, meio correndo – meu coração batendo forte em antecipação à surpresa que eu suspeitava que me esperava.

Mesmo através da multidão reunida em torno dos Caçadores que retornaram, meus olhos imediatamente se fixaram na silhueta alta e musculosa de meu marido. A emoção poderosa que apertou meu coração não fazia sentido, mas eu não me preocupei em tentar analisá-la. Meu homem estava em casa e eu estava feliz.

Eu gritei seu nome, involuntariamente chamando muita atenção para mim, e comecei a correr. Meu corpo desenvolveu uma mente própria e meu cérebro estava a bordo para o passeio. Olix olhou para mim com uma mistura de felicidade, choque e preocupação enquanto eu corria em sua direção. Eu me joguei em seus braços, e ele me pegou. Com seus braços poderosos me segurando com firmeza, e meus braços em volta de seu pescoço, eu esmaguei seus lábios com um beijo apaixonado. Embora nossas línguas não tenham entrado na ação, Olix retribuiu meu beijo, por mais breve que tenha sido.

— Eu senti a sua falta! — eu sussurrei antes de enterrar meu rosto em seu pescoço.

— Eu também senti a sua falta — ele respondeu com aquela voz profunda, estrondosa e levemente sibilante dele.

Depois de me apertar uma última vez, Olix me colocou de pé novamente. Suas escamas mais escuras me fizeram perceber que ele estava um pouco envergonhado. A julgar pelo número de olhos nos observando como se fôssemos pessoas estranhas, minhas próprias bochechas ficaram vermelhas. Os Andturianos não gostavam muito de demonstrações públicas de afeto. Eles também provavelmente nunca viram ninguém se beijando. Agora, eles provavelmente estavam especulando sobre todas as outras coisas estranhas que Olix e eu poderíamos estar fazendo em particular.

Se eles soubessem.

— Você voltou a tempo — eu disse, tentando desviar a conversa de mim chamando toda a atenção.

— Como ele disse que faria — disse Yamir com orgulho.

Eu sorri e acenei com a cabeça, embora eu silenciasse o aborrecimento que sentia todas as vezes que minha sogra nos informava sobre a situação da grande caçada. Antes da minha chegada, Olix sempre repassava informações para sua mãe quando ele estava ausente para que ela pudesse repassar ao clã. Mas agora, eu achava que ele deveria entrar em contato comigo, sua esposa, em vez disso. Eu não deveria descobrir quando meu marido voltaria para casa de sua mãe. Mas essa era uma discussão para outra hora.

— Nós conseguimos, minha companheira — disse Olix com um sorriso, embora o brilho triste em seus olhos dourados me dissesse o que eu temia o tempo todo — Devemos nos apressar em guardar o que trouxemos de volta — ele se virou para olhar para sua mãe — Vocês devem partir conforme planejado com os poucos Caçadores que também são Artesãos. O resto de nós irá alcançá-los.

Por um breve instante, eu me perguntei se havia interpretado mal sua expressão. Talvez a caçada tivesse sido bem-sucedida, afinal, e eles tivessem muita caça para guardar. Mas, a julgar pelo grande número de unidades de resfriamento sendo trazidas de volta diretamente para o depósito comum, minha primeira suposição estava certa. Meu coração se partiu por Olix.

Eu queria perguntar a ele como as coisas tinham ido, como ele estava se sentindo e se havia algo que eu pudesse fazer... basicamente ser uma esposa solidária. No entanto, com tantos de seu povo por perto, eu temi que fosse como cutucar uma ferida ainda sangrando. Ele acariciou minha bochecha e começou a se virar quando notou a plataforma pairando cheia de caixotes. Ele me deu um olhar questionador. Por algum motivo bobo, eu imediatamente me senti desconfortável, como se tivesse feito algo ilícito.

— Elas contêm coisas que eu cultivei especificamente para vender — eu disse timidamente.

Olix não disse nada. Uma expressão ilegível passou por suas feições reptilianas enquanto seu olhar se fixava nas unidades de resfriamento por alguns segundos antes de se voltar para mim. Ele me deu um único aceno. Meu estômago revirou. Eu não sabia como interpretar o que havia acabado de acontecer. Ele se sentiu traído? Ele sentiu como se eu estivesse esfregando o fracasso de sua caçada em seu rosto? Será...?

O som da nave que se aproximava para transportar minhas coisas e me levar ao mercado desviou minha atenção de meu marido. Este não era o reencontro que eu esperava. Nosso relacionamento ainda era muito frágil para já ter passado por aquela longa separação e ele voltar com tanto estresse.

Agora, eu nem sabia mais como me sentir em relação ao mercado. E se um sucesso retumbante apenas esfregasse mais sal na ferida?

Atormentada, eu supervisionei o carregamento da minha colheita. A nave revelou-se ainda mais espaçosa do que eu esperava, nos permitindo preenchê-la com todos os itens maiores que o clã esperava vender, desde grandes tigelas e pratos de madeira ornamentados, até vasos esculpidos e estátuas, até bancos baixos almofadados semelhantes aos comumente usados pelos Andturianos, embora em escala levemente menor. Além de tudo isso, havia espaço suficiente para Yamir, eu e cinco Andturianos anciãos, incluindo Molzeg. Eu gostaria que Luped e Olix pudessem ter viajado conosco, mas fazia mais sentido eles montarem nos mrakas. Como eles não estariam sobrecarregados com uma passageira como eu, eles poderiam viajar muito mais rápido.

Os ginetes partiram pouco antes de nossa nave decolar. Nós concluímos a viagem na maior parte em silêncio. Yamir manteve uma expressão neutra, mas eu podia sentir sua dor e preocupação por seu filho e clã como um todo. Apesar de nossas diferenças, eu gostava da anciã. Ela era uma mãe dedicada a seus filhos e seu povo em geral. Eu nunca fui próxima de minha própria mãe. Nesse instante, eu tive vontade de puxar minha sogra para os braços e dizer a ela que tudo ficaria bem — nós passaríamos por isso juntos. Mas agora não era o momento, não com os outros amontoados conosco na nave podendo nos ouvir.

Ainda assim, demorou apenas quinze minutos em vez de mais de uma hora de viagem em um mraka. Isso se adequou perfeitamente ao meu propósito, pois não apenas conseguimos instalar nosso quiosque mais cedo, como também isso me daria tempo para fazer algum reconhecimento.

— Com sua permissão, Yamir, eu gostaria de colocar minha barraca no meio, com os móveis e utensílios domésticos à minha esquerda e as armas e joias à minha direita — eu disse cuidadosamente.

Ela recuou levemente, seus olhos se estreitando enquanto ela ponderava — Luped diz que você tem um plano para ajudar nas vendas hoje — Yamir disse sem responder ao meu pedido.

Eu balancei a cabeça — Se minhas bagas forem bem recebidas, acredito que isso me permitirá ajudar os Artesãos a venderem mais.

— Eu luto para entender seus modos, Susan de Meterion — Yamir disse com uma voz levemente cansada — Me incomoda que você seja o que é, mas suas habilidades não podem ser negadas. Acredito que você tenha um afeto genuíno por meu filho e nosso povo. Ambos estão sofrendo agora. Se você acha que esta posição pode ajudar a trazer um resultado melhor hoje, você tem meu apoio.

— Obrigada — eu disse com gratidão — Não posso prometer o que vai acontecer hoje, mas vou tentar o meu melhor.

A expressão de Yamir suavizou — Apenas os Videntes podem prever o futuro e, mesmo assim, muitas vezes é enigmático. O seu melhor é tudo o que alguém pode pedir. O resto está nas mãos dos Espíritos.

Com essas palavras finais, ela ajudou os anciãos a montar suas mesas e expor seus bens em cada lado da minha humilde mesa – tudo fornecido pelo local. Enquanto meus companheiros empilhavam suas mercadorias nas mesas, no chão na frente e ao redor deles, e tinham painéis altos na parte de trás nos quais pendurariam joias quando os outros chegassem, eu tinha uma única mesa. Eu a cobri com uma toalha de mesa bege claro e coloquei minhas unidades de resfriamento embaixo para manter meu lugar limpo e organizado, mas também para esconder quanto estoque eu tinha.

Como os clientes não apareceriam por pelo menos mais uma hora, eu aproveitei a oportunidade de nossa chegada antecipada para investigar as outras barracas sendo montadas no mercado, assim como para dar uma olhada em algumas das lojas turísticas dentro do porto espacial. Na medida do possível, eu estava fazendo minha lição de casa online, descobrindo quais produtos o Conglomerado estava vendendo aqui e a que preços. Mas nada melhor do que ver em primeira mão. O que eu vi reforçou ainda mais minha determinação para executar meu plano. Eu adquiri algumas fichas em branco superfaturadas em uma das lojas que poderiam ter um valor impresso nelas com um comunicador básico ou datapad.

Quando eu voltei para minha mesa, eu conversei gentilmente com Kuani – uma das Artesãs de utilidades domésticas – para me emprestar um de seus pratos de apresentação de tamanho médio feitos de madeira aldomiana. A madeira cinza escura, com pequenas listras de vermelho escuro, era impressionante. Suavemente polido e embelezado com detalhes finamente cinzelados e pedras luminosas, era uma beleza de se ver. Uma camada muito fina da mesma resina sotomac que Olix usou para selar meu sangue em suas pulseiras e armas foi aplicada à placa para que nunca perdesse o brilho. Eu fiz dele o enfeite central da minha mesa. Eu também peguei duas tigelas pequenas dela no mesmo estilo do prato e um garfo impressionante – que parecia ter saído direto de um conjunto de fondue – com cabo feito de presa de mraka esculpida.

Eu estava ficando impaciente para pegar minhas frutas, mas ainda era muito cedo. Quando os primeiros de nossos companheiros de clã começaram a chegar em seus mrakas, eu me ocupei em codificar minhas fichas e colocá-las dentro das duas tigelas.

Olix chegou ao mesmo tempo em que os organizadores do evento anunciaram que os clientes seriam liberados em breve. Meu coração pulou uma batida, excitação e ansiedade guerreando dentro de mim. Me obrigando a me concentrar, eu abri uma das minhas unidades de refrigeração e tirei dois quilos de frutas que lavei cuidadosamente em uma das oito estações de água fornecidas aos comerciantes do mercado. Eu também enchi uma garrafa com água para poder borrifar uma névoa fina em minhas frutas ao longo do dia para mantê-las frescas e de dar água na boca.

Quando eu comecei a colocá-las no prato central, Olix chegou perto da minha barraca, uma leve carranca arruinando seu rosto ao ver minha estação quase vazia. Ele parecia querer me perguntar o que havia de errado, mas alguém chamando seu nome o impediu de fazer isso. Eu odiava não termos tido a chance de discutir meu plano. Eu só esperava que as coisas corressem bem e que ele ficasse orgulhoso de mim.

Depois de exibir minhas frutas de degustação, eu removi todo o conteúdo da minha primeira unidade de resfriamento, colocando duas bandejas cheias de cada lado da peça central e forrando cestas individuais de meio quilo na frente dela. Dirigindo uma oração silenciosa a todos os poderes possíveis, eu comecei o jogo de espera.

CAPÍTULO 14
OLIX

Eu queria que esse dia acabasse. Embora a grande caçada não tenha sido um desastre completo, não foi nem remotamente tão bem-sucedida quanto precisávamos. Eu queria estar no meu ninho de dormir, me perder na minha companheira e esquecer por um momento todos os problemas que pesavam sobre meus ombros. Mas agora, até Susan tinha ido ao mercado para vender mercadorias. Eu não sabia como lidar com isso.

Uma parte de mim se sentiu traída. Nosso acordo era que ela cultivasse produtos queridos pelo seu povo que, de outra forma, seriam impossíveis de adquirir aqui. Nunca houve discussões sobre ela produzir comida para vender. Ao mesmo tempo, era justo que ela procurasse um meio de ganhar alguns créditos para comprar coisas para si mesma que não poderiam ser encontradas aqui. Afinal, ela mencionou o desejo de atualizar um de seus equipamentos agrícolas.

Eu dei um passeio por seu campo, meu queixo caindo ao ver todas as folhas verdes e gordas cobrindo as fileiras da terra que eu aloquei para ela. A presença de Surtas me seguindo apenas torceu a faca na ferida aberta do meu fracasso. Colocar os pés dentro de seus galpões me tirou a voz. A quantidade de comida que Susan conseguiu produzir sozinha em tão pouco tempo me deixou cambaleando. Nada disso era familiar para o meu povo, mas parecia fresco, saudável e bastante atraente.

Eu deveria estar sustentando minha companheira, mas ela não precisava de mim.

— Ela tinha sete unidades de resfriamento cheias de comida e ainda sobrou tudo isso? — Surtas disse com uma estranha mistura de raiva e amargura.

Minha cabeça virou para ele, e eu olhei para o Líder do Clã da Montanha Inosh com cautela.

— Em um mês, ela produziu tanta comida que pode vender uma parte. Nós vasculhamos a floresta por três semanas e quase não trouxemos nada — disse Surtas — O que isso lhe diz?

— Nós nem sabemos se isso vai vender — eu argumentei.

— Esse não é o ponto, e você sabe disso! — Surtas disse com raiva.

Não, esse não era o ponto — Não sou eu que você precisa convencer, Surtas — eu disse com a voz cansada — Talvez a comida dela venda bem no mercado. E então todos os clãs poderão ver isso.

— E então? — ele insistiu.

— E então nós aconselharemos — eu respondi com voz calma — Mas me diga, meu amigo, seu próprio clã concordaria em trabalhar nossas terras para cultivar alimentos como minha companheira fez?

Seus ombros caíram. — Nesse momento, não — ele admitiu relutantemente — Eu peço aos Espíritos que sua companheira tenha um sucesso retumbante no mercado e que isso abra os olhos das pessoas. Quero dizer, olhe para toda essa comida! — ele acrescentou, acenando para as prateleiras cheias de bagas, mudas maduras e as largas calhas cheias de terra onde grandes cogumelos achatados cresciam — Ela nunca será capaz de comer tudo sozinha.

— Ela não vai — eu disse. Eu comecei a suspeitar de sua

agenda não tão oculta desde o início e recebi a confirmação de um dos Coletores enquanto guardava a pouca carne que havíamos trazido de volta — Esta noite, ela irá preparar um pouco de sua comida humana para todos no jantar, para que possamos experimentá-la.

— Mulher esperta — Surtas disse, um sorriso esperançoso esticando seus lábios.

— Esperta, sim. Mas temo que ela enfrentará uma grande decepção — eu disse com uma careta — O povo vai gostar do gesto, mas duvido que isso dê o resultado que ela espera. Na verdade, estou surpreso que ela também não tenha trazido uma variedade desses produtos para vender no mercado. Afinal, há um pequeno número de residentes humanos que trabalham em alguns dos resorts e no porto espacial. Certamente, eles estariam interessados em tais bens.

— Estou feliz que ela não o fez. Acredito que os Espíritos nos enviaram sua companheira. Hoje é um dia importante. Eu sinto isso em meus ossos — disse Surtas com uma convicção que despertou uma esperança irracional dentro de mim.

— Espero que você esteja certo — eu disse.

Lançando um último olhar para a abundância crescendo dentro do galpão, voltei para a praça para montar meu mraka e seguir para o mercado, Surtas em meu rastro. Muito poderia acontecer se o empreendimento de minha Susan desse certo. Tendo em vista o fracasso parcial de nossa caçada, isso a encorajaria a tentar converter nosso povo aos costumes dela?

Isso seria uma coisa ruim?

Se ela tivesse vindo até nós daqui a uma ou duas gerações, teria sido uma coisa incrível. Enquanto eu estava pessoalmente aceitando o potencial do que sua habilidade poderia fazer por nosso povo, a maioria de nosso clã não se curvaria, não importa o custo. Uma infinidade de cenários sobre como o dia terminaria, dependendo do resultado do mercado, passou pela minha cabeça enquanto corríamos para o porto espacial.

No momento em que chegamos, meu coração apertou ao ver a multidão já reunida do lado de fora do local. Como nos últimos meses, o mesmo tipo de clientes estava se reunindo, todos falando sobre os bens estrangeiros que procuravam adquirir. Nos últimos dois anos, o número de barracas nativas diminuiu cada vez mais para ser substituído por estrangeiros tentando inundar nosso mercado com seus produtos. Eu não tinha esperanças de um bom resultado hoje – um segundo golpe que eu realmente poderia ter dispensado.

Eu fiz meu caminho até o mercado onde cada comerciante estava finalizando sua configuração para a abertura iminente. Encontrar a mesa de Susan quase vazia me afligiu. Por mais que eu temesse seu sucesso, eu também não queria que ela falhasse, não apenas para poupá-la da decepção, mas também porque provavelmente isso prejudicaria sua posição já instável entre nosso povo. Espalhou-se rapidamente a notícia de que ela estaria tentando ajudar nossas vendas. Embora ninguém pudesse culpá-la se isso falhasse, um nível doentio de antecipação estava crescendo entre meus companheiros de clã.

No entanto, os primeiros clientes que rondavam nas proximidades chamaram minha atenção. Eu não queria ter esperança, tendo sido decepcionado tantas vezes antes, mas não pude evitar. Como sempre, eles passearam por perto, perto o suficiente para ter uma ideia do que estava sendo oferecido, mas não tanto que nos permitisse iniciar uma conversa com eles.

E então, os primeiros Bosengis apareceram.

Seu interesse morno nas armas e joias em exibição se transformou completamente no minuto em que a fêmea cheirou as frutas. Seus olhos redondos se arregalaram, os pequenos buracos em seu rosto achatado que serviam como narinas se alargaram, e as brânquias externas ao redor da parte superior de seu rosto redondo se eriçaram, fazendo sua cabeça parecer uma estranha estrela.

— Reezia! — ela sussurrou, quase correndo para a mesa de

Susan.

Seu parceiro parecia atordoado e rapidamente a seguiu. Nós podíamos literalmente ver seus batimentos cardíacos acelerando através de suas peles semitranslúcidas enquanto olhavam para a mercadoria colocada diante de minha companheira.

— Posso lhes interessar em algumas bagas de reezia colhidas frescas esta manhã? — Susan perguntou com uma voz gentil.

— Desta manhã? — a mulher exclamou em descrença.

— Sim, senhora — Susan disse com orgulho — Cultivadas aqui mesmo em Xecania, no Vale Monkoo. Gostaria de provar uma?

— Certamente, sim — a mulher disse, lambendo os lábios em antecipação.

Susan cuidadosamente espetou uma baga gorda no prato de apresentação com um dos garfos feitos por Kuani e a estendeu para a fêmea Bosengi. Ela o arrancou do garfo com dois dedos e enfiou a fruta na boca. Ela mal começou a mastigar e fechou os olhos, seu corpo sacudido por um forte arrepio. Um gemido perturbadoramente sensual saiu de sua garganta e um tremor percorreu suas guelras externas. Sua pele pálida e amarela ficou com um tom mais claro de amarelo.

Seu companheiro lambeu os lábios e olhou para a minha companheira com uma expressão gananciosa e esperançosa. Mas Susan já estava esfaqueando outra baga, desta vez para ele. A reação do macho refletia a de sua fêmea. A última, já tendo engolido a fruta que lhe foi dada, olhava a fartura na mesa com uma ganância quase selvagem.

— Eu gostaria de comprar algumas de suas bagas — ela disse a Susan enquanto dava uma cotovelada em seu companheiro.

— Sim — ele disse, também parecendo que mal conseguia se conter para devorar tudo à sua frente — Eu lhe darei 30 marcos por uma cesta.

30 marcos?!

Eu precisei de toda a minha força de vontade para manter uma expressão neutra no rosto. Esse era um preço ultrajante para esta pequena cesta de frutas. Algumas das pulseiras de couro ornamentadas de nossos Artesãos, que levavam dias de trabalho duro, eram vendidas por apenas 20 marcos. E mesmo assim, nós lutávamos para encontrar compradores.

Para minha surpresa, Susan recuou, todo o comportamento amigável desaparecendo de seu rosto enquanto ela lançava um olhar ofendido para o homem.

— Desculpe. Achei que você estava aqui para fazer negócios sérios — Susan disse em um tom levemente cortante.

Desta vez, eu tive que morder a língua para não perguntar à minha companheira o que havia de errado com ela. Pelos olhares que nossos companheiros de clã estavam lançando em sua direção, eles também estavam se perguntando que loucura havia tomado conta dela, enquanto faziam o possível para esconder o choque.

— Trinta marcos é um bom preço! — o homem exclamou, claramente descontente por ser tão rejeitado.

— Trinta marcos é um insulto, na melhor das hipóteses — respondeu Susan, olhando para ele com um olhar gelado — Você paga 45 marcos sem pestanejar por reezias congeladas, geneticamente modificadas, cheias de pesticidas e cultivadas em um complexo industrial, mas me oferece 30 miseráveis marcos por reezias cultivadas organicamente, de acordo com os métodos tradicionais de Bosengi, sem pesticidas e colhidas na hora. esta manhã? Claramente, você não é um conhecedor.

Enquanto o homem abria e fechava a boca repetidamente, sem saber o que dizer para minha companheira, Susan voltou sua atenção para outro grupo de Bosengis, desta vez um trio de duas fêmeas e um macho.

— Orgânicas e frescas desta manhã? — uma das novas mulheres perguntou à minha companheira, tendo ouvido a conversa.

— Sim, senhora — disse Susan com um sorriso brilhante — Gostaria de provar?

— Certamente! — a mulher respondeu.

Susan deu a cada um dos três recém-chegados uma única baga, provocando a mesma reação do primeiro casal.

— Este é o verdadeiro sabor de casa — a mulher disse com descrença — Como você conseguiu isso? Reezia é extremamente difícil de cultivar sem uma técnica perfeita.

— Eu sou uma agricultora experiente, nascida e criada em Meterion — disse Susan com orgulho.

— Uma filha de Meterion! Isso explica tudo — a mulher disse, um vislumbre de admiração brilhando através de seus olhos pequenos e redondos — Eu lhe darei 60 marcos por uma cesta.

— São 70 marcos por cada cesta — disse Susan, se desculpando — No entanto, se você comprar seis, receberá um desconto de até 30 marcos em qualquer um dos produtos artesanais Andturianos à venda aqui — ela acrescentou, acenando para as mesas dos Artesãos em cada lado de sua pequena barraca — Mas se você comprar uma bandeja cheia de doze cestas, eu vou abaixar o preço para 60 marcos por cesta – o que significa que você ganharia duas cestas e meia de graça – E eu darei a você um desconto de até 60 marcos para comprar uma de nossas outras mercadorias.

Eu me senti fraco. Além do preço ultrajante que lhe foi oferecido, depois aumentado por coisas que seriam consumidas em minutos, o estratagema inteligente que Susan estava usando para direcionar o tráfego para nossos Artesãos me roubou as palavras.

— 70 marcos!? — o homem do primeiro casal exclamou, parecendo ofendido — Isso é ridículo!

A mulher do trio lhe lançou um olhar de lado — O que foi, Wolny? Sua carteira não pode pagar pela qualidade?

O casal engasgou, o homem indignado, e sua mulher dando um olhar de advertência de que era melhor defender sua honra.

Eu mal reprimi uma bufada, mas um de nossos companheiros de clã falhou em fazer isso. Os Bosengis eram uma espécie rica e muito ostensiva. Esperava-se que alguém fizesse uma exibição ruidosa de seu sucesso em todos os sentidos.

Sem esperar pela resposta, o líder do trio se voltou para minha Susan — Então, se eu pegar duas bandejas, você reduzirá o custo por cesta em 50 marcos cada?

Minha companheira riu e balançou a cabeça — Não, 60 marcos é o mínimo que posso chegar, considerando o trabalho árduo envolvido no cultivo dessas iguarias. No entanto, para cada bandeja comprada, você receberá uma ficha extra para um desconto de até 60 marcos nas mercadorias de nossos Artesãos.

Ela franziu os lábios e lançou um olhar para os produtos artesanais. Seu olhar se demorou no painel de pé com algumas das joias mais caras que tínhamos para oferecer.

— Então, se eu comprasse essas quatro bandejas que você tem à venda, eu teria um desconto de 240 marcos, ou seja, eu poderia comprar esses dois colares por 100 marcos cada e um par de pulseiras por 20 marcos cada? — ela perguntou.

Eu prendi a respiração. Isso seria uma venda maravilhosa. Mas isso durou pouco. Meu coração afundou quando minha mulher balançou a cabeça.

— Não exatamente — disse Susan — Você não pode somar as fichas dessa maneira. É uma ficha por compra, por isso eu falei que o desconto é de até 60 marcos. Então, se você quiser um desses colares premium únicos por 100 marcos, você dará uma ficha e pagará a diferença de 40 marcos. No entanto, você pode obter um dos modelos mais acessíveis por 60 marcos ou menos, o que não lhe custaria nada além da ficha. Dito isso, se você usar uma ficha em algo que custa 30 marcos, você perde o saldo.

Eu levei um momento refletindo sobre esse sistema – que parecia complicado à primeira vista – para perceber como ele era inteligente. Se os clientes tivessem conseguido somar as fichas, eles poderiam adquirir itens de alta qualidade gratuitamente ou uma série de itens mais baratos.

— Isso parece um tanto injusto — ela reclamou.

— Como isso é injusto? — Susan perguntou, olhando para ela com um ar de completa confusão inocente – que eu sabia de fato ser falsa — Eu estou presenteando vocês com até 60% de desconto em joias artesanais feitas com os materiais mais nobres encontrados em Xecania, simplesmente por comprar algumas de minhas frutas. Duvido que você encontre outro mercador fazendo uma oferta tão generosa.

— Elas não são tão especiais — interveio a mulher do primeiro casal descontente — Nós compramos joias semelhantes por um preço mais barato.

— Com todo o respeito, Senhora — Susan disse em um tom educado, mas um tanto condescendente — a única semelhança entre o colar que você está usando atualmente e os que meus companheiros de clã estão vendendo é o estilo. Receio que você tenha sido levada a comprar uma imitação barata.

— Imitação barata? — ela exclamou, indignada.

Na verdade, era uma imitação barata. Qualquer Andturiano poderia ver isso. Mas como minha Susan sabia disso?

Susan assentiu com uma expressão de desculpas — Temo que sim. Vê como o couro escureceu? Uma verdadeira peça de joalheria Andturiana – ou qualquer outro artesanato – não desbota com o tempo — explicou minha companheira com precisão — As pérolas com nervuras que as adornam são, na verdade, conchas de lillian. Você está usando um lindo sarongue azul. Eu esperava que você fizesse as conchas combinarem com sua cor. Mas você não pode porque essas conchas são reproduções sintéticas. Enquanto as joias e armas Andturianas são adornadas com versões reais. Yamir, você pode mostrar a eles?

Minha mãe pegou ansiosamente um dos colares mais caros em exibição e ficou ao lado de Susan. A essa altura, mais alguns

Bosengis, além de alguns humanos, e Drantianos se reuniram para observar e ouvir.

Usando uma varinha de aquecimento, minha mãe apontou para o vestido da mulher para que o sensor captasse a cor exata. Ela então esfregou cuidadosamente a ponta da varinha nas conchas do colar que rapidamente assumiram a mesma tonalidade. Um suspiro coletivo ergueu-se da multidão.

— Lillians são mariscos encontrados em certos corpos de água aqui, em Xecania. Eles exalam calor para mudar a cor de suas carapaças como camuflagem — explicou minha mãe à mulher — Uma vez definida, a cor permanece até que uma variação perceptível no calor desencadeie outra mudança. O que você está vestindo não são conchas de lillian de verdade.

Ela deu a ela um sorriso de desculpas, lançou um olhar para a minha companheira, e então voltou para seu estande – mas não antes de eu notar a expressão muito satisfeita que ela estava tentando esconder.

— Eu vou levar as quatro bandejas e as fichas — declarou a mulher do trio, gesticulando para que seu companheiro pagasse a Susan.

— O quê? Espere? Você não pode pegar tudo e não deixar nada para os outros — exclamou o homem mesquinho que ela chamou de Wolny.

— Você teve sua chance, mas optou por se apegar aos seus créditos — a mulher respondeu com um encolher de ombros — O problema é seu.

— Está tudo bem, eu tenho um pouco mais — respondeu Susan de forma tranquilizadora.

Ela rapidamente concluiu a transação, minha cabeça girando ao ver a quantidade absurda de créditos sendo entregues à minha companheira por coisas que exigiam apenas um pouco de água uma vez a cada dois dias durante três semanas. Eu entrei em ação, puxando outra unidade de refrigeração debaixo da mesa e peguei uma bandeja para Susan. Ela sorriu para mim com gratidão e acenou com aprovação quando coloquei quatro delas na mesa, da mesma forma que ela havia colocado as outras anteriormente.

Observar o primeiro trio gastando todas as quatro de suas fichas em algumas das joias mais caras de meus Artesãos fez minha garganta apertar de emoção. Enquanto alguns humanos e outras espécies compravam uma cesta ou duas, a maioria dos clientes eram Bosengi, comprando bandejas cheias.

No entanto, vários turistas pararam em nossas barracas dos Artesãos para comprar sem fichas – além dos Bosengis com fichas. Foi revelador o número de clientes fazendo perguntas sobre as bugigangas que compraram nas lojas turísticas do resort e do porto espacial, pensando que eram autênticas, apenas para descobrir que nenhuma delas tinha as propriedades exclusivas de nossos verdadeiros produtos. Assim, mais vendas foram concluídas.

Rapidamente, minha companheira esgotou suas trinta e cinco bandejas. Muitos dos Bosengis fizeram mais pedidos com ela, não apenas para bagas de reezia, mas também para outros produtos de seu mundo natal que eles não poderiam adquirir facilmente aqui. Embora ela não tenha se comprometido com nada, ela prometeu considerar essa possibilidade. Nesse meio tempo, com o meu consentimento, ela concordou que os Bosengis poderiam vir à aldeia duas vezes por semana – com hora marcada – para comprar a colheita de bagas daquele dia.

Quando o mercado fechou, Susan obteve mais de 25.000 marcos – 2.000 dos quais ela redistribuiu aos Artesãos em compensação pelas fichas que distribuiu. Eu ganhei 4.000 marcos com minhas vendas de armas, vinte e cinco vezes mais do que meus rendimentos normais em qualquer dia de mercado. Os outros Artesãos também venderam mais de 50% de seu estoque, muitos com pedidos especiais para o próximo mercado.

A volta para casa foi mais do que festiva. Os Espíritos ouviram nossas preces. Minha companheira tinha salvado o dia.

CAPÍTULO 15
SUSAN

Eu estava no topo do mundo. Tudo tinha corrido tão bem, muito além dos meus sonhos mais loucos. Mesmo enquanto voava de volta para a aldeia com os anciãos e minha sogra, eu não consegui tirar o sorriso estúpido do meu rosto. Meus companheiros continuaram falando com vozes excitadas, alternando entre o Universal e sua língua materna, tão empolgados que esqueceram que eu não entendia. Mas eu não me importei. Eles não estavam tentando me excluir, eles simplesmente ficaram muito felizes com seu sucesso há muito esperado.

Havia algo mágico em ver as pessoas felizes e se deliciando com aquela aura de alegria. Saber que eu ajudei a fazer isso acontecer tornou tudo ainda mais incrível. E, no entanto, eu tinha pouco mérito. Seus produtos eram fantásticos, mas a concorrência desleal do Conglomerado havia prejudicado meu novo povo, que sabia e entendia tão pouco de marketing. Eu pretendo tratar desse assunto nos próximos dias e apresentar queixas formais à OPU.

O rápido voo para casa me permitiu começar a preparar minha contribuição para a refeição desta noite. Entre o sucesso do mercado e os pratos que eu apresentaria, eu tinha fortes esperanças de que isso marcasse uma mudança radical na maneira de pensar dos Andturianos no que diz respeito à agricultura. Com a quantidade de créditos que eu obtive apenas com essa quantidade limitada de bagas de reezia, nós poderíamos ganhar muito diversificando os produtos oferecidos e produzindo-os em quantidades maiores. Só as estâncias turísticas poderiam representar um enorme mercado para nós.

Borbulhando de entusiasmo, assim que terminei de descarregar e guardar minhas unidades de resfriamento vazias, eu fui direto para o meu galpão para colher cogumelos ostra, cebolinha e algumas ervas, e depois para o campo colher alface e espinafre. Eu estava terminando de colocá-los em uma cesta flutuante quando a voz suave de Yamir me assustou. Eu não a tinha visto se aproximar, de tão perdida que eu estava em meus pensamentos.

— Eu não sabia o que esperar hoje. Eu não esperava nem um décimo do sucesso que foi alcançado — ela disse olhando para mim com uma expressão estranha — Por causa do que você fez, o líder do clã Surtas não venderá suas terras amanhã, como havia planejado originalmente. Os recursos que eles receberam permitirão que eles permaneçam por pelo menos mais dois meses. Mais dois meses significam mais dois mercados públicos. Mesmo que eles obtenham apenas metade do sucesso de hoje, isso será o suficiente para todos nós prosperarmos e mantermos nossas terras. Você nos ensinou muito neste dia. Você é uma grande Senhora do Clã e uma parceira amorosa para meu filho. Obrigado pelo que você fez. Eu tenho orgulho de chama-la de Filha.

Muitas emoções passaram por mim, me deixando sem voz. Lágrimas picaram meus olhos enquanto ela olhava para mim com carinho. Naquele instante, eu queria muito um abraço. Minha própria mãe nunca me reivindicou com tanto orgulho e carinho – não uma terceira filha. Mas os Andturianos não eram bons em demonstrações de afeto. Yamir simplesmente sorriu, virou-se e saiu.

Eu levei um momento para me recompor antes de ir para o Grande Salão, onde os Caçadores e Coletores, que não haviam comparecido ao mercado público, já haviam começado a preparar a refeição da noite. Era fascinante observá-los assando um touro de guerra inteiro no espeto – a versão Xecania de um cervo – na cozinha dos fundos. Trabalhando ao lado dos outros Coletores, eu comecei lavando e cortando meus vegetais, usando algumas das frutas e nozes locais para minha salada de espinafre e alface, assim como uma mistura de temperos humanos e Andturianos para meus cogumelos salteados.

Vê-los me olhar com curiosidade indisfarçável só me levou a fazer ainda mais uma exibição de meus preparativos enquanto discutia alegremente com eles as várias receitas que eu faria no futuro, assim que meus vegetais tivessem crescido. Eles pareciam particularmente interessados em moussaka e batatas em geral.

Quando eu finalmente comecei a cozinhar os cogumelos, eu fiquei com água na boca com o aroma delicioso. Apesar do grande número de pessoas presentes com os clãs visitantes do mercado, eu não tive medo de esgotar. Na verdade, eu tinha tantos cogumelos que pretendia presentear alguns de nossos clãs vizinhos com eles antes de partirem.

Tendo terminado meus próprios preparativos, eu estava ajudando os Coletores a dividir os outros acompanhamentos em porções iguais para serem colocados em pratos de aquecimento, quando Olix entrou na cozinha dos fundos. Meu estômago deu uma cambalhota quando ele agarrou minha mão e me arrastou atrás dele para fora da sala sob os olhares divertidos dos outros.

Eu não precisei perguntar para saber o que eles estavam pensando. Quando o grupo dos Pescadores voltou, dois dias atrás, os casais que estavam separados naquelas poucas semanas haviam desaparecido de vista pouco depois. Não era preciso ser um cientista de foguetes para descobrir o porquê. Como os Andturianos não faziam preliminares e tanto os machos quanto as fêmeas se autolubrificavam à vontade, eles simplesmente iam direto ao assunto e terminavam rapidamente. Isso definitivamente não aconteceu entre Olix e eu. Com o jantar prestes a ser servido, ele não poderia querer...?

Nós só chegamos até a parte de trás do prédio. Olix me empurrou contra a parede, me levantou para que minhas pernas envolvessem sua cintura, e então esmagou meus lábios em um beijo apaixonado... com língua e tudo. A aura sombria e angustiada que o oprimia desde sua chegada se foi. Nossa, eu adorava beijar meu marido. Era estranho que seus lábios escamosos não se parecessem com os de um humano, mas eu não conseguia parar de pensar neles. Quebrando o beijo, ele inclinou minha cabeça para trás para beijar e lamber meu pescoço.

Hoje, pela primeira vez, ele raspou seus dentes pontudos na minha pele. A sensação ressoou diretamente no meu núcleo. Andturianos eram mordedores. Suas escamas grossas os protegiam de danos – você teria que realmente dar uma boa mordida para perfurar. Mas como a minha pele era super frágil em comparação, Olix se conteve seriamente comigo. Apesar do excesso de cuidado que ele demonstrava, me emocionava que ele estivesse assumindo mais riscos conosco, por mais calculados que fossem.

Embora seu pau não tivesse saído – nós não podíamos fazer isso, já estávamos expostos a qualquer um que pudesse passar – Olix esfregou sua pélvis contra a minha, enquanto acariciava meu peito e me beijava novamente. Um gemido escapou de mim quando comecei a pulsar, doendo para ser preenchida. Esse som pareceu tirar Olix de sua névoa luxuriosa quando ele imediatamente parou o que estava fazendo. Seus olhos dourados escurecidos pelo desejo perfuraram os meus.

— Você desperta uma fome ardente em mim, minha companheira — disse Olix, sua voz soando ainda mais profunda do que o habitual — Eu mal posso esperar que a refeição termine para poder levá-la de volta ao nosso ninho de dormir.

Eu lambi meus lábios nervosamente, minhas paredes internas se contraindo em antecipação.

— Eu também mal posso esperar — eu disse com uma voz ofegante.

Ele riu e ronronou daquele jeito estranho dele que se misturava com um som de chocalho. Isso me assustou na primeira vez que ouvi. Mas agora, eu achava sexy pra caralho.

— Depois do jantar — ele disse, com sua voz cheia de promessas.

Ele me beijou uma última vez antes de me colocar no chão. No entanto, em vez de me levar de volta para dentro, Olix me encarou por um momento, estudando minhas feições como se estivesse me vendo pela primeira vez.

— Obrigado por afugentar as nuvens escuras que estavam envolvendo este dia — ele disse de repente, sua voz profunda com emoção — Obrigado por me escolher como seu companheiro, apesar das dificuldades que a esperavam. Obrigado por ser uma parceira melhor para mim do que eu jamais poderei ser para você. Me envergonha que você dê tanto a mim e ao meu povo quando eu tenho tão pouco para lhe oferecer em troca. Eu-

— Você já me deu muito mais do que imagina, Olix — eu disse, segurando seu rosto em minhas mãos, meu coração se enchendo de carinho por ele — Você me deu coisas que eu nunca tive antes: um lar eterno onde não tenho que viver com medo de ser expulsa quando chegar uma determinada data. Uma irmã que me apoia e deseja genuinamente ter um relacionamento caloroso comigo. Uma mãe que me reivindica com orgulho como sua filha, embora não me entenda totalmente. Um povo a quem pertencer e para quem posso fazer a diferença. Você me deu propósito, segurança e me deu você – um marido gentil e afetuoso que faz o possível para me fazer feliz. Eu não preciso de coisas materiais de você. O que você me deu é muito mais precioso e inestimável.

Uma emoção poderosa cruzou suas feições enquanto ele olhava para mim de uma forma que fez minhas entranhas se liquefazerem e meus joelhos vacilarem. Ele me puxou para si e me deu o abraço mais doce e esmagador, seus lábios roçando minha orelha direita.

— Você é a maior bênção que os Espíritos poderiam ter concedido a mim — Olix sussurrou.

Depois de beijar minha orelha, ele me soltou e me levou de volta para o Grande Salão, segurando minha mão. Embora as pessoas estranhassem aquele tipo de interação, elas ainda sorriam com expressões divertidas enquanto nos dirigíamos para a mesa principal. Para meu grande alívio, os Andturianos não lançaram os intermináveis discursos que eu esperava. Todos sabiam por que estávamos comemorando.

Quando os Coletores começaram a trazer os pratos para serem compartilhados, meu coração disparou novamente. Ver grandes tigelas da minha salada e cogumelos salteados sendo servidos ao lado dos outros pratos em todas as mesas me deixou morrendo de nervosismo. Mexeu ainda mais comigo quando, assim que Pawis os colocou em nossa mesa, Olix foi direto para uma porção saudável de ambos, ignorando seus pratos tradicionais. Eu prendi a respiração quando ele deu uma primeira mordida na salada de espinafre. Vendo seus ombros relaxarem sutilmente enquanto ele começava a mastigar enviou uma onda de alívio através de mim. Eu percebi então que meu marido também estava preocupado com a possibilidade de não gostar dos meus pratos.

Ele deu mais algumas mordidas antes de sorrir para mim. Eu estufei meu peito vendo uma reação semelhante de Yamir e Luped, assim como outros ao redor da sala. Mas meus cogumelos detonaram. Os Andturianos comiam muitos cogumelos, embora diferentes dos que eu cultivava. Eu modifiquei levemente minha receita usual para incluir alguns de seus temperos. Quando Olix deu sua primeira mordida, a fenda estreita de seus olhos de lagarto se arregalou tanto que quase parecia uma pupila humana, e aquele gemido estridente que ele fazia, geralmente quando eu lhe dava prazer, saiu de sua garganta.

Eu comecei a rir, meu rosto esquentando de felicidade quando ele comeu a porção que havia colocado em seu prato, seu olhar voltando para a tigela compartilhada, visivelmente ansioso para conseguir uma segunda porção. Luped não esperou e pegou mais, levando-o a fazer o mesmo. Embora os Andturianos tenham gostado da salada e limpado todas as tigelas compartilhadas, os cogumelos foram a estrela.

— Isso está delicioso, minha companheira — disse Olix, olhando ansiosamente para o prato de cogumelos vazio como se quisesse lambê-lo — Vendo como você tinha muitos cogumelos crescendo naqueles sacos pendurados, você poderá preparar este prato com frequência, não é?

Eu ri — Sim, esses cogumelos crescem rápido. Mas se todo mundo quiser comer um pouco regularmente, eu terei que preparar mais alguns sacos para ajudar a manter um suprimento constante — eu respondi, radiante.

— Trarei mais lascas de madeira pela manhã, e você pode me dizer onde construir mais ganchos — Luped ofereceu imediatamente.

Está funcionando! Está funcionando pra caramba!

— E eu vou prendê-los para você quando estiverem prontos — ofereceu Olix, não querendo ser superado por sua irmã.

— Parece um bom plano — eu disse com um sorriso bobo.

Para minha surpresa, a comemoração parecia destinada a continuar bem depois da refeição. Ao contrário do dia do meu casamento, as tribos visitantes não partiram assim que a refeição terminou, mas optaram por passar a noite. Alguns ficaram em algumas das residências de nossos aldeões, mas a maioria dos

Caçadores escolheu dormir sob as estrelas na praça, como era seu costume quando saíam para caçar.

Mas Olix e eu saímos assim que os Coletores começaram a limpar as mesas. Eu provavelmente tinha bebido copos de sidra demais. Eu não estava bêbada, mas certamente um pouco embriagada e, definitivamente, extremamente excitada. Meu marido parecia estar exatamente no mesmo estado de espírito. Desta vez, nós nem chegamos ao chuveiro. No momento em que Olix pegou minha mão para me levar para casa, eu comecei a ficar molhada.

No minuto em que a porta se fechou atrás de nós, eu fui direto para a robusta mesa comunal em nossa sala de estar enquanto puxava minha calcinha. Eu as tirei ao mesmo tempo em que tirei as sandálias e me sentei à beira da mesa.

— Eu preciso de você dentro de mim agora — eu disse com uma voz urgente, levantando a saia na altura do joelho do meu vestido.

Desejo e confusão guerreavam no rosto de Olix, sua narina queimando com o cheiro da minha excitação.

— Libere — eu insisti a ele, puxando-o para mim por seu peitoral ainda adornado com meu sangue.

— E quanto às pré-liminares? — ele perguntou, hesitante.

Eu agarrei sua mão direita e a coloquei entre minhas coxas. Sua palma segurou meu sexo, enquanto dois de seus dedos afundaram parcialmente dentro de mim, sentindo a maciez que ele havia desencadeado. Ele fez um som sibilante, seu rosto assumindo uma expressão sombria cheia de luxúria.

— Você já se lubrificou para mim — disse Olix, sua voz assumindo um tom de rosnado que fez meus mamilos endurecerem em um piscar de olhos.

Meu marido liberou seu pau. Seu grosso e longo eixo se ergueu orgulhosamente – quase ameaçadoramente – sua própria pré-lubrificação fazendo as escamas finas que o cobriam brilharem sob a luz que banhava o quarto. Olix deslizou os braços sob meus joelhos, levantando-os enquanto me arrastava para mais perto da borda. Eu engoli em seco, batendo uma mão em cima da mesa para me apoiar enquanto a outra se acomodava sob seus espinhos para descansar em sua nuca.

Olix empurrou-se para dentro de mim rapidamente, não de forma selvagem, mas com visivelmente menos paciência e cuidado do que antes. Embora ainda fosse um ajuste apertado, e apesar da separação de três semanas, meu corpo começou a se adaptar a ele. Ainda ardeu um pouco, mas eu o acolhi, impaciente para que ele liberasse sua paixão em mim.

Meu homem esmagou meus lábios em um beijo faminto, sua língua dominando a minha enquanto ele começava a se mover dentro de mim. Aquelas escamas e aquela protuberância louca em cima de seu eixo estavam me deixando louca de prazer. Em segundos, seu pau estava batendo em mim. Tudo que eu podia fazer era me agarrar a ele e gemer em sua boca enquanto ele me destruía.

Olix rosnou algumas palavras em seu idioma, e algo mudou. Sem parar de se mover para dentro e fora de mim, ele quebrou o beijo, me forçou a ficar de costas na mesa e ergueu minhas pernas sobre seus ombros.

— Toque em si mesma — ele ordenou, suas mãos pousando em meus quadris antes de começar a empurrar dentro de mim em um ritmo ainda maior.

Nós assistimos a vídeos pornográficos juntos apenas uma vez desde que meu marido confessou tentar aprender como me agradar dessa maneira. Foi uma experiência incrível de união. Ver uma mulher se masturbar enquanto um homem a fodia o excitava como um louco. Desde então, ele começou a me pedir para esfregar meu clitóris e acariciar meus seios enquanto ele me tomava. Por mais que eu adorasse agradá-lo, isso me fazia gozar rápido demais. Por si só, as escamas e a protuberância em seu pênis já me deixavam à beira do êxtase em pouco tempo. Me tocar além disso era demais para mim. E obviamente, momentos depois de atender ao seu pedido, eu desmoronei.

Olix gritou de prazer, mas não cedeu, seus dedos continuaram onde os meus pararam enquanto eu cavalgava as ondas de felicidade. Meu homem adorava como minhas paredes internas se contraíam ao redor dele quando eu chegava ao clímax. Assim que eu comecei a descer, ele de repente saiu de dentro de mim, abaixou minhas pernas e me virou de barriga para baixo. Eu gritei quando a sala girou ao meu redor. Antes que eu soubesse o que estava acontecendo, seu pé direito empurrou o meu para o lado, abrindo minhas pernas, e ele me penetrou por trás com uma estocada poderosa.

Eu gritei de prazer e dor. Ele parecia estar quase possuído enquanto me levava ao frenesi. Olix veio totalmente Andturiano sobre mim, suas garras retráteis saindo, picando a carne macia de meus quadris. Medo, prazer e luxúria cega me fizeram levantar e balançar para frente e para trás para encontrá-lo, impulso após impulso. Foi a nossa primeira vez fazendo assim. Ele nunca pareceu tão grande e tão profundo dentro de mim. Quando ele agarrou meu cabelo, puxando minha cabeça para trás, e seus dentes afiados pressionaram a parte carnuda do meu ombro, uma luz ofuscante explodiu diante dos meus olhos e eu desmoronei novamente. Se não fosse Olix me segurando, eu provavelmente teria desmaiado.

Ele continuou a meter em mim até que finalmente encontrou sua própria liberação. Meus membros pareciam gelatina quando ele me pegou em seus braços e me carregou até o banheiro para nos lavar. Isso acabou demorando mais do que o esperado quando ele me tomou novamente contra a parede do chuveiro. Naquela noite, ele me acordou mais algumas vezes para fazer o que queria comigo. Minha voz estava abalada por ter gritado tanto em êxtase, e minha boceta estava destruída por ter sido tão bem fodida.

Era bom ter meu companheiro em casa.

CAPÍTULO 16
SUSAN

Eu acordei me sentindo maravilhosamente dolorida, mas desapontada por Olix já ter ido embora de novo. Meu homem não apenas era um madrugador, como também descobri que os Andturianos só precisavam de uma média de cinco a seis horas de sono para descansar totalmente. Muitos se contentavam com míseras quatro horas. Quando saí de casa, fiquei chocada ao perceber que havia dormido até bem depois do meio-dia. Para minha consternação, os clãs visitantes já haviam partido antes que eu pudesse dar a eles alguns cogumelos frescos para levar para casa.

Para piorar as coisas, a conversa na praça quase me destruiu. Tinha sido estúpido de minha parte pensar que ontem finalmente os faria ver a luz. Em vez de incentivá-los a abraçar a agricultura, o sucesso de ontem os estimulou a fabricar ainda mais produtos para o próximo mercado, com designs maiores e mais ousados, considerando alguns dos pedidos dos clientes. Com os Bosengis sendo os maiores gastadores, todos eles estavam falando em fabricar mais itens premium – joias, armas e até mesmo o tipo de sarongue e togas que as espécies bípedes e parecidas com axolotes usavam.

Enquanto eu dormia, os Artesãos estavam desenhando alguns esboços inegavelmente lindos. Os Caçadores estavam limpando e polindo ossos, chifres, cascos e garras, ou curtindo as peles que seriam usadas pelos Artesãos. Olix estava trabalhando pessoalmente em um enorme par de presas. Como a maioria dos Coletores mais jovens e mais fortes não estavam presentes, eu só podia supor que eles tinham ido extrair minério ou cortar madeira.

Os sorrisos calorosos que todos lançaram em minha direção quando saí de casa me fizeram sentir horrível por não compartilhar seu entusiasmo. Não fazia sentido para mim desperdiçar a incrível riqueza das terras que eles possuíam para fabricar bugigangas para vender aos turistas.

Os Andturianos não tinham ambições de enriquecer. Eles escolhiam viver uma vida simples. Eles só queriam conforto e capacidade de atender às necessidades de seu povo. A agricultura estava mais de acordo com essa mentalidade. Além disso, isso não só resolveria todos os seus problemas alimentares, como também lhes daria os créditos necessários para adquirir a tecnologia que lhes permitiria manter-se em pé de igualdade com o resto do planeta.

— Irmã! — Luped exclamou, caminhando em minha direção junto com Olix.

A expressão em seus rostos imediatamente deixou todos os meus sentidos em alerta total, especialmente quando vários dos Artesãos também se reuniram nas proximidades. Eu lancei um olhar inquisitivo para meu marido antes de me voltar para minha cunhada.

— O clã discutiu enquanto você dormia — disse Olix — Ontem, você recebeu muitos pedidos dos Bosengis e os clãs adoraram seus cogumelos. Como você já usou a maior parte do espaço em seus dois galpões para seus cogumelos e bagas de reezia, nós pensamos que talvez você precise de um galpão maior. Nesse caso, ficaríamos felizes em construí-lo para você.

Meu queixo caiu.

— Poderíamos fazer um design mais moderno — Luped disse com entusiasmo — Em vez de você tentar se adaptar ao edifício existente, podemos construir um projetado especificamente para suas necessidades.

— E com os Bosengi dizendo que querem voar para cá uma ou duas vezes por semana para comprar suas frutas frescas – e qualquer outra coisa que você possa acrescentar no futuro – poderíamos construir uma loja permanente para você perto da pista de pouso — Olix disse com um sorriso. — Ela poderia ter unidades de resfriamento verticais para que você pudesse deslizar as bandejas como prateleiras em vez de empilhá-las.

— Dessa forma, nos dias em que você quiser descansar, você só precisará encher as unidades com as frutas que deseja vender, e um dos anciãos cuidará da loja para você —acrescentou Yamir.

Eu me senti sobrecarregada. Isso era o que eu desejava PARA ELES! Cultivar quantidades e variedades de produtos grandes o suficiente para estabelecer um mercado permanente onde as pessoas voariam para cá para comprar produtos crus ou processados, como geleias, vegetais em conserva e farinha, para citar alguns.

Partiu meu coração ver que eles ainda consideravam a agricultura uma atividade 'forasteira', mas não algo que um verdadeiro Andturiano jamais se 'rebaixaria' a fazer. Ao mesmo tempo, eu fiquei profundamente comovida ao ver como todo o clã se reuniu para fazer algo assim por mim.

— Eu... eu não sei o que dizer — eu respondi, com lágrimas nos olhos — Estou incrivelmente emocionada por vocês considerarem ter tantos problemas por mim. Ninguém nunca fez algo assim por mim. Isso é muito generoso. Estou sem palavras.

— Não é nenhum problema — Luped disse com um gesto desdenhoso — Estamos todos muito animados!

— Você é um membro valioso do nosso clã — Olix disse afetuosamente — Andturianos sempre fazem coisas uns pelos outros quando necessário. A única coisa que você precisa dizer é sim, minha Susan.

— Nós já fizemos alguns esboços de como a loja poderia ser, a menos que você tenha uma ideia diferente que ficaríamos felizes em construir — disse Yamir, me mostrando em um datapad um conceito de tirar o fôlego feito de madeira e pedra.

O esboço detalhado até sugeria a escultura em baixo-relevo que seria feita tanto na madeira quanto na pedra para embelezar o edifício. No interior, um grande balcão ornamentado dividia a frente e os fundos da loja. A frente tinha uma série de bancos baixos servindo como área de espera, enquanto a parte de trás tinha um número generoso de unidades de refrigeração verticais e prateleiras para quaisquer outros produtos que eu decidisse vender mais tarde.

— Isso é absolutamente perfeito — eu sussurrei, minha voz tremendo de emoção.

— Então está decidido! — Olix disse com um sorriso cheio de dentes — Você descreverá para Luped o galpão dos seus sonhos – ou melhor, a estufa – e nós também a construiremos.

E assim, os não Artesãos do clã acabaram dedicando a maior parte das semanas seguintes construindo meus novos e aprimorados espaços de trabalho.

Com os rendimentos insanos que obtive no primeiro mercado, eu comprei para mim a máquina multifuncional dos meus sonhos, que podia lavrar, semear, capinar e transplantar. Ela chegou cinco dias depois, no mesmo dia em que colhi minha primeira safra de cogumelos portobello. Eles eram tão grandes, seriam um sucesso ainda maior do que os cogumelos ostra. Se eles não tivessem me visto prepará-los com os mesmos temperos do touro de guerra, não teriam acreditado que não estavam comendo algum tipo de bife.

No entanto, nem mesmo isso convenceu os outros clãs a começar a produzir alguns deles. Isso criou uma situação muito embaraçosa em que nossos vizinhos queriam fazer trocas por meus cogumelos. Mas os clãs normalmente não negociam nessa escala com um indivíduo. Como cada clã agia quase como um único organismo, com todos reunindo seus recursos, em nosso caso, poderia ter sido trocar cogumelos por minério com o Clã da Montanha Inosh, ou por pedras polidas do Clã do Rio Branco, etc. Porém, meus vegetais eram considerados minha propriedade pessoal, pois eu os 'criei individualmente', assim como qualquer joia ou arma que um Artesão criava era dele para colher os benefícios.

Eu acabei resolvendo isso com eles, criando recipientes sofisticados, cestas, panos de embrulho e papéis para minhas geleias, frutas e outros produtos que comecei a adicionar à lista com base na demanda. Para minha surpresa, quando eu sugeri que um comércio de longo prazo que definitivamente me ajudaria seria em troca de compostagem, em vez de ser brutalmente negada por tentar enganá-los com tarefas de escavação de terra, eu recebi uma resposta entusiástica de todos os clãs.

Vivendo perto da natureza, os Andturianos eram muito conscientes do meio ambiente, apesar de sua compreensão limitada do cultivo responsável da terra. Os Andturianos compostavam naturalmente todos os seus resíduos orgânicos que eventualmente descartavam em seus campos. Entre o composto e todo o esterco do rebanho mraka, minhas necessidades de fertilizantes naturais foram atendidas.

O mês seguinte ao primeiro mercado foi mágico. Olix e eu passamos muito tempo juntos, nos conhecendo. Por mais que o mraka tenha inicialmente me traumatizado, eu estava ficando cada vez mais confortável montando um sozinha com aquela sela maluca que Kayog nos deu. Por enquanto, Olix estava apenas me fazendo cavalgar em campos abertos, enquanto me mostrava os marcos próximos e a beleza geral de seu mundo.

Eu estava me apaixonando por Xecania, pelos Andturianos e seu modo de vida fácil. Naquele dia de folga, nós montamos nossas feras em um campo específico que me deixou sem fôlego.

A exuberante grama verde amarelada se espalhava até onde a vista alcançava sob o céu mais azul, onde as três luas do meu novo mundo natal pairavam baixas. Um bando de pássaros fazia acrobacias acima de nós em uma dança hipnotizante. Nós desmontamos e sentamos diretamente na grama por um tempo para descansar da cavalgada nos mrakas.

Olix falou sobre sua juventude e quanto tempo ele passou aqui.

— Zoltar e eu frequentemente vínhamos a esse campo específico para caçar moshins. Eles são criaturinhas peludas que se parecem muito com seus coelhos, mas com rabos chatos e orelhas curtas e redondas — Olix explicou vendo a minha expressão confusa — Desde que aprendemos a andar, meu primo e eu sabíamos que seríamos Caçadores, assim como Luped sabia que ela seria uma Construtora. É como uma vocação em nosso sangue.

Sentada entre suas pernas, minhas costas apoiadas em seu peito, eu tracei lentamente o padrão das escamas de sua cauda, que ele recurvou sobre meu colo. Olix costumava fazer isso sempre que me segurava ou me abraçava, me abraçando com o rabo de uma forma que parecia maravilhosamente possessiva. Era como se ele desejasse ter um par extra de braços para me manter perto e garantir que eu nunca fosse embora.

Eu inclinei minha cabeça para olhar para ele — Você ainda caça aqui? — eu perguntei.

Ele assentiu — Sim, mas raramente. Nós costumamos deixar este campo para os jovens praticarem suas habilidades de caça. Esta é uma área segura e os ensina a coordenar sua estratégia, trabalhar em sua velocidade e aprender a se adaptar ao padrão de fuga de suas presas — disse Olix, a empolgação transparecendo em sua voz — Nós vamos trazer os jovens aqui na próxima semana para brincar, mas não para pegar nada. Nós usaremos uma simulação holográfica em que Luped está trabalhando. Embora os moshins se reproduzam rapidamente, não queremos prejudicar sua população caçando-os de forma muito agressiva.

— Isso é muito legal — eu disse, mais uma vez impressionada com a extensão da paixão de meu marido pela caça. Ele nunca sentiria tanta paixão pelo que eu faço — Então, todas as crianças podem escolher sua profissão?

— Sim, embora seu chamado geralmente se manifeste desde o início — explicou Olix —Quando eles têm três ou quatro anos, geralmente sabemos o que eles vão querer fazer.

— Mas... — eu hesitei, escolhendo minhas palavras com cuidado, enquanto olhava para sua cauda para esconder minha expressão — Uma criança já foi forçada a seguir um caminho diferente de seu chamado?

— Não — ele respondeu sem hesitar. Seu abraço ficou mais forte ao meu redor, e ele gentilmente roçou sua bochecha contra meu cabelo antes de dar um beijo no topo da minha cabeça — Você está pensando em Nosha.

Minha cabeça virou para trás em sua direção, estudando suas feições. Para meu alívio, não havia raiva ou acusação ali. Eu balancei a cabeça, me preparando para o que ele diria.

— Os pais dela estão angustiados com o fascínio dela por suas atividades agrícolas — confessou Olix, com naturalidade — Todos nós acreditamos que ela seria uma Coletora, como seu avô Pawis. Mas desde a sua chegada, ela ficou obcecada em cultivar coisas.

— Eu não a encorajei ou incentivei de forma alguma — eu respondi rapidamente.

Olix sorriu, acariciou minha bochecha e então se inclinou para beijar meus lábios — Eu sei, minha companheira. Estamos todos cientes disso e somos gratos por você não ter tentado influenciá-la — ele disse com uma voz tranquilizadora — Continue como está até que os pais dela digam o contrário. Se os Espíritos decidiram que este deveria ser o seu chamado, então assim será. Por enquanto, ela ainda é muito jovem e será treinada como

Coletora. Em três anos, quando Nosha fizer sete anos, a decisão será dela e as pessoas a honrarão.

Eu suspirei de alívio. Nosha era uma garotinha adorável que praticamente me acompanhava à distância desde o dia em que transplantei meus primeiros brotos. Várias vezes, eu a peguei andando cuidadosamente entre as fileiras para observar, sem mexer em nada. Ela ficou particularmente fascinada com minhas máquinas de regar e capinar. Desde que adquiri meu modelo atualizado após o último mercado público, ela ficou ainda mais hipnotizada. Nosha tinha a chama nela. Eu mataria para poder alimentá-la.

— Eu sei que não falamos sobre filhos ainda, mas o que vai acontecer com os nossos? — eu perguntei cuidadosamente — Eu sei que eles vão parecer 100% Andturianos, mas eu gostaria de passar parte de minha herança para meus filhos.

Desta vez, Olix me fez virar para encará-lo, sentando em seu colo, com minhas pernas de cada lado dele. Suas grandes mãos gentilmente acariciaram minhas costas enquanto ele me olhava nos olhos.

— Nossa descendência saberá sobre nossas duas culturas — prometeu Olix — Se eles mostrarem um desejo natural de aprender seu ofício, eu não vou ficar no caminho deles. Cada membro do clã tem o direito de escolher seu destino e prosperar de acordo com o caminho que os Espíritos traçaram para eles.

— Mesmo que seu povo tenha uma opinião negativa sobre o meu ofício? — eu insisti.

— Meu povo odeia o que a agricultura era sob o comando os invasores — explicou Olix — Você está nos mostrando isso sob uma luz completamente diferente. Levará tempo, mas as mentalidades evoluirão. Dito isso, lembre-se de que os Andturianos nunca foram fazendeiros, até mesmo antes dos Vaengi chegarem aqui. Isso nunca foi um chamado para nós. Algumas pessoas cultivavam algumas coisas, mais como hobby do que qualquer outra coisa, e nós também cultivávamos especiarias. Eu sei o que você espera em seu coração, mas você está apenas se preparando para o desapontamento. Só os Espíritos sabem o que farão as gerações futuras. Mas por enquanto-

Um bipe no meu comunicador nos assustou. Embora eu sempre o carregasse comigo, eu quase nunca recebia uma ligação, exceto de Luped me dizendo para sair do meu galpão e ir comer, ou para ver o avanço de minha nova estufa ou da loja.

A mensagem na tela me fez franzir a testa.

— O que foi? — Olix perguntou.

— É da sua mãe. Um humano do Conglomerado acabou de aparecer na loja — eu disse, a tensão escapando em minha voz — Aposto que ele está chateado com a reclamação que Luped e eu fizemos.

— Provavelmente — respondeu Olix, seu rosto endurecendo de uma forma que era ao mesmo tempo assustadora e estranhamente sexy — Vamos cumprimentá-lo.

Meu marido sempre foi calmo e gentil, mas um predador espreitava sob seu comportamento doce. Eu não pude deixar de achar que isso era bastante excitante. Olix se levantou, me segurando antes de me colocar de pé. Nós corremos para nossos mrakas – meu homem me ajudou a subir na parte de trás do meu que era muito alto – e então corremos de volta para casa.

Pouco menos de dez minutos depois, nós chegamos à aldeia. Uma nave pessoal brilhante e de primeira linha com um enorme logotipo do Conglomerado estava em nossa plataforma de pouso. Para minha surpresa, um lindo homem humano esperava por nós na entrada da loja. Vários aldeões se reuniram ao redor, olhando para ele. O homem parecia completamente imperturbável, envolto em um véu de presunção e excesso de confiança que me deixou desconfortável. Eu não duvidei nem por um minuto que ele estava aqui para nos intimidar.

Olix saltou de seu mraka, antes mesmo que a fera parasse completamente, com uma destreza e graça que fez meu peito inchar de orgulho. Pela primeira vez, eu estava realmente vendo o predador em meu marido. Seus músculos tencionavam sob suas escamas brilhantes enquanto ele rondava em minha direção para me ajudar a descer, embora seu olhar permanecesse fixo no humano. O balanço lento de sua cauda me lembrou um pêndulo sinistro, marcando o momento em que Olix soltaria sua besta.

Era sexy como o inferno.

Depois que ele me colocou de pé, eu peguei a mão do meu marido e nos aproximamos do intruso. O alívio óbvio de nosso clã sugeria que as coisas estavam esquentando. O homem nos observou enquanto diminuíamos a distância até ele. Seu olhar permaneceu em nossas mãos entrelaçadas, seu rosto ilegível enquanto ele avaliava meu companheiro mais uma vez, antes de se virar para mim.

— Sra. Jennings, fico feliz que você tenha vindo tão rápido — ele disse com um sorriso sedutor — Meu nome é David Lord, Diretor de Divisão do Conglomerado. Mas, por favor, me chame de David.

Em circunstâncias diferentes, eu provavelmente estaria babando diante desse pedaço de homem gostoso. Alto, o nível certo de aparência musculosa e polida, o rosto de um anjo com o sorriso pecaminoso de um deus do sexo e o tipo de voz masculina e sexy que chamaria a atenção de qualquer mulher, ele provavelmente deixaria um rastro de ovários explodidos em seu caminho onde quer que fosse... exceto aqui.

— Olá, Sr. Lord — eu disse, ignorando seu pedido — Jennings é o meu nome de solteira. Agora é Sra. Nillis. E este é meu marido, Olix Nillis, líder do clã da tribo Monkoo.

Embora seus lábios carnudos se esticassem em um sorriso de desculpas, eu não perdi o leve endurecimento de seus deslumbrantes olhos castanhos.

— Peço desculpas, *Sra.* Nillis — ele respondeu.

— O que você está fazendo em nossas terras, senhor Lord? — Olix perguntou.

— Eu estou aqui para discutir as práticas desleais aqui em

sua aldeia — disse o homem, apontando para a loja com a cabeça — assim como alguns comentários difamatórios e reclamações imprecisas apresentadas contra nós por sua esposa, que sem dúvida não percebeu sua má interpretação sobre as leis — acrescentou o Sr. Lord, em um tom condescendente que me deu vontade de socá-lo na garganta — O Conglomerado quer entrar com um processo contra a Sra. Jennings... desculpe, Sra. Nillis, mas eu pedi para eles suspenderem todos os procedimentos até que eu tivesse a chance de discutir o assunto com sua companheira e seu povo. Como você pode imaginar, eles podem ficar extremamente caros.

Essa maldita cobra! Suas palavras tiveram no clã o efeito exato que ele esperava. O último mercado nos deu algum espaço para respirar. Mas um julgamento caro destruiria tudo o que havíamos conquistado ou esperávamos realizar no futuro.

Mas suas palavras não funcionaram em meu marido ou em mim.

— Eu os desafio a nos processar — respondeu Olix, dando um passo ameaçador em direção ao Sr. Lord.

CAPÍTULO 17
OLIX

Meu sangue ferveu com raiva mal reprimida. Como eles ousam enviar seu fantoche para ameaçar minha companheira e meu povo? Eles nunca enviaram um humano antes. Eu assisti a vídeos sexuais suficientes com minha Susan para saber que David Lord combinava com o tipo de homem que atraía as mulheres. A maneira como ele olhou e falou com minha companheira não fez nenhum mistério de que ele estava tentando seduzi-la. Mas ela o colocou de volta em seu lugar, reivindicou meu nome como dela e claramente estabeleceu que ela era minha. Enquanto o orgulho crescia dentro de mim, a fúria quase o superou.

A maioria das espécies forasteiras nos considerava inferiores. Eles nos viam como primitivos do ponto de vista social e tecnológico. A condescendência mal velada escondida atrás de sorrisos desagradáveis fazia minhas garras coçarem com a necessidade de dilacerar seus rostos.

— Nenhum negócio ilegal está sendo feito aqui, e nenhuma acusação difamatória ou falsa foi registrada contra o seu Conglomerado — eu disse energicamente.

Neste instante, me senti mais grato do que nunca por minha

mulher e minha irmã terem me informado minuciosamente sobre todas as medidas que haviam tomado ao entrar com um processo contra o Conglomerado. Minha Susan passou mais tempo comigo analisando as várias leis que protegem nosso povo, terras e todos os recursos que usar tomar contra os infratores.

No passado, era tão difícil de navegar por conta própria. Até minha companheira teve algumas dores de cabeça resolvendo algumas dessas coisas. Mas ela habilmente procurou Kayog, que nos colocou em contato com um advogado da Organização dos Planetas Unidos para validar nossas suposições.

— Nós somos o povo nativo deste planeta — eu sibilei para o homem — Nós não precisamos de permissão para fazer nenhum tipo de comércio em nossas terras. Minha Susan é Andturiana por meio de seu casamento comigo. Mas mesmo sem isso, desde que autorizemos, qualquer negócio pode operar em nossas terras. O resto de vocês está limitado ao mercado público, ao porto espacial ou às lojas do resort.

O humano zombou, como se eu tivesse dito algo ridículo — Quem te deu essa ideia idiota? — ele perguntou, lançando um olhar significativo para a minha companheira — Não é assim que funciona, Líder do Clã — o intruso continuou, declarando meu título com uma pitada de zombaria — Todos os negócios são regulados pelas mesmas leis.

— Todos os negócios de *forasteiros* são regulados pela Lei E75 do Ato Primário da UPO — eu retruquei com desdém.

Eu não fiz nenhum esforço para reprimir meu sorriso presunçoso quando ele não conseguiu esconder seu choque inicial antes de recuperar a compostura. Minha Susan apertando minha mão com orgulho só me estimulou ainda mais. Conhecimento era poder. Eu não sabia dessas coisas antes, o que permitiu que eles nos intimidassem. Nós tentamos aprender mais, mas sempre nos sentimos sobrecarregados com a linguagem jurídica em Universal e sem a orientação de alguém que soubesse mais. Nos menos de dois meses que ela esteve conosco, minha Susan fez meu conhecimento e compreensão crescer aos trancos e barrancos, me impediu de me sentir tão impotente e me ajudou a ganhar confiança para enfrentar o futuro nestes tempos de mudança.

— Você está proibido de administrar negócios em qualquer lugar fora dos resorts e do porto espacial sem o consentimento expresso de uma espécie nativa — eu continuei, minha voz alta e clara para meu povo ouvir também — E tais negócios não podem competir diretamente com o comércio nativo de forma desleal. Seu Conglomerado enganou deliberadamente turistas e clientes com suas réplicas falsas e baratas de nossos produtos e, no entanto, rotulou-os de produtos "autênticos, feitos à mão, Andturianos", em violação direta dos artigos 4 a 12 da Lei E75.

— Nós não fizemos tal coisa! — O Sr. Lord disse, perdendo um pouco de sua confiança.

— Vocês certamente fizeram — minha companheira rebateu — Eu vi em primeira mão - e tirei fotos - nas lojas de souvenirs do porto espacial. Nós também temos inúmeros testemunhos dos moradores das aldeias Bosengi, assim como dos resorts turísticos. E não é apenas uma reclamação que foi registrada, também estamos processando por todas essas violações, concorrência desleal e danos exemplares.

— Vocês acham que lançar uma série de leis e artigos vai nos ameaçar? — o homem humano disse, partindo para a ofensiva — Vocês não têm ideia de com quem estão se metendo. Nossos bolsos são infinitos, os seus nem tanto, garotinha. Seu *marido* aí — ele disse com desprezo enquanto olhava para mim — está à beira da falência e seu povo morrendo de fome. Mesmo que deixássemos que vocês ficassem com um mercado exclusivo para vender suas bugigangas, isso nunca seria suficiente para alimentar cinco clãs. Você brincar de fazenda também não vai ajudar. Eles são, mais do que qualquer coisa, carnívoros. É difícil de comer quando não há caça.

— E por acaso você não teria ideia do que está afastando os rebanhos, não é? — Susan estalou, olhando para o homem.

— Por que eu saberia alguma coisa sobre isso? Eu pareço um lenhador para você? — ele perguntou com altivez.

— Nós sempre cuidamos de nossos clãs — eu rosnei — Mesmo com os rebanhos diminuindo, existem outras formas de conseguirmos carne.

— Você quer dizer negociar os créditos que ganha vendendo bugigangas? — o humano disse com uma malícia alegre — Nós definimos os preços da carne importada que está sendo vendida neste planeta. Fazer de nós inimigos não é muito inteligente. Você vai querer pensar sobre isso antes de seu processo ir a julgamento.

— Isso é uma ameaça? — eu perguntei ameaçadoramente.

— Eu estou apenas declarando fatos. Faça com eles o que quiser — ele respondeu com um gesto de desdém — Nós tentamos ser razoáveis com vocês, fizemos ofertas generosas e negociamos de boa fé. Em resposta, você está nos atacando apenas para poder se apegar às terras mais férteis do sistema solar. Mas por quê? Você as está desperdiçando enquanto incontáveis planetas lutam contra a fome.

— Se a fome interplanetária e as negociações de boa fé fossem seu objetivo, você teria proposto alternativas, como alugar suas terras para a agricultura — interrompeu Susan — Mas você não ofereceu isso porque se trata de engordar suas carteiras. O aluguel o sujeitaria a muitas regras éticas e de melhores práticas que afetariam seus resultados. Vocês são como um enxame de gafanhotos. Vocês querem adquirir essas terras, explorá-las até que o solo e o ambiente local fiquem esgotados e arruinados, e então vocês passarão para pastagens mais verdes. Isso não vai acontecer aqui.

David Lord balançou a cabeça para minha companheira com desdém e depois para mim com pena. Eu precisei de toda a minha força de vontade para não transformá-lo em carne moída.

— Esta mulher será sua ruína — ele disse com falsa empatia — Eu tentei argumentar com você, mas como você claramente não vai ceder, não tenho escolha a não ser prosseguir com a decisão do Conselho. A partir deste instante, o preço oferecido pelo Conglomerado por suas terras foi reduzido em 15%. E esse preço continuará caindo 5% a cada semana.

— Poupe-se do trabalho de revisá-lo toda semana — eu disse com desdém — Eu já disse não antes, e isso nunca vai mudar. Quanto ao seu processo, faça-o. Nosso advogado da UPO aguarda ansiosamente para conversar com o seu. Agora, dê o fora das minhas terras antes que eu o expulse. E nunca mais apareça aqui de novo.

O rosto do humano ficou visivelmente mais pálido. Eu nunca tinha visto isso na minha companheira. Mas, considerando a expressão de medo que apareceu em suas feições, eu fiquei feliz por minha Susan nunca ter empalidecido assim. O Sr. Lord abriu e fechou a boca algumas vezes, como se estivesse tentando encontrar uma resposta boa e mordaz, mas desistiu. Depois de um último olhar para a minha mulher, ele se virou e marchou apressadamente para sua nave.

Nós ficamos olhando para ele até que sua nave decolou e se tornou um pequeno ponto no horizonte.

— Você arrasou — minha companheira disse, me abraçando.

— Tudo graças a você, minha Susan — eu disse, meu coração inchando com a crescente afeição que ela despertava em mim — Sem sua orientação e percepções, ele poderia ter nos enganado.

— Ele não pode nos prejudicar? — Kuani perguntou timidamente atrás de nós.

Eu me virei para olhar para o meu clã. A mesma incerteza e preocupação podiam ser lidas em todos os seus rostos.

— Não, ele não pode — eu disse de forma tranquilizadora — Essas ameaças são destinadas a nos assustar e nos submeter à vontade deles. Todos, reúnam-se no Grande Salão. Reúnam os que ainda estão de folga. Nós contaremos a vocês no que minha Susan, Luped e eu estamos trabalhando para acabar com os abusos do Conglomerado.

Demorou um pouco para reunir todos. Então, por quase uma hora, nós três fornecemos detalhes extensos ao clã sobre as medidas legais que estávamos tomando e por que nos sentíamos confiantes de que eles não poderiam nos prejudicar. Foi incrivelmente empoderador ter respostas e sentir-se competente em fornecê-las. Nosso povo sentiu isso, e sua preocupação não apenas evaporou, como sua admiração também aumentou. Por mais que meu clã me amasse, minha liderança era cada vez mais questionada desde o início de nossos problemas. Mas agora ela parecia mais forte do que nunca, graças à minha delicada companheira.

Isso não resolveu nosso problema de carne. O humano acertou um ponto fraco com o seu comentário sobre a escassez de caça e o fato de poderem regular o preço da carne vendida nos seus mercados. Este tinha sido um dos nossos planos de backup, embora não o primeiro. Felizmente, nós ainda tínhamos mais tempo antes que isso se tornasse um problema.

Quando a reunião terminou e as pessoas se dispersaram, nós enviamos mensagens aos outros quatro líderes do clã para avisá-los do que havia acontecido, caso o Sr. Lord tentasse intimidá-los também. Na verdade, o verme sujo havia chegado momentos antes ao Clã das Montanhas Inosh, fazendo a mesma ameaça sobre a oferta reduzida pelas terras. O Conglomerado vinha batendo forte em Surtas. O fato deles saberem que seu clã era o que mais estava sendo prejudicado apenas reforçou minha crença de que eles estavam de alguma forma envolvidos nos rebanhos desaparecidos. Mas nós simplesmente não conseguimos encontrar provas de seus erros e, especialmente, de como eles estavam fazendo isso.

No entanto, Surtas estava maravilhado com minha companheira. Ele acreditava que ela havia sido ungida pessoalmente pelos próprios Espíritos e depois enviada a nós. Como nós mantivemos os outros líderes do clã informados sobre nossos esforços legais, ele não foi pego de surpresa pelos comentários do Sr. Lord. Surtas chutou alegremente o humano para fora de suas terras com a mesma ameaça de não voltar.

Agora, nós precisávamos apenas garantir que continuaríamos a encontrar maneiras de prosperar. Os negócios na loja da minha Susan explodiram nas três semanas após o mercado público. Ela estava vendendo nos dois dias em que a loja ficava aberta por semana. Alguns dos Coletores que cuidavam principalmente da cozinha estavam demonstrando interesse crescente em preparar alguns dos produtos cozidos que minha Susan começou a vender ou estava pensando em vender. Mas não podíamos depender do trabalho da minha mulher para nos manter em movimento.

— Docinho, você tem um minuto?

A voz de Susan me tirou da minha reflexão. Ela começou a me dar todos os tipos de nomes estranhos. Isso me confundiu no começo, antes que ela explicasse que eram nomes afetuosos que os humanos davam às pessoas que amavam. Foi engraçado para mim ouvi-la dizer essa palavra. Minha mulher não estava apaixonada por mim, mas a ternura, o respeito e a profunda amizade que crescia entre nós inegavelmente nos levaria até lá. E para ajudar, nós tínhamos uma paixão e química incríveis em cima disso.

Ainda assim, "docinho" era um nome estranho. Eu gostei de sua conotação doce e calmante, mas parecia estranhamente suave para um Caçador poderoso como eu.

— Sim, minha companheira — eu disse, sentando em um dos bancos do Grande Salão e puxando-a para o meu colo — Antes de sermos interrompidos, esta tarde deveria ser só você e eu.

Ela sorriu e acariciou minha bochecha — Quando aquele idiota estava falando merda, de repente eu tive uma ideia que eu gostaria de ver com você.

— Estou ouvindo — eu respondi, com minha curiosidade aguçada.

— Você sabe como eu me sinto sobre todas essas grandes fazendas sendo desperdiçadas — ela disse cuidadosamente. Eu balancei a cabeça — Quando eu disse a ele que se ele tivesse sido genuíno sobre as negociações de boa fé, ele poderia ter se oferecido para alugar suas terras para cultivá-las. Se lembra disso?

Eu balancei a cabeça novamente, desta vez com uma leve carranca.

— Espere! Não surte ainda — ela exclamou preventivamente, adivinhando pela minha expressão que eu não estava muito interessado em onde eu achava que essa conversa estava indo — Eu nunca serei a favor de nada que faça os clãs perderem o controle total ou parcial das terras, mesmo que por um período de tempo pré-definido. Mas esta é a nossa maior riqueza. E esse idiota está certo: existem muitos planetas superpovoados por aí – ou outros com climas difíceis – que realmente poderiam usar a enorme quantidade de comida que poderíamos produzir aqui.

— Nós não somos fazendeiros, Susan — eu disse, uma lasca de raiva se infiltrando em minha voz — Você não converterá os clãs. Achei que o assunto estava resolvido e que você entendia isso agora.

— Eu entendo! Eu juro que entendo! — ela disse em um tom apaziguador — Eu não estou tentando convertê-los. Por favor, deixe-me terminar.

Ainda confuso e um pouco irritado, eu assenti, me forçando a manter a mente aberta.

— Com base na forma como o clã tem reagido ao meu trabalho nos campos, eles não parecem ter problemas com as pessoas que cultivam usando métodos modernos que não são cansativos e que são seguros e respeitosos com o meio ambiente. Isso apenas não é algo que eles estejam pessoalmente prontos e dispostos a fazer. Correto?

Eu balancei a cabeça — Sim, está correto.

— Então, por que simplesmente não contratamos pessoas para trabalhar nas fazendas? —perguntou Susan — Nós pagamos a elas salários respeitáveis, fornecemos alojamento, tudo isso será coberto pelos rendimentos que faremos vendendo as colheitas para o exterior. Eu já conheço uma lista de compradores sérios que estariam muito ansiosos para fazer negócios conosco. E melhor ainda, se não consertarmos o problema do desaparecimento dos rebanhos, poderíamos negociar algumas trocas diretas de nossos produtos por sua carne. Estas terras são perfeitas para cultivar trigo, que podemos transformar em farinha. A farinha está sempre em grande demanda. Nó não teríamos problemas em encontrar pessoas que trocassem carne de boa qualidade por ela.

Eu fiquei boquiaberto com Susan, um milhão de pensamentos passando por minha mente. Embora eu odiasse a possibilidade de que a caça pudesse se tornar obsoleta, garantir a prosperidade de nossos clãs deveria ser minha principal prioridade.

— Mas quem nós contrataríamos? — eu perguntei, me recusando a me deixar levar pelo entusiasmo — Xecania é considerada muito primitiva pela maioria das espécies. Os ultra-ricos vêm aqui como turistas para se gabar por comprarem bugigangas de selvagens — eu acrescentei em auto-escárnio — Ninguém mais vai querer vir aqui onde tudo ainda precisa ser construído. E mesmo que encontremos pessoas, como podemos ter certeza de que não serão uma ameaça ao nosso modo de vida? Como todos os outros nativos, nós somos uma espécie pacífica. Nós não trancamos nossas portas. Não temos muros defensivos ou...

— E não precisaríamos de nenhum — Susan interrompeu, seus olhos brilhando de empolgação — Tem muita gente que vai querer vir para cá. As pessoas certas. Pessoas como eu, com paixão e experiência na agricultura, mas sem um lugar para chamar de lar.

Meus olhos se arregalaram quando a compreensão surgiu em mim.

— Terceiras filhas de Meterion — eu sussurrei.

— Sim! — Susan disse com um sorriso — A maioria de nós nunca é escolhida quando tentamos ser combinadas por meio de agências de acasalamento porque não temos nada além de nós mesmas, nossas habilidades e nossa paixão por trabalhar na terra. Se você não tivesse me aceitado, eu estaria quebrando minhas costas trabalhando como escrava em condições terríveis em uma fábrica na cidade, ou como serva de algum idiota. Se uma chance como essa tivesse sido oferecida a mim, eu teria com certeza aceitado isso ao invés de acasalar com um estranho.

Eu balancei a cabeça lentamente, meu coração disparando com as incríveis oportunidades que isso apresentava — Mas você é única, minha Susan — eu argumentei, ainda cauteloso. — Supondo que outras terceiras filhas estejam realmente interessadas em vir para cá, como saberemos que suas personalidades serão compatíveis com nosso povo e estilo de vida?

— Kayog! — Susan disse presunçosamente, como se isso fosse evidente — No minuto em que ele falou comigo, ele sabia que você e eu seríamos um ótimo par. Podemos contratar seus serviços para entrevistar as candidatas interessadas e nos encaminhar aquelas que suas habilidades empáticas julgarem adequadas.

— Isso é brilhante — eu disse, olhando para a minha companheira com admiração — Você pensou em tudo!

— Dificilmente — ela disse, estufando o peito — Isso está fervendo em minha mente nas últimas duas horas desde que o cara de merda saiu. Eu tenho certeza de que há um monte de coisas nas quais ainda não pensei, mas acho que esse pode ser um plano sólido.

Eu ri, satisfeito muito mais do que jamais admitiria com todas as palavras depreciativas que minha Susan usou para descrever o humano muito bonito que veio nos intimidar. Eu nunca fui do tipo ciumento, mas não suportava a ideia de minha mulher olhar para outro homem do jeito que ela olhava para mim.

— Você é realmente uma maravilha, minha Susan — eu disse com carinho — Vamos discutir mais isso com Luped e Kayog para ver como isso seria viável. Elas exigirão autorizações de trabalho, transporte e hospedagem. Uma vez aqui, elas podem não querer viver de acordo com a cultura Andturiana. Nesse caso, elas precisarão de sua própria pequena vila com as comodidades padrões exigidas pelos humanos, entre outras coisas.

Ela assentiu, nem um pouco assustada com a quantidade de trabalho que isso envolveria.

— Assim que tivermos uma imagem mais clara, podemos apresentar sua ideia aos clãs e realizar uma votação — eu disse.

— Parece um bom plano — Susan disse, sorrindo para mim.

— Você é minha bênção dos Espíritos — eu sussurrei antes de beijá-la.

CAPÍTULO 18
SUSAN

Para total consternação de Olix, minha menstruação veio no dia seguinte, nove dias antes do próximo mercado público. Embora eu o tivesse avisado de antemão, o pobre homem estava um desastre total. Eu sempre tive um fluxo intenso, ocasionalmente acompanhado de cólicas desagradáveis e enxaquecas de partir a cabeça. Eu, portanto, não poderia culpá-lo por colocar Molzeg no meu quarto toda vez que eu me enrolava em nossa cama para que ela pudesse se certificar de que eu não estava sangrando até a morte.

Eu não conseguia nem ficar brava, ele estava tão angustiado.

Meu marido era um ursinho de pelúcia tão fofinho. Ele massageava minhas costas e minhas pernas para aliviar algumas das cólicas e meus pés para me ajudar a relaxar – tudo baseado em vídeos que ele assistiu sobre o assunto. Eu já podia imaginar que tipo de pai coruja ele seria no dia em que eu engravidasse.

Embora ainda faltassem quatro meses para o nosso período de teste, eu já sabia que não iria a lugar nenhum. Olix era o parceiro perfeito que eu nem poderia ter imaginado para mim. Eu estava me apaixonando por ele, e ele estava se tornando meu melhor amigo. Mas nossas diferenças culturais continuaram a me fazer rir e querer arrancar meus cabelos.

Embora ele tenha ficado fora de si de alegria quando minha menstruação finalmente terminou depois de seis dias, ele se recusou a me tocar por mais dois dias, temendo que pudesse me fazer sangrar novamente. Embora eu tivesse explicado a ciência por trás de tudo, ele não aceitava que meu corpo não estava com poucas reservas de sangue. Em vez disso, ele fez questão de me alimentar até explodir para recuperar minhas forças.

Droga. Eu também não conseguia ficar brava com isso.

No terceiro dia, eu me deitei no meio da nossa cama. Assim que o ouvi se aproximando do nosso quarto, eu segurei um tablet em uma das mãos enquanto assistia algum pornô no volume máximo e comecei a me masturbar, com as pernas abertas voltadas para a porta. Quando ele me perguntou o que eu estava fazendo, eu respondi muito seriamente que, como meu marido havia perdido todo o desejo por mim, eu não tinha escolha a não ser cuidar de mim mesma. Naquela noite, eu fui totalmente fodida por meu homem que ficou ofendido por eu ousar pensar que ele não me queria mais.

Sucesso!

Na véspera do próximo mercado, nosso advogado nos informou que as acusações que o Conglomerado havia feito contra nós haviam sido retiradas. Embora eles tenham retirado todos os seus produtos 'Andturianos' das lojas de souvenirs tanto no porto espacial quanto nos resorts turísticos, nós não desistimos de nossas próprias reclamações e ações judiciais. Até que o futuro de nossos clãs estivesse assegurado, e enquanto a ameaça do Conglomerado persistisse, nós não recuaríamos um centímetro.

A melhor parte foi que, graças ao nosso status de espécie Prime protegida, a Organização dos Planetas Unidos nos forneceu serviços jurídicos gratuitos. Não é de se admirar que o Conglomerado tenha desistido de seus processos. Eles iriam à falência perante a UPO com esses litígios. Ainda assim, eles não se ofereceram para resolver conosco nossos próprios processos. Eu não tinha dúvidas de que era para não nos dar uma grande quantia de dinheiro que nos tornaria imunes à pressão deles para que vendêssemos nossas terras.

O mercado seguinte também se revelou um sucesso, ainda melhor do que o do mês anterior. Com os produtos do Conglomerado não mais competindo com os nossos, muitos turistas se aglomeravam nas barracas de nossos Artesãos, suas vendas ainda mais auxiliadas pelos meus descontos.

Para as bagas de reezia, eu sempre quis 50 marcos por cesta para mim, mas planejei aumentar o preço para 60 marcos para cobrir o custo dos itens fabricados. Quando aquela mulher Bosengi ofereceu 60 logo de cara, eu simplesmente fiquei corajosa e pedi 70 em vez disso. Eu quase desmaiei quando ela concordou. Portanto, não houve desconto. Eles estavam pagando o preço total por tudo, com um bônus de 10 marcos por cesta para mim quando comprado individualmente em vez de em uma bandeja.

Com o dinheiro das vendas daquele mercado e o que fui acumulando no último mês em minha loja, eu consegui comprar uma pequena nave pessoal. Ela suportava apenas quatro passageiros e uma pequena carga, mas isso finalmente nos permitiu ir visitar as outras espécies nativas e voltar para casa no mesmo dia.

A vida era boa.

Ficou ainda melhor quando, três dias após o mercado, Kayog confirmou que não só poderia cuidar do anúncio de emprego e coordenar as entrevistas em Meterion para nós, como também administraria a realocação das mulheres, tudo isso gratuitamente para nós. Acontece que, embora estas não fossem combinações baseadas em casamento, isso ainda era uma combinação para um planeta Prime com alguém que poderia ajudar no desenvolvimento de Xecania. Portanto, a UPO cobriria seus honorários.

Eu poderia ter beijado aquele Temern. De muitas formas, Kayog era nosso padrinho mágico.

Com muita apreensão, Olix e eu apresentamos o projeto de contratação de terceiras filhas da Meterion para trabalhar em nossos campos. Eu quase chorei com a reação de mente aberta do clã. Assim como meu marido, eles nos bombardearam com perguntas para as quais tínhamos todas as respostas, graças a Olix, que previu que precisaríamos estar bem preparados. Embora certas coisas ainda precisassem ser decididas pelo clã – como qual dos locais que havíamos proposto serviria como a aldeia humana – o projeto foi aprovado por unanimidade.

Pela forma como alguns dos homens olharam para o meu sangue virgem ainda adornando as armas e acessórios do meu marido, eu suspeitei que os solteiros estavam se perguntando sobre a possibilidade de conseguirem uma virgem também. Eu mal pude deixar de revirar os olhos. Eu não sabia se alguma daquelas mulheres estaria interessada em um relacionamento com um Andturiano. Francamente, se não fosse pela minha situação desesperadora, eu não teria considerado isso. Mas assim que elas começassem a se misturar com as pessoas regularmente quando vierem trabalhar aqui, as coisas poderiam mudar.

O tempo diria.

Usando minha pequena e elegante nave, Olix, Luped e eu viajamos para os outros quatro clãs para apresentar nosso projeto, com o mesmo resultado positivo.

Eu estava voando alto, literal e figurativamente. Eu não converti meu novo povo à agricultura, mas, graças à minha experiência, eu ajudei a garantir um futuro próspero para eles e para os filhos que Olix e eu teríamos. Eu queria que Xecania fosse a próxima Meterion, mas ainda melhor.

Com o final da primeira semana do mês se aproximando, meu coração se apertou ao pensar em Olix e metade do clã partindo para outra grande caçada e expedição de pesca. As últimas cinco semanas com meu marido ao meu lado foram mágicas. Eu odiava a ideia de que ele ficaria fora por duas ou três semanas. Mas isso não poderia ser evitado. Nossas reservas de carne estavam acabando, e o Conglomerado de fato havia aumentado continuamente o preço de suas carnes importadas. Mas eles eram um último recurso. Nesse caso, o plano era comprar carne de outras espécies nativas cujos territórios de caça não haviam sido afetados como o nosso.

Curiosamente, essas espécies não tinham terras para cultivo. Coincidência?

Com meu primeiro lote de beterraba, batata, abóbora e tomate, eu quis preparar uma refeição especial para o clã antes de sua partida. Como eu queria incluir alguns ingredientes Andturianos, eu me juntei-me à expedição dos Coletores que estava de partida para colher algumas raízes de jovam, entre outras coisas. Com a bênção do clã, eu agora as cultivaria também em meu campo, então eles não precisariam mais ser tão parcimoniosos em consumi-las.

Embora eu tenha visitado a floresta desde minha chegada a Xecania, eu nunca fui muito fundo nela. Nas poucas vezes que fomos – por insistência minha – Olix rapidamente nos fez dar meia-volta para me mostrar outras maravilhas de seu mundo natal. Isso me pareceu um pouco estranho. Mas eu percebi que, como Caçador, ele passava tanto tempo na floresta lutando para encontrar caça ultimamente, que isso o lembrava das dificuldades que atormentavam os clãs. De qualquer forma, seu mundo tinha muitas outras coisas que me surpreenderiam.

Como eu amava a natureza, esta caminhada na floresta foi um deleite triplo para mim. Além do passeio, eu veria como os Coletores escolhiam quais raízes estavam maduras – incluindo o método adequado para extraí-las – e também o tipo de solo e ambiente em que cresciam. Diferente das bagas e vegetais dos Boseng que eu estava cultivando para minha loja, não havia diretrizes sobre o cultivo de raízes de jovam. Eu teria que fazer isso com base na observação do ambiente e do pH do solo, entre outras coisas.

Havia vinte de nós, perambulando pela floresta, a pequena Nosha ao meu lado. Ela era tão adorável que eu precisei de toda a minha força de vontade para não pegá-la no colo e cobrir seu lindo rosto de beijos. Vê-la junto com duas outras crianças que se juntaram a nós me fez ansiar por um filho meu. Para falar a verdade, eu fiquei desapontada quando minha menstruação chegou. Olix e eu tínhamos sido *extremamente* ativos sexualmente nas últimas cinco semanas. Eu tinha tanta certeza de que teríamos concebido. E ainda assim...

Pawis dirigiu-se para uma das grandes árvores Aldomyanas que enchiam a floresta. Elas estavam bastante espaçadas, o que fazia sentido, considerando o tamanho do tronco e as raízes maciças que se espalhavam profundamente. Olhando para a casca escura, quase preta com veias vermelho-escuras nas ranhuras, e seus longos galhos em espiral com folhas largas de vermelho acastanhado, me fez sentir como se tivesse entrado em um mundo mágico. Alguns tipos diferentes de árvores estavam intercalados entre elas, seus troncos quase da mesma cor escura, mas suas folhas de um tom azul arroxeado ou azul meia-noite. Estranhamente, embora poucas folhas de suas árvores tivessem o verde padrão ao qual eu estava acostumado, o chão da floresta estava coberto por uma grande quantidade de vegetação, de um verde muito claro ao super escuro.

Foi entre aquelas manchas verdes no mato que Pawis começou a colher a raiz usando algum tipo de espátula para soltar a terra ao seu redor. Eu não demorei para reconhecer o tipo de folhas que pertenciam às raízes de jovam.

— O comprimento e o tamanho de suas folhas é como você sabe que elas estão prontas para a colheita — explicou Pawis enquanto colhia outra raiz grande — Experimente — ele disse, me dando sua espátula.

Eu prossegui alegremente, escolhendo uma das raízes e

perfurando a terra compactada ao redor dela com a ferramenta para soltá-la. Os olhos do Coletor ancião brilharam de alegria quando demorei algumas tentativas, e então lutei para arrancar a raiz, mesmo usando minhas costas para fazer força. Quando eu consegui arrancá-la, eu tropecei alguns passos para trás, o que me rendeu algumas risadinhas de Nosha e de alguns outros coletores próximos. Em termos de força, eu nunca me compararia com esses caras. Eu fiz caretas para eles, o que só os fez rir mais antes de voltarem ao trabalho.

Eu devolvi a espátula a Pawis e peguei meu analisador portátil para estudar o solo. Com a grande quantidade de raízes maduras de jovam que eu pude ver apenas nesta área, nós teríamos um bom rendimento hoje. Enquanto eu esperava que o analisador fizesse sua mágica, eu olhei meus companheiros trabalhando metodicamente e com eficiência, até a pequena Nosha me envergonhava com a facilidade com que colhia algumas raízes.

Estranhamente, a atmosfera otimista com a qual começamos diminuiu relativamente rápido. A conversa alegre que sempre dava um burburinho animado em torno dos Andturianos, seja enquanto trabalhavam na praça ou cozinhavam dentro do Grande Salão, havia diminuído. Cada rosto assumiu uma expressão séria – para não dizer carrancuda – enquanto eles continuavam a trabalhar.

Olhando ao meu redor, eu percebi que meus companheiros estavam começando a se afastar de nossa localização atual, deixando muitas raízes maduras para trás. Pawis franziu o rosto, o nariz se contorcendo. Ele olhou por um segundo para o canteiro de raízes à sua frente, muitas das quais estavam prontas para serem colhidas, mas ele se virou, seus olhos de lagarto passando de um lado para o outro como se procurasse um novo lugar para colher. Seu nariz se contorceu novamente e ele se afastou, parecendo levemente irritado.

Embora confusa, eu dei de ombros e voltei ao meu trabalho,

tirando algumas fotos do outro tipo de planta ao redor das raízes – nenhuma das quais eu reconheci – mas que pretendia pesquisar quando voltássemos para casa. Foi quando eu avistei um crescimento escuro e gelatinoso em algumas das raízes grossas e retorcidas das árvores e em sua casca. Eles quase se misturaram com as árvores, tornando-os muito difíceis de detectar.

Eu gritei, correndo em direção a um deles, querendo ter certeza de que meus olhos não estavam me enganando. Alertados pelo meu grito, alguns dos Coletores – que tinham começado a se afastar da minha localização atual – voltaram para me checar, com uma expressão preocupada em seus rostos.

— O que é aquilo? — Eu perguntei a Junit, um jovem de vinte e poucos anos — Parece os cogumelos orelha-de-pau que os humanos comem. Eles são *deliciosos*!

Junit franziu o rosto, o nariz se contorcendo da mesma forma que o de Pawis.

— Não — ele disse, balançando a cabeça — Isso é uma praga, um fungo ruim nas árvores. Nós não comemos isso. Fique longe disso — o homem respondeu em um tom incomumente cortante.

Sem me dar chance de responder, ele deu meia-volta e se afastou rapidamente. Os outros Coletores que vieram investigar me deram um olhar severo antes de partir também.

O que diabos acabou de acontecer?

Desconcertada, eu voltei a olhar para o fungo. Após uma inspeção mais detalhada, embora parecesse com orelhas de pau em termos de cores, a forma estava mais próxima do fungo da neve e as bordas tinham uma fina pele vermelha que parecia produzir esporos. Eu tirei algumas fotos e escovei alguns dos esporos para colocá-los no meu analisador. Enquanto esperava os resultados, eu me dirigi aos meus companheiros cujo comportamento se tornava estranho a cada minuto. Eles agora estavam passando por trechos inteiros de raízes de jovam, parecendo não vê-las ou ignorando-as deliberadamente. Nosha estava parada no meio da pequena clareira, parecendo um pouco confusa enquanto esfregava distraidamente o nariz com as costas da mão.

— Pawis — eu gritei, quando encontrei o Coletor ancião parado no meio da floresta, olhando cegamente para o chão — Pawis! — Eu chamei de novo, mais alto, quando ele não respondeu.

Sua cabeça virou para mim. Olhos vidrados, nariz contraindo, ele parecia lutar para emergir de qualquer devaneio em que estivesse caindo.

Algo os estava afetando.

— Acho que é tudo por hoje — disse Pawis com uma voz desapontada — Começou bem. Eu esperava uma colheita maior, mas ainda não há maduras o suficiente. Vamos para casa.

Todos assentiram, muitos parecendo aliviados.

Eu fiquei boquiaberta com eles em descrença enquanto eles apressadamente começaram a fazer o caminho de volta para casa. Ao nosso redor, as folhas macias de toneladas de raízes maduras – algumas até parecendo que logo estariam maduras demais – balançavam suavemente na brisa. Eu tirei fotos das raízes que os Coletores deixaram para trás. Momentos depois, meu analisador apitou para anunciar que havia concluído seu trabalho, me assustando. Eu não precisava ler para saber o que os resultados diriam. Uma olhada confirmou minha suspeita: um poderoso alucinógeno.

Em vez das amostras de raiz de jovam que eu pretendia trazer para usar como semente inicial para minhas plantações, eu coletei alguns cogumelos escuros. No momento em que coloquei o quarto na minha bolsa, meu nariz estava começando a coçar e uma sensação levemente enjoada se instalou na boca do estômago. Uma leve pressão na parte de trás da minha cabeça sugeria uma possível dor de cabeça monstruosa.

Sem perder tempo, eu corri atrás de meus companheiros.

No momento em que saímos da floresta, a coceira no meu nariz havia diminuído, assim como as más sensações que começaram a tomar conta de mim. O mesmo estava acontecendo com o resto dos Coletores, cujo mau humor havia se dissipado abruptamente, com seu comportamento mais jovial ressurgindo gradualmente, apesar de sua decepção com nossa colheita ruim.

Eu fui direto para o meu marido. Ele estava trabalhando em uma das forjas, com Zoltar, e alguns outros Caçadores e Artesãos próximos, também trabalhando na preparação de suas armas e redes para a próxima grande expedição de caça e pesca.

— Olix, precisamos conversar — eu disse com uma voz urgente.

Todos os olhos se voltaram para mim, meu tom despertando curiosidade e preocupação entre os companheiros de clã próximos.

— O que há de errado, minha Susan? — Olix perguntou, abaixando o molde em que estava fazendo pontas de flecha — Aconteceu alguma coisa durante a Coleta?"

— Sim — eu disse, minha voz tensa com uma estranha mistura de raiva e empolgação —Há um cogumelo alucinógeno em sua floresta que está mexendo com a cabeça das pessoas. E estou me perguntando se isso também pode estar atrapalhando os rebanhos.

Um suspiro geral surgiu ao meu redor, choque e esperança descendo em cada rosto. Uma parte de mim se perguntou se tinha sido um erro falar sobre minhas suspeitas na frente de todos, em vez de usar a abordagem metódica de meu marido de obter todas as respostas primeiro. Mas eles partiriam para uma grande caçada nos próximos dias. Não havia tempo suficiente para Olix, Luped e eu investigarmos. Quanto mais pessoas focassem nisso, mais rápido obteríamos respostas sólidas.

— Explique, minha companheira — Olix pediu, dando um passo mais perto de mim.

Percebendo que algo grande estava acontecendo, os Artesãos pararam de trabalhar e todos se aproximaram de nós, inclusive os Coletores que haviam acabado de voltar da floresta comigo. Eu fiz um gesto para a mesa de trabalho de Kuani, pedindo permissão para usar parte dela. A mulher assentiu, afastando alguns dos utensílios domésticos em que estava trabalhando. Eu coloquei minha bolsa de amostras sobre a mesa, abri a aba para que ficasse na superfície e tirei alguns cogumelos escuros. Eu os deixei na aba para não contaminar o espaço de trabalho da Kuani.

Os Andturianos recuaram, muitos resmungando sobre por que eu traria essa podridão para a aldeia.

— Eu acho que essa é a fonte de todos os seus problemas — eu disse, apontando para o cogumelo.

Eu contei o que havia acabado de testemunhar. Pawis e Junit ficaram boquiabertos em choque, não se lembrando de ter tal comportamento, nem os outros.

— E não lembrariam mesmo, porque os alucinógenos estavam bagunçando suas cabeças — eu disse simpaticamente — Olhem para as pessoas mais próximas do cogumelo — eu acrescentei, apontando para elas — Seus narizes já estão começando a se contorcer, e aposto que todos vocês querem sair daqui.

Elas assentiram, estupefatas. Eu coloquei os cogumelos de volta dentro do saco e fechei a aba, não querendo afetá-los desnecessariamente.

— Esse é o comportamento que eu testemunhei — eu continuei — Eu tirei fotos dos trechos de jovam de onde todos os Coletores se afastaram mais cedo, dizendo que não havia mais nada para colher.

Eu passei meu tablet para Pawis, e o pobre homem olhou para as imagens em estado de choque. Ele entregou o tablet para os outros Coletores e membros do clã para que todos pudessem ver, e então agarrou seus espinhos na parte de trás de sua cabeça com ambas as mãos, angústia e descrença guerreando em seu rosto.

— Tantas raízes desperdiçadas, apodrecendo no chão — ele sussurrou, chocado.

— Vocês não conseguiam ver — eu disse em uma voz apaziguadora — Assim que saímos da floresta, todos vocês voltaram ao normal. Você não fez nada errado. Ainda bem que saímos quando saímos porque os esporos estavam começando a me afetar também. Quem sabe que confusão eu poderia ter tido?

— Mas por que demorou mais com você? — perguntou Zoltar, com genuína confusão.

— Acho que é porque o nariz Andturiano é mais sensível que o humano — eu respondi pensativa — Portanto, eu precisava ficar exposta aos esporos por muito mais tempo antes que eles começassem a me afetar. Podem haver outros motivos, mas, embora nossos narizes sejam bem compridos, nosso olfato não é tão desenvolvido — eu disse em auto-escárnio.

Isso me rendeu alguns sorrisos divertidos. Os Andturianos às vezes zombavam de mim por causa de minhas características incomuns, mas nunca de maneira maldosa ou ofensiva. Para eles, meu nariz os fazia pensar que alguém havia tentado roubá-lo do meu rosto, mas estava muito bem preso, então ele permaneceu pontudo quando o suposto ladrão desistiu.

— Sabe — disse Pawis, parecendo ter acabado de ter uma nova ideia — faz pouco mais de um ano desde que eu notei o primeiro desses cogumelos. Não havia muitos naquela época.

— Aposto que se perguntarmos a Surtas sobre esses cogumelos, ele dirá que eles existem há cerca de dois anos — disse Olix, com raiva descendo por suas feições.

Zoltar emitiu um silvo estridente que indicava fúria, ecoado por muitos dos outros.

— Ao mesmo tempo, aqueles vermes do Conglomerado começaram a nos pressionar para vender nossas terras — disse Zoltar entre os dentes.

Eu balancei a cabeça — Essa seria uma maneira muito inteligente de expulsá-los sem serem pegos — eu disse, a raiva borbulhando dentro de mim — Mas não podemos simplesmente lançar acusações — eu adverti-os — Eu realmente acredito que é isso que está afastando os rebanhos. A julgar pela análise básica que meu dispositivo fez dos esporos, este é um alucinógeno transportado pelo ar que afeta praticamente qualquer espécie que respira ar. É anormal não termos encontrado um único animal na floresta. Sempre há vida de alguma forma, pequenas criaturas correndo no mato, outras subindo e fazendo ninhos nas árvores. Nem mesmo pássaros foram encontrados, exceto muito alto, perto da linha das árvores, longe dos esporos.

— Nós tínhamos notado — disse Olix — Nós imaginamos que a mesma coisa que estava acontecendo com os rebanhos estava afastando as criaturas menores. Agora nós sabemos. Hora de erradicar essa podridão.

— Nós temos as máscaras de filtragem que usamos na mineração — disse Tokus, um dos Coletores de madeira e minério — Poderíamos usá-las para remover a podridão e colher as raízes de jovam.

Foi uma ideia inteligente e temporária até encontrarmos uma maneira adequada e permanente de erradicar sua propagação. Nós entramos em ação, todos se espalhando enquanto Olix e eu contatávamos os outros clãs para informá-los sobre minha descoberta.

EPÍLOGO
SUSAN

Um dia inteiro removendo os cogumelos e os queimando provou que nosso teste foi conclusivo. Obviamente, nós não cobrimos toda a floresta – ela era muito vasta. Mas nas grandes áreas que foram limpas, a vida começou a se recuperar nos dias seguintes. Os Coletores também foram capazes de andar sem máscara sem serem afetados negativamente.

A região das Montanhas Inosh estava repleta de cogumelos, indicando claramente que a propagação havia começado ali. Cada clã trouxe amostras de sua respectiva região, que eu apresentei ao representante da UPO de seu Serviço Ambiental e de Saúde dos Planetas Prime. Como suspeitávamos, o cogumelo não era apenas um organismo estranho introduzido no ecossistema de Xecania, ele havia sido geneticamente modificado. Uma análise do padrão de propagação confirmou que ele foi implantado deliberadamente em locais estratégicos do planeta.

O problema era que o vento, a água, os insetos e os animais que habitavam anteriormente essas áreas levaram os esporos a uma distância muito maior. Esse tinha sido o plano dos culpados, mas apenas dentro do cinturão agrícola começando na região de

Monkoo e terminando nas montanhas Inosh. Mas as penas dos pássaros os levaram muito mais longe e os primeiros sinais de propagação começaram a se manifestar perto de outros territórios nativos.

Erradicar a infestação estava bem acima do meu nível. Uma investigação completa pelos Executores da Organização dos Planetas Unidos não conseguiu provar, sem sombra de dúvida, que o Conglomerado estava por trás disso. Eles foram muito espertos em cobrir seus rastros. No entanto, todos sabiam. Embora não pudéssemos atribuir isso oficialmente a eles, eles acabaram pagando indiretamente para eliminar a infestação.

Os danos punitivos e exemplares que eles foram condenados a pagar pela violação das leis de não concorrência e marketing desleal foram mais do que selvagens. A maioria das grandes empresas teria ido à falência. Eles obviamente tentaram apelar a decisão, que foi rejeitada. Por decisão unânime, as espécies nativas votaram pela expulsão do Conglomerado de Xecania. A empresa e todas as suas afiliadas foram proibidas de administrar qualquer tipo de negócio de qualquer forma no planeta.

O assentamento custeou parte da limpeza da floresta, embora a UPO arcasse com grande parte dos custos com mão-de-obra, pesquisa e desenvolvimento do remédio. Embora estivéssemos extremamente gratos por todo esse apoio, a Organização dos Planetas Unidos não estava fazendo isso apenas pela bondade de seus corações. Xecania tinha potencial para se tornar a segunda despensa do sistema solar. Eles queriam que isso acontecesse com métodos duráveis e limpos.

Demorou pouco mais de um mês para um exército de trabalhadores da UPO acabar com os fungos de uma forma que não impactasse negativamente o ecossistema. Ainda assim, nós teríamos que ficar de olho nos próximos anos para seu ressurgimento ou o possível aparecimento de uma versão mutante.

A fauna retornou lentamente ao longo de vários meses, primeiro as criaturas menores. Com nossa nova riqueza, nós montamos um sistema de monitoramento e vigilância que nos permitiria detectar tais distúrbios mais cedo no futuro. Nós também atualizamos a tecnologia em nossas casas atuais e compramos uma pequena frota de naves espaciais – incluindo uma grande nave de transporte. Com a chegada de nossas primeiras fazendeiras, essas naves seriam bem utilizadas para transportar nossas colheitas para o porto espacial.

Nós construímos as habitações humanas em um local central entre os cinco clãs. Com nossa frota de naves espaciais, os trabalhadores levavam apenas vinte minutos para chegar ao seu destino. Acontece que algumas das terceiras filhas que contratamos já tinham filhos, algumas delas também com cônjuge. Em pouco tempo, ele se transformou em um vilarejo confortável, com escola própria, restaurante, consultório médico e um cinema – que também servia de auditório – para citar alguns. Nós negociamos alguns acordos com as estâncias turísticas para compartilhar atos e entretenimento com a vila, o que reduziu os custos para todos os envolvidos.

Eu não podia negar que ter companheiros humanos regularmente em minha vida novamente era bom. Eu não tinha percebido o quanto sentia falta de uma conversa completamente nerd sobre os melhores tipos de fertilizantes naturais ou as últimas atualizações dos nanorrobôs usados como pesticidas. Eles poderiam ser programados remotamente para atingir apenas a praga que queríamos eliminar e poderiam ser removidos com segurança do campo com um hoverbot magnético.

Com o espírito de abrir lentamente nosso povo para os mundos mais avançados lá fora, alguns professores da aldeia humana visitaram os clãs para dar aulas de tecnologia. Nós também contratamos alguns mentores – especialmente para Construtores como Luped – para mostrar a eles maneiras de melhorar suas técnicas atuais e apresentá-los a melhores tecnologias, de redes sem fio a aquecimento e sistemas de irrigação a energia renovável.

E a melhor parte disso? Todos aqueles brinquedos melhoraram nossa qualidade de vida sem alterá-la. Os Andturianos não desejavam se tornar a próxima grande metrópole. Nós tínhamos um estilo de vida simples, focado na comunidade, cuidando uns dos outros enquanto garantimos que todos fizessem as coisas que lhes permitissem prosperar física e intelectualmente.

Nosso comércio de alimentos canalizou grandes quantidades de créditos que enchiam os cofres dos clãs, um enorme pé-de-meia para qualquer coisa que nossas futuras gerações quisessem fazer. Isso também nos permitiu pagar salários muito confortáveis aos nossos funcionários, tornando as fazendas de Xecania um dos locais de trabalho mais procurados, não apenas para terceiras filhas fazendeiras. Todas as outras posições relacionadas à transformação – como transformar nosso trigo em farinha ou nossas frutas e legumes em conservas – embalagem, transporte e manutenção tinham que ser preenchidas. Portanto, a vila evoluiu lentamente para algo mais intergaláctico, em vez de apenas humanos. Alguns membros das tribos nativas chegaram a trabalhar em nossas instalações.

Como era de se esperar, um romance floresceu entre um Andturiano e uma das terceiras filhas. Junit e uma adorável mulher chamada Mandy se apaixonaram enquanto ela trabalhava em um dos campos de nossa aldeia. Enquanto eu observava a irmã e a mãe de Junit levarem sua futura noiva para sua casa para prepará-la – como Yamir e Luped me prepararam – eu não pude deixar de sorrir. Que longo caminho percorremos naquele ano...

— Eles acharam que eu estava ficando senil quando disse a Olix para procurar uma mulher nas estrelas — disse Molzeg atrás de mim, me assustando.

Eu me virei para olhar para a anciã, já adornada para presidir a cerimônia.

— Na verdade, eu também me perguntei se os Espíritos não

estavam me pregando peças por sugerir tal coisa — ela disse pensativa — Mas a visão era inegável.

— Você viu o que aconteceria? — Eu perguntei.

— Não, eu só vi Olix passando pela cerimônia de acasalamento com uma mulher de pele clara e sem escamas com fios de mel na cabeça. E a escuridão que pesava sobre nossas aldeias se dissipou. Então ele trouxe você aqui.

— E você se perguntou como diabos uma coisinha tão frágil iria salvar seu povo — eu disse provocando.

Molzeg não riu. Uma expressão estranha cruzou suas feições — Quando você soltou a mão dele, eu pensei que tinha cometido um erro grave e interpretei mal os sinais. Eu achei que tinha condenado meu povo à extinção.

A velha estremeceu, um olhar assombrado passando por seu rosto. Eu queria dizer algo, mas percebi que ela não havia terminado. Eu esperei pacientemente enquanto ela recuperava a compostura. Seu olhar baixou para minha barriga inchada. Meu primeiro filho nasceria a qualquer momento.

— Mas você o segurou com a mão direita — Molzeg disse por fim — Você aguentou, e ele também. Foi quando eu soube que você realmente traria a luz para os clãs. Você nunca entenderá a extensão dos horrores que suportamos nas mãos dos Vaengi. Eu ainda tinha pesadelos com isso. Você também os fez retroceder para as sombras onde eles pertencem. E agora, você traz vida. Obrigada por dar paz a uma velha mulher e prosperidade a um povo antes ameaçado.

Para minha surpresa, a anciã se inclinou e beijou minha testa. Ela riu com o olhar atordoado no meu rosto.

— Você não é a única capaz de aprender costumes estrangeiros — a Vidente disse provocando. Seu olhar se voltou para Yamir, que estava gesticulando para ela. Os noivos estavam prontos. Ela se virou para mim — Hora de vincular uma nova humana ao nosso clã. Eu prometo não machucar esta aqui.

Eu comecei a rir, me lembrando da dor brutal do galho com

que ela me chicoteou, sem perceber a extensão de sua força na minha pele humana. Ela piscou e se dirigiu ao altar onde aconteceria a cerimônia.

OLIX

Eu estava andando de um lado para o outro na praça sob os olhares divertidos do meu clã. Há três horas minha Susan estava tendo contrações, mas ainda alegava que estavam muito espaçadas por enquanto. Como ela sabia? Ela nunca tinha dado à luz antes, e especialmente não a uma prole Andturiana. Sim, eu li toda a literatura médica sobre gravidez humana. Sim, eu entendi que ela não estava dilatada o suficiente. Mas este não era um bebê humano. E então ela me expulsou de casa porque eu a estava estressando.

E quanto ao meu estresse?

Com as fêmeas Andturianas, no minuto em que elas tinham sua primeira contração, elas bebiam um pouco de chá anetra, e o pequenino saía em poucos minutos. Por que a médica humana não quis deixar Susan tomar aquele chá? E por que ela não me deixou levar minha companheira para a clínica médica que construímos na aldeia dos trabalhadores?

— Você está desgastando as pedras com todo esse ritmo — Zoltar disse em tom de provocação.

Eu assobiei para ele, o que só o fez rir mais.

— Sua pequena humana provou ser muito mais forte do que eu pensava — meu primo continuou, com um sorriso em sua voz — Ela dará à luz uma prole saudável. Pare de se preocupar tanto.

— Você não leu e viu todas as coisas assustadoras que podem

dar errado com uma gravidez humana — eu retruquei — Suas fêmeas às vezes morrem, sangram até a morte ou...

— Sim, eu li — ele interrompeu, com desdém.

Atordoado, eu parei de andar e me virei para olhar para ele, com os olhos arregalados.

— Todos nós temos — ele continuou, segurando meu olhar inabalável — Ela pode ter nascido humana, mas Susan é uma das nossas agora. Ela é uma Andturiana de Monkoo. Ela é a nossa Senhora do Clã. Ela é a companheira do meu primo. E ela salvou nosso povo. TODOS nós aprendemos quais sinais de problemas devemos observar durante a gravidez e como ajudar se as coisas correrem mal. Sua companheira e seu filho ficarão bem.

Eu fiquei boquiaberto com ele, sem palavras. Meu olhar percorreu os rostos dos meus companheiros de clã reunidos na praça. Eles sorriram para mim e minha garganta se apertou de emoção.

— Nós a amamos também — disse Pawis.

Eu abri a boca para responder quando a porta da minha casa se abriu e minha mãe me chamou.

— O bebê está chegando! — ela gritou.

Eu corri para casa, meu coração ameaçando sair do meu peito. A médica trouxe uma mesa de parto, que instalamos em um dos quartos. Luped e minha mãe saíram do caminho, deixando espaço para eu ficar ao lado da minha companheira. Eu deslizei meu braço em volta das costas de Susan para apoiá-la, e ela segurou minha mão com uma força esmagadora.

Minha mulher obedeceu com um grito de guerreira que me transformou em uma bagunça completa. Ela estava com dor, e eu estava impotente para ajudá-la. Ela desabou contra mim, respirando pesadamente até que a médica lhe disse para empurrar novamente. Susan obedeceu novamente. E então algo estalou dentro de mim. Meus lábios se separaram e um fluxo de encorajamento saiu da minha boca, assim como eu tinha visto nos vídeos.

Mas não as palavras deles, minhas palavras.

Palavras sobre o quanto eu a amava, como ela era a mais forte das mulheres, como eu ia dormir todas as noites ansioso para que o sol nascesse novamente, só para poder vê-la e estar com ela. Que ela era meu coração, meu hoje, meu amanhã e meu para sempre. E que era melhor ela empurrar o bebê para fora agora, porque vê-la com dor estava me irritando, e não de um jeito bom.

Isso a fez rir. E então ela gemeu. E o bebê saiu.

Ele era tão grande, com escamas verde-claras com manchas pretas que ficariam exatamente iguais às minhas quando crescesse. Apenas pelo comprimento de sua cauda, eu já sabia que nosso filho seria ágil e rápido, provavelmente um Caçador como seu pai. Ao contrário dos bebês humanos, os Andturianos não choravam, eles sibilavam e emitiam sons de chocalho ou soluços para limpar seus pulmões e vias aéreas.

A médica me fez cortar o cordão umbilical e rapidamente enxugou o bebê antes de entregá-lo para mim. Com a emoção me sufocando, eu trouxe nosso pequeno Gayko para a minha companheira, que estava rindo e chorando ao mesmo tempo.

Minha mulher ainda tinha sentimentos confusos sobre o nome. Nós queríamos homenagear Kayog por tudo o que ele fez nos bastidores, não apenas para unir Susan e eu, mas também para nos ajudar a recuperar o controle de nossas vidas. Brincar com as letras de seu nome deu a esse nome um som muito bom. Mas minha companheira objetou que foneticamente soava como um adorável lagarto da Terra chamado lagartixa. Isso encerrou a discussão. Claramente, foi um sinal dos Espíritos. De que outra forma tal coincidência poderia ter ocorrido? Ela finalmente cedeu quando minha mãe e Luped também ficaram do meu lado.

Susan olhou maravilhada para nosso pequeno Gayko, contando seus dedos das mãos e dos pés com membranas e depois cobrindo seu rosto com beijos.

— Ele é perfeito, assim como você — disse Susan com a voz

embargada — Eu te amo tanto — ela acrescentou, olhando para mim com os olhos cheios de lágrimas.

— Eu também te amo, minha Susan — eu respondi, meu coração se enchendo até estourar. — Obrigado por me escolher. Obrigado por ser minha maior bênção.

FIM

OLIX

OLIX

BOSENGI

SOBRE O AUTOR

A autora bestseller do *USA Today*, Regine Abel, é uma viciada em fantasia, paranormal e ficção científica. Qualquer coisa com um pouco de magia, um toque de inusitado e muito romance a fará pular de alegria. Ela adora criar guerreiros alienígenas gostosos e heroínas radicais que evoluem em novos mundos fantásticos enquanto embarcam em aventuras repletas de mistério e reviravoltas que você nunca imaginou.

Antes de se dedicar como escritora em tempo integral, Regine havia se entregado a outras paixões: a música e os videogames! Depois de uma década trabalhando como Engenheira de Som em dublagem de filmes e shows, Regine tornou-se Designer de Jogos Profissional e Diretora Criativa, uma carreira que a levou de sua casa no Canadá para os EUA e vários países da Europa e Ásia.

Facebook

https://www.facebook.com/regine.abel.author/

Website

https://regineabel.com

Grupo de leitura *Regine's Rebels*
https://www.facebook.com/groups/ReginesRebels/

Newsletter
http://smarturl.it/RA_Newsletter

Goodreads
http://smarturl.it/RA_Goodreads

Bookbub
https://www.bookbub.com/profile/regine-abel

Amazon
http://smarturl.it/AuthorAMS

Loja Etsy
http://rapublishing.etsy.com